啼笑因緣

解語憐花，相思成斷夢

黑暗時期的動亂社會，一男三女的複雜糾葛
大少爺樊家樹與唱大鼓書女子沈鳳喜的愛情悲劇

以真事為素材，
張恨水融社會、言情、武俠為一體
以豐富筆觸和情感表現，
反映出社會及時代的變遷

張恨水——著

目錄

目錄

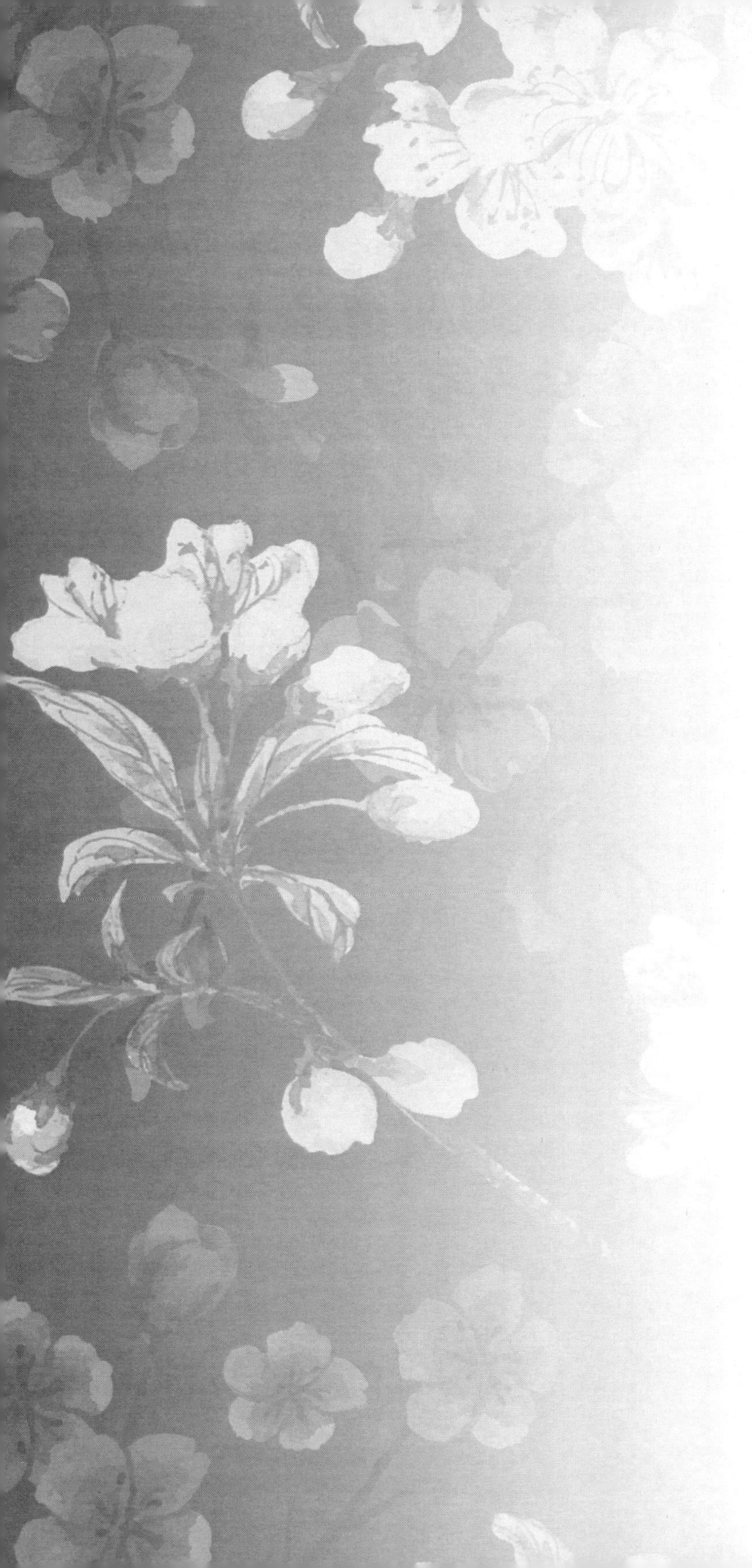

豪語感風塵傾囊買醉

哀音動絃索滿座悲秋

相傳幾百年下來的北京，而今改了北平，已失去那「首善之區」四個字的尊稱。但是這裡留下許多偉大的建築，和很久的文化成績，依然值得留戀。尤其是氣候之佳，是別的都市，花錢所買不到的。這裡不像塞外那樣苦寒，也不像江南那樣苦熱；三百六十日，除了少數日子颳風颳土而外，都是晴朗的天氣。論到下雨，街道泥濘，房屋黴溼，日久不能出門一步，是南方人最苦惱的一件事。北平人遇到下雨，倒是一喜。這就因為一二十天，遇不到一場雨，一雨之後，馬上就晴，雲淨天空，塵土不揚，滿城的空氣，特別新鮮。北平人家，和南方人是反比例，屋子儘管小，院子必定大。天井二字，是不通用的。因為家家院子大，就到處有樹木。你在雨霧之後，到西山去向下一看舊京，樓臺宮闕，都半藏半隱，夾在綠樹叢裡，就覺得北方下雨，是可歡迎的了。南方怕雨，又最怕的是黃梅天氣。由舊曆四月初以至五月中幾乎天天是雨。可是北平呢，依然是天晴，而且這邊的溫度低。那個時候，剛剛是海棠開後，楊柳濃時，正是黃金時代，不喜遊歷的人，此時也未免要看看三海，上上公園了。因為如此，別處的人，都等到四月裡，北平各處的樹木綠遍了，然後前來遊覽。就在這個時候，有個很會遊歷的青年，他由上海到北京遊歷來了。

這是北京未改北平的前三年，約莫是四月的下旬，他住在一個很精緻的上房裡。那屋子是朱漆漆的，一帶走廊，四根紅柱落地；走廊外，是一個很大的院子，平空架上了一架紫藤花，那花像絨球一般，一串一串，在嫩黃的葉叢裡下垂著。階上沿走廊擺了許多盆夾竹桃，那花也開的是成團的擁在枝上。這位青年樊家樹，靠住了一根紅柱，眼看著架上的紫藤花，被風吹得擺動起來，把站在花上的蜜蜂，摔了開去，又飛轉來，很是有趣。他手上拿了一本開啟而又捲起來的書，卻背了手放在身後。院子裡靜沉沉的，只有蜜蜂翅膀震動的聲音，嗡嗡直響。太陽穿過紫藤花架，滿地起了花紋，風吹來，滿地花紋移動，卻有一種清香，沾人衣袂。家樹覺得很適意，老是站了不動。這時過來一個聽差道：「表少爺！今天是禮拜，怎樣您一個人在家裡？」家樹道：「北京的名勝，我都玩遍了。你家大爺大奶奶昨天下午就要我到西山去，我是前天去過的，不願去，所以留下來了。劉福！你能不能帶我到什麼地方去玩？」劉福笑道：「我們大爺要去西山，是有規矩的，禮拜六下午去，禮拜一早上欠來，這一次您不去，下次他還是邀您。外國人是這樣辦的，不懂我們大爺也怎麼學上了！其實，到了禮拜六、禮拜日戲園子裡名角兒露了，電影院也換電影，正是好玩。」家樹道：「我們在上海租界上住慣了那洋房子，覺得沒有中國房子雅緻。這樣好的院子，你瞧，紅窗戶配著白紗窗，對著這滿架的花，像圖畫一樣，在家裡看看書也不壞。」劉福道：「我知道表少爺是愛玩風景的。天橋有個水心亭，倒可以去去。」家樹道：「天橋不是下層社會裡人去的地方嗎？」劉福道：「不，那裡四圍是水，中間有花有亭子，還有很漂亮的女孩子在那裡清唱。」家樹道：「我怎樣從沒聽到說有這樣一個地方？」劉福笑道：「我絕不能冤你。那裡也有花棚，也有樹木，我就愛去。」家樹聽他說得這樣好，便道：「在家裡也很無聊，你給我僱一輛車，我馬上就去。現在去，還來得及嗎？」劉福道：「來得及。那裡有茶館，有飯館，渴了餓了，都有地方休息。」說時他走出大門，給樊家樹僱了一輛人力車，就讓他一人上天橋去。樊家樹平常出去遊覽，都是這裡的主角表兄陶伯和相伴，到底有些拘束。今天自己能自由自在的去遊玩一番，比較的痛快，也就不嫌寂寞。坐著車子，直向天橋而去。到了那裡，車子停住，四圍亂轟轟地，全是些梆子胡琴及鑼鼓之聲。在自己面前，一路就是三四家木板支的高樓，樓面前掛了許多紅紙牌，上面用金字或黑字標著：什麼狗肉缸，娃娃生；又是什麼水仙花、小牡丹合演《鋸沙鍋》。給了車錢，走過去一看，門樓邊牽牽連連，擺了許多攤子。就以自己面前而論，一個大平頭獨輪車，車板上堆了許多黑塊，都有飯碗來大小，成千成百的蒼蠅，只在那裡亂飛。黑塊中放了二把雪白的刀，車邊站著一個人，拿了黑塊，提刀在一塊木板上一頓亂切，切了許多紫色的薄片，將一小張汙爛舊報紙託著給人。大概是賣醬牛肉或熟驢肉的了。又一個攤子，是平地放了一口大鐵鍋，鍋裡有許多漆黑綿長一條條的東西，活像是剝了鱗的死蛇，盤滿在鍋裡，一股又腥又臭的氣味，在鍋裡直騰出來。原來那是北方人喜歡吃的煮羊腸子。家樹皺了一皺眉頭，轉過身去一看，卻是幾條土巷，巷子兩邊，全是蘆棚，前面兩條巷，遠遠望見，蘆棚裡掛了許多紅紅綠綠的衣服，大概那是最出名的估衣街了。這邊一個小巷，來來往往的人極多。巷口上，就是在灰地上擺了一堆的舊鞋子；也有幾處是零貨攤，滿地是煤油燈，洋磁盆，銅鐵器。由此過去，南邊是蘆棚店，北方一條大寬溝，溝裡一片黑泥漿，流著藍色的水。臭氣燻人。家樹一想：水心亭既然有花木之勝，當然不在這裡。又回轉身來，走上大街，去問一個警察。警察告訴他，由此往南，路西便是水心亭。

北京城是個四四方方的地方，街巷都是由北而南，由東而西。人家的住房，也是四方的四合院。所以到此的人，無論老少，都知道四方，談起來不論上下左右，只論東西南北。家樹聽了他的話，向前直走，將許多蘆棚地攤走完，便是一片曠野之地。馬路的西邊有一道水溝，雖然不清，倒也不臭。在水溝那邊，稀稀的有幾棵丈來長的柳樹。再由溝這邊到溝那邊，不能過去，南北兩頭，有兩架平板木橋，橋頭上有個小蘆棚子，那裡擺了一張小桌，兩個警察守住。過去的人，都在橋這邊掏四個銅子，買一張小紅紙進去。這樣子，就是買票了。家樹到了此地，不能不去看看，也就掏了四個子買票過橋。到了橋那邊，平地上挖了一些水坑，裡面種了水芋之屬，並沒有花園。過了水坑，有五六處大蘆棚，裡面倒有不少的茶座。一個棚子裡都有一臺雜耍。穿過這些蘆棚，又過一道水溝；這裡倒有一所淺塘，裡面新出了些荷葉。荷塘那邊，有一片木屋，屋外斜生著四五棵綠樹，樹下一個倭瓜架子，牽著一些瓜豆蔓子。那木屋是用藍漆漆的，垂著兩副湘簾，順了風，遠遠的就聽到一陣管絃絲索之聲。家樹一想：這地方多少還有點意思，且過去看看。順著一條路走去，那木屋向南敞開，對了先農壇一帶紅牆，有一叢古柏，屋子裡擺了幾十副座頭，正北有一座矮臺，有七八個花枝招展的大鼓娘，在那裡坐著，依次唱大鼓書。家樹本想坐下休息片刻，無奈所有的座位人都滿了，於是折轉身就走回來。所謂「水心亭」，不過如此。這種風景，似乎也不值留戀。先是由東邊進來的，這且由西邊出去。到了這裡，一排都是茶棚；穿過茶棚，人聲喧嚷，遠遠一看，有唱大鼓書的，有賣解的，有摔跤的，有弄口技的，有說相聲的。左一個布棚，外面圍住一圈人，右一個木棚，也圍住一圈人。這倒是真正的下層社會俱樂部。北方一個土墩，圍了一圈人，笑聲最烈。家樹走上前一看，只見一根竹竿子，挑了一塊破藍布，髒得像小孩子用的尿布一般。藍布下一張小桌子，有三四個小孩子圍著打鑼鼓拉胡琴，藍布一掀，出來一個四十多歲的黑漢子，穿一件半截灰布長衫，攔腰虛束了一根草繩，頭上戴了一個菸捲紙盒子制的帽子，嘴上也掛了一掛黑鬍鬚。其實不過四五十根馬尾，他走到桌子邊一瞪眼，看的人就叫好。他一伸手摘下鬍子道：「我還沒唱，怎麼樣就叫起好來？胡琴趕來了，我來不及說話。」說著馬上掛起鬍子又唱起來。大家看見，自是一陣笑，家樹覺得有趣，儘管站了看下去。站了半天，覺得有些乏，回頭一看，有一家茶館，倒還乾淨，就踏了進去，找個座位坐下。那柱子上貼了一張紅紙條，上面大書一行字：「每位水錢一枚。」家樹覺得很便宜，是有生以來所不曾經過的茶館了。走過來一個夥計，送一把白瓷壺在桌上，問道：「先生！帶了葉子沒有？」家樹答沒有。夥計道：「給你沏錢四百一包的吧！香片？龍井？」這是北京人喝茶葉，不是論斤兩，乃是論包的。一包茶葉，大概有一錢重。平常是論幾個銅子一包，又簡稱幾百一包。一百就是一個銅板，茶不分名目，泡過的茶葉，加上茉莉花，名為香片；不曾泡過，不加花的，統名之為龍井。家樹雖然是浙江人，來此多日，很知道這層緣故，當時答應了龍井兩個字，因道：「你們水錢只要一個銅子，怎樣倒花了四個銅子賣茶葉給人喝？」夥計笑道：「你是南邊人，不明白，你自己帶葉子來，我們只要一枚。你要是吃我們的茶葉，我們還只收一個子兒水錢，那就非賣老嬢不可了。」家樹聽他這話，笑道：「要是客人都帶葉子來，你們全只收一個子兒水錢，豈不要大賠錢？」夥計聽了，將手向後方院子裡一指，笑道：「你瞧我們這裡是不靠賣水的。」家樹向後院看去，那裡有兩個木架子，插著許多樣武器，胡亂擺了一些石墩石鎖，還有一副千斤擔，院子裡另外有重屋子，有一群人在那裡品茗閒談。屋子門上，寫了一副橫額貼在那裡，乃是「以武會友」。就在這時候，有人走了出來，取架子上的武器，在院子裡舞練。家樹知道了，這是一般武術家的俱樂部。家樹在學校裡，本有一個武術教員，教練武術，向來對此感到有些趣味，現在遇到這樣的俱樂部，有不少的武術，可以參觀，很是歡喜。索興將座位挪了一挪，靠近後院的扶欄，先是看見有幾個壯年人在院子裡，練了一會兒刀棍，最後走出來一個五十上下的老者，身上穿了一件紫花布汗衫，橫腰繫了一根大板帶。板帶上，掛了煙荷包小褡褳；下面是青布褲，裹腿布系靠了膝蓋，遠遠的就一摸手臂，精神抖擻，走近來，見他長長的臉，一個高鼻子，嘴上只微微留幾根須，他一走到院子裡，將袖子一陣卷，先站穩了腳步，一手提著一隻石鎖，顛了幾顛，然後向空中一舉，舉起來之後，望下一落，一落之後，又望上一舉，看那石鎖，大概有七八十斤一隻，兩只就一百幾十斤。這向上一舉，還不怎樣出奇，只見他雙手向下一落，右手又向上一起，那石鎖飛了出去，直衝過屋脊。家樹看見，先自一驚，不料那石鎖剛過屋脊，照著那老人的頭頂，直落下來，老人腳步動也不曾一動，只把頭微微向左一偏，那石鎖平平穩穩落在他右肩上；同時，他把左手的石鎖丟擲，也把左肩來承住。家樹看了，不由暗地稱奇。看那老人，倒行所無事，輕輕的將兩只石鎖向地下一扔，在場的一班少年，於是吆喝了一陣，還有兩個叫好的。老人見人家稱讚他，只是微微一笑。有一個壯年漢子，坐在那千斤擔的木槓上笑道：「大叔！今天你很高興，玩一玩大傢伙吧。」老人道：「你先玩著給我瞧瞧。」那漢子果然一轉身雙手拿了木槓，將千斤擔拿起，慢慢提起，平齊了雙肩，咬著牙，臉就紅了，他趕緊彎腰，將擔子放下，笑道：「今天乏了，更是不成。」老人道：「瞧我的吧。」走上前，先平了手將擔子提著平了腹，頓了一頓，反著手向上一舉，平了下頦，又頓了一頓，兩手伸直，高舉過頂。這擔子兩頭是兩個大石盤，彷彿像兩片磨石，木槓有茶杯來粗細，插在石盤的中心。一個磨石，看上去總有二百斤重，加上安在木槓的兩頭，更是吃力。這一舉起來，總有四五百斤氣力，才可以對付。家樹不由自主的拍著桌子叫了一聲：「好！」那老人放下千斤擔，一看家樹，穿了一件藍湖縐夾袍，在大襟上掛了一個自來水筆的筆插，白淨的面孔，架了一副玳瑁邊圓框眼鏡，頭上的頭髮雖然分齊，卻又捲起有些蓬亂，這分明是個貴族式的大學生，何以會到此地來？不免又看家樹兩眼。家樹以為人家是要招呼他，就站起來笑臉相迎。那老人笑道：「先生！你也愛這個嗎？」家樹笑道：「愛是愛，可沒有這種力氣。這個千斤擔，虧你舉得起。貴庚過了五十嗎？」那老人微笑道：「五十幾，望來生了！」家樹道：「這樣說過六十了。六十歲的人，有這樣大力氣，真是少見！貴姓是？」那人說是姓關。家樹便斟了一杯茶，和他坐下來談話，才知道他名關壽峰。是山東人，在京中作外科大夫為生。便問家樹姓名，怎樣會到這種茶館裡來？家樹告訴了他姓名，又道：「家住在杭州。因為要到北京來考大學，現在補習功課。住在東四三條衚衕表兄家裡。」壽峰道：「樊先生！這很巧，我們還是街坊啦。我也住在那衚衕裡，你是多少號門牌？」家樹道：「我表兄姓陶。」壽峰道：「是那紅門陶宅嗎！那是大宅門啦！聽說他們老爺太太都在外洋。」家樹道：「是，那是我舅舅。他是一個總領事，帶我舅母去了，我的表兄陶伯和，現在也在外交部有差事；不過家裡還可過，也不算什麼大宅門。你府上在哪裡？」壽峰哈哈大笑道：「我們這種人家，哪裡去談府上啦！我住的地方，就是個大雜院。你是南方人，大概不明白什麼叫大雜院；這就是說一家院子裡，住上十幾家人家，作什麼的都有。你想這樣的地方，哪裡安得上府上兩個字？」家樹道：「那也不要緊，人品高低，並不分在住的房子上。我也很喜歡談武術的，既然同住在一個衚衕，過一天一定過去奉看大叔。」壽峰聽他這樣稱呼，站了起來，伸著手將頭髮一頓亂搔，然後抱著拳連拱幾下，說道：「我的先生！你是怎樣稱呼啊？我真不敢當，你要是不嫌棄，哪一天我就去拜訪你去。」又道：「說到練把式，你要愛聽，那有的是……」說時，一拍肚腰帶道：「可千萬別這樣稱呼。」家樹道：「你老人家，不過少幾個錢，不能穿好的，吃好的，辦不起大事，難道為了窮，把年歲都丟了不成？我今年只二十歲，你老人家有六十多歲，大我四十歲，跟著你老人家叫一句大叔，那不算客氣！」壽峰將桌子一拍，回頭對在座喝茶的人道：「這位先生爽快，我沒有看見過這樣的少爺們。」家樹也覺著這老頭子很爽直，又和他談了一陣，因已日落西山，就給了茶錢回家，到了陶家。那個聽差劉福進來伺候茶水，便問道：「表少爺！水心亭好不好？」家樹道：「水心亭倒也罷了，不過我在小茶館裡認識了一個練武的老人家談得很好。我想和他學點本事，也許他明後天要來見我。」劉福道：「唉！表少爺！你初到此地來，不懂這裡的情形。天橋這地方，九流三教，什麼樣子的人都有，怎樣和他們談起交情來了？」家樹道：「那要什麼緊？天橋那地方，我看雖是下層社會的人聚合之所，其中好人可也不少，這老頭子人就極爽快，說話很懂情理。」劉福微笑道：「走江湖的人，有個不會說話的嗎？」家樹道：「你沒有看見那人，你哪裡知道那人的好壞？我知道，你們一定要看見坐汽車帶馬弁的，那才是好人。」劉福不敢多事辯駁，只得笑著去了。

到了次日上午，這裡的主人陶伯和夫婦，已經由西山回來。陶伯和在上房休息了一會，趕著上衙門；陶太太又因為上午有個約會，出門去了。家樹一個人在家裡，也覺得很是無聊，心想既然約會了那個老頭子要去看看他，不如就趁今天無事，了卻這一句話，管他是好是壞，總不可失信於他，免得他說我瞧不起人。昨天關壽峰也曾說到，他家就住在這衚衕東口，一個破門樓子裡，門口有兩棵槐樹，是很容易找的。於是隨身帶了些零碎錢，出門而去。走到衚衕東口，果然有這樣一個所在。他知道北京的規矩，無論人家大門是否開著，先要敲門才能進去的。因為門上並沒有什麼鐵環之類，只拍拍的將門敲了兩下。這時出來一個姑娘，約莫有十八九歲，挽了辮子在後面梳著一字橫髻，前面只有一些很短的留海，一張圓圓的臉兒，穿了一身的青布衣服，襯著手臉倒還白淨，頭髮上拖了一根紅線，手上拿了一塊白十字布，走將出來，她見家樹穿得這樣華麗，便問道：「你找誰？這裡是大雜院，不是住宅。」家樹道：「我知道是大雜院，我是來找一個姓關的。不知道在家沒有？」那姑娘對家樹渾身上下打量了一番，笑道：「我就姓關，你先生姓樊嗎？」家樹道：「對極了。那關大叔，……」姑娘連忙接住道：「是我父親。他昨天晚上一回來就提起了。現在家裡，請進來坐。」姑娘在前面引導，引到一所南屋子門口就叫道：「爸爸快來，那位樊先生來了。」壽峰一推門出來了，連連拱手道：「哎喲！這還了得，實在沒有地方可坐。」家樹笑道：「不要緊的。我昨天已經說了，大家不要拘形跡。」關壽峰聽了，便只好將客向裡引。家樹一看屋子裡面，正中供了一副畫的關羽神像。一張舊神桌，擺了一副洋鐵五供，壁上隨掛弓箭刀棍，還有兩張獾子皮，下邊一路壁上，掛了許多一束一束的幹藥草，還有兩個幹葫蘆。靠西又一張四方舊木桌，擺了許多碗罐，下面緊靠放了一個泥爐子。靠東邊陳設了一張舖位，被縟雖是布的，卻還潔淨。東邊一間房，掛了一個紅布門簾子，那紅色也半成灰色了。這樣子，父女二人，就是這兩間屋了。壽峰讓家樹坐在鋪上，姑娘就進屋去捧了一把茶壺出來。笑道：「真是不巧，爐子滅了，到對過小茶館裡找水去。」家樹道：「不必費事了。」壽峰笑道：「貴人下降賤地，難道茶都不肯喝一口？」家樹道：「不是那樣說，我們交朋友，並不在乎吃喝，只要彼此相處得來，喝茶不喝茶，那是沒有關係的。不客氣一句話，要找吃找喝，我不會到這大雜院裡來了。沒有水，就不必張羅了。」壽峰道：「也好，就不必張羅了。」那姑娘捧了一把茶壺，倒弄得進退兩難。她究覺得人家來了，一杯茶水都沒有，太不成話。還是到小茶館裡沏了一壺水來了。找了一陣子，找出一隻茶杯，一隻小飯碗，斟了茶放在桌上，然後輕輕的對家樹道：「請喝茶！」自進那西邊屋裡去了。壽峰笑道：「這茶可不必喝了。我們這裡，不但沒有自來水，連甜井水都沒有的。這是苦井的水，可帶些鹹味。」姑娘就在屋子裡答道：「不，這是在衚衕口上茶館裡沏來的，是自來水呢。」壽峰笑道：「是自來水也不成。我們這茶葉太壞呢！」當他說時，家樹已經捧起茶杯喝了一口，笑道：「人要到哪裡說哪裡話，遇到喝鹹水的時候，自然要喝鹹水；在喝甜水的時候，練習練習鹹水也好。像關大叔是沒有遇到機會罷了。若是早生五十年，這樣大的本領，不要說作官，就是到鏢局裡走鏢，也可顧全衣食。像我們後生，一點能力沒有，靠著祖上留下幾個錢，就是穿好的，吃好的，也沒有大叔靠了本事，喝一碗鹹水的心安。」說到這裡，只聽見卜通一下響，壽峰伸開大手掌，只在桌上一拍，把桌上的茶碗都震倒了。昂頭一笑道：「痛快死我了。我的小兄弟！我沒遇到人說我說得這樣中肯的。秀姑！你把我那錢口袋拿來，我要請這位樊先生去喝兩盅，攀這麼一個好朋友。」姑娘在屋子裡答應了一聲，便拿出一個藍布小口袋來，笑道：「您可別請人家樊先生上那山東二葷鋪，我這裡今天接來作活的一塊錢，您也帶了去。」壽峰笑道：「樊先生你聽，連我閨女都願意請您，您千萬別客氣。」家樹笑道：「好，我就叨擾了。」關壽峰將錢口袋向身上一揣，就引家樹出門而去。走到衚衕口，有一家小店，是窄小的門面，進門是煤竈，煤竈上放了一口大鍋，熱氣騰騰，一望裡面，像一條黑巷。壽峰向裡一指道：「這是山東人開的二葷鋪，只賣一點麵條饅頭的，我閨女怕我請你上這裡哩。」家樹點了頭笑笑。上了大街，壽峰找了一家四川小飯館，二人一同進去。落座之後，壽峰先道：「先來一斤花雕。」又對家樹道：「南方菜我不懂，請你要，多了吃不下，也不必，可是少了不夠吃，為客氣，心裡不痛快，也沒意思。」家樹因這人脾氣是豪爽的，果然就照他的話辦。一會酒菜上來，各人面前放著一隻酒杯，壽峰道：「樊先生！你會喝不會喝？會喝，敬您三大杯。不會喝敬您一杯。可是要說實話。」家樹道：「三大杯可以奉陪。」壽峰道：「好！大家儘量喝，我要客氣，是個老混帳。」家樹笑著，陪他先喝了三大杯。老頭子喝了幾杯酒，一高興，就無話不談。他自道年壯的時候，在口外當了十幾年的綠林豪客，因為被官兵追剿，婦人和兩個兒子，都殺死了。自己只帶得這個女兒秀姑，逃到北京來，洗手不幹了。自己當年在綠林，也未曾殺過一個人，還落個家敗人亡，殺人的事，更是不能幹，所以在北京改做外科醫生，做救人的事，以補自己的過。秀姑是兩歲到北京來的，現在有二十一歲，自己洗手已二十年了。好在他們喝酒的時候，不是上座之際，樓上無人，讓壽峰談了一個痛快，話談完了，他那一張臉直像家裡供的關神一樣了。家樹道：「關大叔！你不是說喝醉為止嗎？我要醉了，你怎麼樣？」壽峰突然站起來，身子晃了兩晃，兩手按住桌子笑道：「三斤了，該醉了。喝酒本來只應夠量就好，若是喝了酒又去亂吐，那是作孽了，什麼意思，得！我們回去，有錢下次再喝。」當時夥計一算帳，壽峰掏出口袋裡錢，還多京錢十吊（註：銅元一百枚），都倒在桌上，算了夥計的小費了。家樹陪他下了樓，在街上要給他僱車。壽峰將手臂一揚，笑道：「小兄弟！你以為我醉了？笑話。」昂著頭自去了。從這天起，家樹和他常有往來，又請他喝過幾回酒，並且買了些布匹送秀姑做衣服。只是一層，家樹常去看壽峰，壽峰並不來看他。其中三天的光景，家樹和他不曾見面，再去看他時，父女兩個，已經搬走了。問那院子裡的鄰居，他們都說不知道。他姑娘說，是要回山東去。家樹本以為這老人是風塵中不可多得的人物，現在忽然隱去，尤其是可怪，心裡倒戀戀不捨。

有一天，天氣很好，又沒有風沙，因就到天橋那家老茶館裡去探關壽峰的蹤跡。據茶館裡說：有一天到這裡坐了一會，只是唉聲嘆氣，以後就不見他來了。家樹聽說，心裡更是奇怪。慢慢的走出茶館，順著這小茶館門口的雜耍場走去。由這裡向南走便是先農壇的外壇。四月裡天氣，壇裡的蘆葦，長有一尺來高，一片青鬱之色，直抵那遠處城牆。青蘆裡面，路面畫出幾條黃色大界線，那正是由壇外而去的。壇內兩條大路，路的那邊，橫三右四的有些古柏；古柏中間，直立著一座伸入半空的鐘塔。在那鐘塔下面，有一片敞地，零零碎碎，有些人作了幾堆，在那裡團聚。家樹一見，就慢慢的走了過去。走到那裡看時，也是些雜耍。南邊鐘塔的臺基上，坐了一個四十多歲的人，抱著一把三絃子在那裡彈。看他是黃黝黝的小面孔，又長滿了一腮短樁鬍子，加上濃眉毛深眼眶，那樣子是髒得厲害，他身上穿的黑布夾袍，反而顯出一條一條的焦黃之色。因為如此，他儘管抱著三絃彈，卻沒有一個人過去聽的。家樹見他很著急的樣子，那隻按弦的左手，上起下落，忙個不了，調子倒是很入耳。心想彈得這樣好，沒有人理會，實在替他叫屈，不免走上前去，看他如何，那人彈了一會，不見有人向前，就把三絃放下，嘆了一口氣道：「這個年頭兒……」話還沒有往下講，家樹過意不去，在身上掏一把銅子給他，笑道：「我給你開開張吧。」那人接了錢，放出苦笑來，對家樹道：「先生！你真是好人，不瞞你說，天天不是這樣，我有個侄女兒今天還沒來……」說到這裡，他將右掌平伸，比著眉毛，向遠處一看道：「來了，來了！先生你別走，你聽她唱一段兒，準不會錯。」說話時，來了一個十六七歲的姑娘，面孔略尖，卻是白裡泛出紅來，顯得清秀，梳著復髮，長齊眉邊，由稀稀的髮網裡，露出白皮膚來。身上穿的舊藍竹布長衫，倒也乾淨齊整；手上提著面小鼓，和一個竹條鼓架子。她走近前對那人道：「二叔！開張了沒有？」那人將嘴向家樹一努道：「不是這位先生給我兩弔錢，就算一個子兒也沒有撈著。」那姑娘對家樹微笑著點了點頭，她一面支起鼓架子，把鼓放在上面，一面卻不住的向家樹渾身上下打量。看她面上，不免有驚奇之色，以為這種地方，何以有這種人前來光顧。那個彈三絃子的，在身邊的一個藍布袋裡，抽出兩根鼓棍，一副拍板，交給那姑娘，姑娘接了鼓棍，還未曾打鼓一下，早就有七八個人，圍將上來觀看。家樹要看這姑娘，究竟唱得怎樣？也就站著沒有動。一會兒工夫，那姑娘打起鼓板來，先將三絃子彈了一個過門，然後那個彈三絃子的站了起來笑道：「我這位姑娘，是初學的幾套書，唱得不好，大家包涵一點。我們這是湊付勁兒，諸位就請在草地上臺階上坐坐吧。現在先讓她唱一段黛玉悲秋，這是《紅樓夢》上的故事，不敢說好，姑娘唱著，倒是對勁。」說畢，他又坐在石階上彈起三絃子來。這姑娘重複打起鼓板，她那一雙眼睛，不知不覺之間，就在家樹身上溜了幾回。家樹一見她，先就猜她是個聰明女郎。雖然十分寒素，自有一種清媚態度，可以引動人，現在她不住的用目光溜過來，似乎她也知道自己憐惜她的意思，就更不願走。四周有一二十個聽書的。果然分在草地和臺階上坐下。家樹究竟不好意思坐，看見身邊有一棵歪倒樹幹的古柏，就踏了一隻腳在上面，手撐著腦袋，看了那姑娘唱。這個彈三絃子的，先得了家樹兩弔錢，這時陪姑娘唱著，更是努力。那三絃子一個字一個字，彈得十分淒楚，那姑娘垂下了她的目光，慢慢的向下唱，其中有兩句是：「清清冷冷的瀟湘院，一陣陣的西風吹動了綠紗窗；孤孤單單的林姑娘她在窗下暗心想：有誰知道女兒家這時候的心腸？」她唱到末了一句，拖了很長的尾音，目光卻在那深深的睫毛裡又向家樹一轉。家樹先還不曾料到這姑娘對自己有什麼意思，現在由她這一句唱上看來，好像對自己說話一般，不由得心裡一動。這種大鼓詞，本來是通俗的，那姑娘唱得既然婉轉，加上那三絃子，音調又彈得淒楚，四圍聽的人，都低了頭，一聲不響的向下聽去。唱完之後，有幾個人站起來撲著身上的土，搭訕著走開。那彈三絃子的，放下樂器，在臺階上拿了一個小柳條盤子分向大家要錢。有給一個大子的，有給二個子的，收完之後，也不過十多個子兒。他因為家樹站得遠一點，剛才又給了兩弔錢，原不好意思過來再要，現在將柳條盤子一搖，覺得錢太少，又遙遙對著他一笑，跟著也就走上前來。家樹知道他是來要錢的，於是伸手就在身上去一掏。不料身上的零錢，都已花光，只有幾塊整的洋錢，人家既然來要錢，不給又不好意思。就毫不躊躇的拿了一塊現洋，向柳條盤子裡一抛，銀元落在銅板上，鐺的一聲，打了一下響。那彈三絃子的，見家樹這樣慷慨，喜出望外，忘其所以的，把柳條盤交到左手，蹲了一蹲，垂著右手，就和家樹請了一個安。那個姑娘也露出十分詫異的樣子，手扶了鼓架，目不轉睛的只向家樹望著。家樹出這一塊錢，原不是示惠，現在姑娘這樣看自己，一定是誤會了，倒不好意思再看。那彈三絃子的，把一片落腮鬍樁子，幾乎要笑得豎起來，只管向家樹道謝。他拿了錢去，姑娘卻迎上前一步，側眼珠看了家樹，低低的和彈三絃子的說了幾句。他連點了幾下頭，卻問家樹道：「你貴姓？」家樹道：「我姓樊。」家樹答這話時，看那姑娘已背轉身去，收那鼓板，似乎不好意思，而且聽書的人還未散開，自己丟了一塊錢，已經夠人注意的了，再加以和他們談話，更不好。說完這句話，就走開了。由這鐘塔到外壇大門，大概有一里之遙，就緩緩的踱著走去。快到外壇門的時候，忽然有人在後面叫道：「樊先生！」家樹回頭看，卻是一個大胖子中年婦人追上前來，抬起一隻手臂，遙遙的只管在日影裡招手。家樹並不認識她，不知道她何以知道自己姓樊？心裡好生奇怪，就停住了腳，看她說些什麼。要知道她是誰，下回交代。

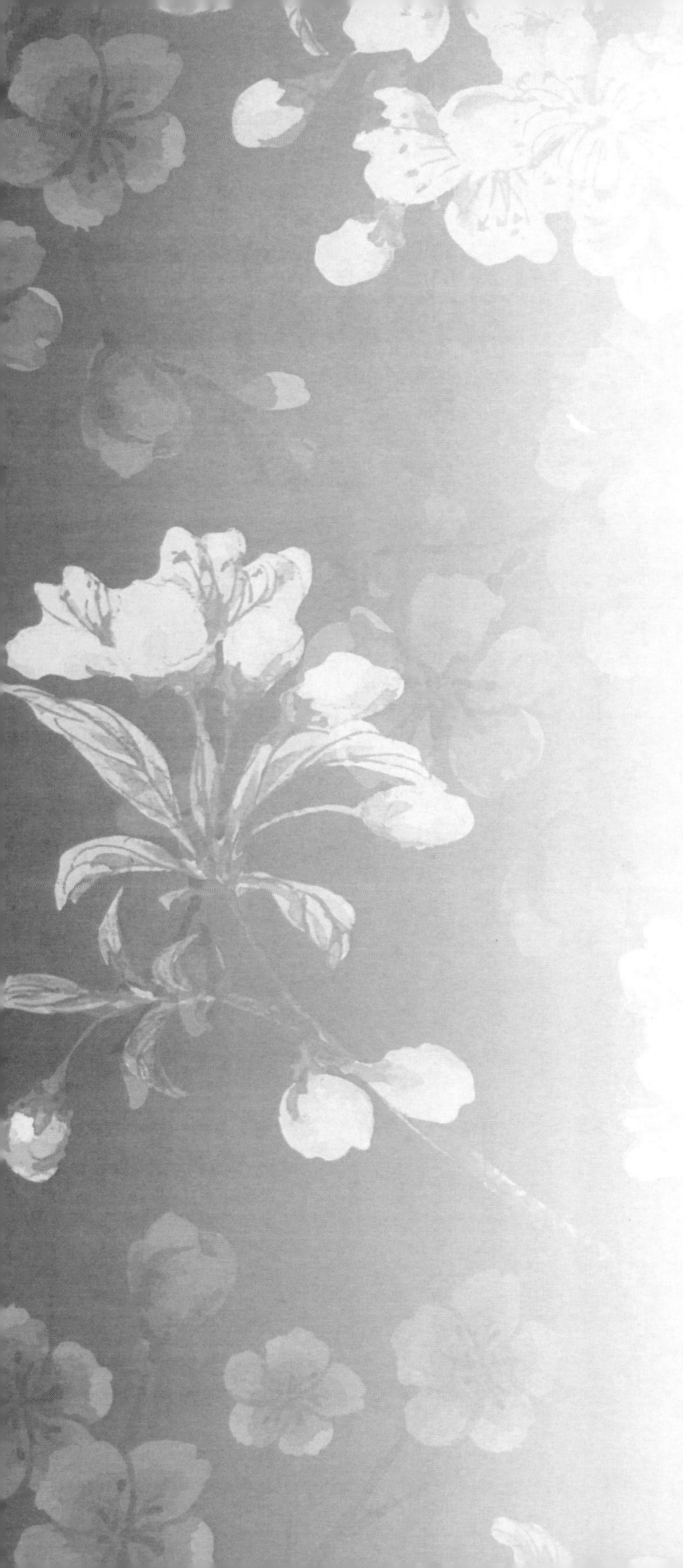

綺席晤青衫多情待舞　蓬門訪碧玉解語憐花

卻說家樹走到外壇門口，忽然有個婦人叫他，等那婦人走近前來時，卻不認識她。那婦人見家樹停住了腳步，就料定他是樊先生不會錯了。走到身邊，對家樹笑道：「樊先生！剛才唱大鼓的那個姑娘，就是我的閨女。我謝謝你。」家樹看那婦女，約莫有四十多歲年紀，見人一笑，臉上略現一點皺紋。家樹道：「哦！你是那姑娘的母親，找我還有什麼話說嗎？」婦人道：「難得有你先生這樣好的人，我想打聽打聽先生在哪個衙門裡？」家樹低了頭，將手在身上一拂，然後對那婦人笑道：「我這渾身上下，有哪一處像是在衙門裡的？告訴你，我是一個學生。」那婦人笑道：「我瞧就像是一位少爺，我們家就住在水車衚衕三號，樊少爺沒事，可以到我們家去坐坐。我姓沈，你到那兒找姓沈的就沒錯。」說到這裡，那個唱大鼓的姑娘也走過來了。那婦人道：「姑娘！怎麼不唱了？」姑娘道：「二叔說，有了這位先生給的那樣多錢，今天不幹了。他要喝酒去。」說著這話，就站在那婦人身後，反過手去，拿了自己的辮梢到前面來，只是把手去撫弄。家樹先見她唱大鼓的那種神氣，就覺不錯，現在又見她含情脈脈，不帶點些兒輕狂，風塵中有這樣的人物，卻是不可多得。因笑道：「原來你們都是一家人，倒很省事，你們為什麼不上落子館去唱？」那婦人嘆了一口氣道：「還不是為了窮啊！你瞧，我們姑娘穿這樣一身衣服，怎樣能到落子館去？再說她二叔，又沒個人緣兒，也找不著什麼人幫助。要像你這樣的好人，一天遇得著一個，我們就夠嚼穀的了，還敢望別的嗎？樊少爺！你府上在哪兒，我們能去請安嗎？」家樹告訴了她地點，笑道：「那是我們親戚家裡。」一面說著話，一面就走出了外壇門。家樹因路上來往人多，不便和她母女說話，僱車先回去了。

到家之後，已經是黃昏時候了。用了一點茶水，他表兄陶伯和，就請他到飯廳裡吃飯。陶伯和有一個五歲的小姐，一個三歲的少爺，另有保母帶著，夫婦兩個，連同家樹，席上只有三個座位，家樹上坐，他夫婦倆橫頭坐。陶太太一面吃飯，一面看著家樹笑道：「這一晌子，表弟喜歡一人獨遊，很有趣嗎？」家樹道：「您二位都忙，我不好意思常要你們陪伴著，只好獨遊了。」伯和道：「今天在什麼地方來？」家樹道：「聽戲。」陶太太望了他微笑，耳朵上墜的兩片翡翠秋葉，打著臉上，搖擺不定，微微的搖了一搖頭道：「不對吧。」說時，把手上拿著吃飯的牙筷頭，反著在家樹臉上輕戳了一下，笑道：「臉都晒得這樣紅，戲院子裡，不會有這樣厲害的太陽吧。」伯和笑道：「據劉福說，你和天橋一個練把式的老頭認識，那老頭有一個姑娘。」家樹笑道：「那是笑話了，難道我為了他有一個姑娘，才去和他交朋友不成？」陶太太道：「表弟倒真是平民化，不過這種走江湖的人，可是不能惹他們。你要交女朋友，……」說到這裡將筷子頭指了一指自己的鼻尖，笑道：「我有的是，……可以和你介紹啊！」家樹道：「表嫂說了這話好幾次了，但是始終不曾和我介紹一個。」陶太太道：「你在家裡，我怎樣給你介紹呢？必定要你跟著我到北京飯店去，我才能給你介紹。」家樹道：「我又不會跳舞，到了飯廳裡，只管看人跳舞，自己坐在一邊發呆，那是一點意思也沒有。」陶太太笑道：「去一次兩次，那是沒有意思的。但是去得多了，認識了女朋友之後，你就覺得有意思了。無論如何，總比到天橋去坐在那又腥又臭的小茶館裡強的多。」家樹道：「表嫂總疑心我到天橋去有什麼意思，其實我不過去了兩三回，要說他們練的那種把式，不能用走江湖的眼光看他們，實在有些本領。」伯和笑道：「不要提了，反正是過去的事，他們江湖派也好，不是江湖派也好，他已遠走高飛，和他辯論些什麼？」家樹聽了這話，忽然疑惑起來。關壽峰遠走高飛，他何以知道？自己本想追問一句，一來這樣追問，未免太關切了，二來怕是劉福報告的。這時劉福正站在旁邊，伺候吃飯，追問出來，恐怕給劉福加罪，因此也就默然不說了。平常吃過了晚飯，陶太太就要開始去忙著修飾的，因為上北京飯店跳舞，或者到真光、平安兩電影院去看電影，都是這時候開始了。因此陶太太一放下筷子，就進上房內室去了。家樹道：「表嫂忙著換衣服去了，這樣子又要去跳舞。」伯和道：「今晚上我們一塊兒去，好不好？」家樹道：「我不去，我沒有西服。」伯和道：「何必要西服，穿漂亮一點的衣服就行了。」說到這裡，笑了一笑。又道：「只要身上的衣服，穿得沒有一點皺紋，頭髮梳得光光滑滑的，一樣的可以博得女友的歡心。」家樹笑道：「這樣子說，不是女為悅己者容，倒是士為悅己者容了。」伯和道：「我們為悅己者容，你要知道，別人為討我們的歡心，更要修飾啊。你不信，到跳舞場裡去看看那些奇裝異服的女子，她為著什麼？還不是為了自己照鏡子嗎？」家樹笑道：「你這話要少說，讓表嫂聽見了，就是一場交涉。」伯和道：「這話也不算侮辱啊。女子好修飾，也並不是一定有引誘男子的觀念，不過是一點虛榮之心，以為自己好看，可以讓人羨慕，可以讓人稱讚。所以外國人男子對女子可以當面稱許她美麗的。你表嫂在跳舞場裡，若是有人稱許她美麗，我不但不妒嫉，還要很喜歡的；然而她未必有這個資格。」兩人說著話，也一面走著，踱到上房的客廳裡來。只見中間圓桌上，放了一隻四方的玻璃盒子，玻璃稜角上，都用五色印花綢來滾好，盒子裡面，也是紅綢鋪的底。家樹道：「這是誰送給表兄一個銀盾？盒子倒精緻，銀盾呢？」伯和口裡銜了半截雪茄，用嘴唇將雪茄掀動著，笑了一笑道：「你仔細看，這不是裝銀盾的盒子呀！」家樹道：「果然不是，這盒子大而不高，而且盒託太矮，這是裝什麼用的呢？莫不是盛玉器的？」伯和笑道：「越猜越遠。暫且不說，過一會子，你就明白了。」家樹笑道：「我倒要看一個究竟，這玻璃盒子究竟裝的是什麼東西？」不多大一會兒工夫，陶太太出來了。她穿了一件銀灰色綢子的長衫，只好齊平膝蓋，順長衫的四周邊沿，都鑲了桃色的寬辮，辮子中間，有挑著藍色的細花，和亮晶晶的水鑽，她光了一截脖子，掛著一副珠圈，在索淨中自然顯出富麗來。家樹還未曾開口，陶太太先笑道：「表弟！我這件衣服新作的，好不好？」家樹道：「表嫂是講究美術的人，自己計劃著作出來的衣服，自然是好。」陶太太道：「我以為中國的綢料，做女子的衣服，最是好看。所以我做的衣服，無論是哪一季的，總以中國料子為主。就是鞋子，我也是如此，不主張那些印度緞、印度綢。」說時，把她的一條玉腿，抬了起來，踏在圓凳上。家樹看時，白色的長絲襪，緊裹著大腿，腳上穿著一雙銀灰緞子的跳舞鞋。沿鞋口也是鑲了細條紅辮，紅辮裡依樣有很細的水鑽，射人的目光，橫著腳背，有一條鎖帶，帶子上橫排著一路珠子，而鞋尖正中，還有一朵精緻的蝴蝶，蝴蝶兩隻眼睛，卻是兩顆珠子。家樹笑道：「這一雙鞋，實在是太精緻了，除非墊了地毯的地方，才可以下腳，若是隨便的地下也去走，可就辱沒了這雙鞋了。」陶太太道：「北京人說，淨手洗指甲，作鞋泥裡踏，你沒有聽見說過嗎？不要說這雙鞋，就是裝鞋的這一個玻璃盒子，也就很不錯了。」說時，向桌上一指，家樹道：「鞋子是很好，但不知道要多少錢？」陶太太正穿了那鞋在光滑的地板上，帶轉帶溜，只低了頭去審查。聽到家樹問多少錢，這才轉過身來笑道：「我也不知道多少錢，因為一家鞋店裡和我認識，我介紹了他有兩三千塊錢生意，所以送我一雙鞋。作為謝禮。」家樹道：「兩三千塊嗎？那有多少雙鞋？」陶太太道：「不要說這種不見世面的話了，跳舞的鞋子，沒有幾塊錢一雙的。好一點，三四十塊錢一雙鞋，那是很平常的事，那不算什麼。」家樹道：「原來如此，像表嫂這一雙鞋，就讓珠子是假的，也應該值幾十塊錢了。」陶太太道：「小的珠子，是不值什麼的，自然是真的。」家樹笑道：「表嫂穿了這樣好的新衣，又穿了這樣好鞋子，今天一定是要到北京飯店去跳舞的了。」陶太太道：「自然去。今天伯和去，你也去，我就趁著今晚朋友多的時候，給你介紹兩位女朋友。」家樹笑道：「我剛才和伯和說了，沒有西裝，我不去。」伯和道：「我也說了，沒有西裝不成問題，你何以還要提到這一件事。」家樹道：「就是長衣服，我也沒有好的。」陶太太不讓他向下說，自己走回房去，拿了一瓶灑頭香水，一把牙梳出來，不問三七二十一，將香水瓶子掉過來，就向他頭上灑水。家樹連忙將頭偏著躲開，陶太太道：「不行不行，非梳一梳不可，不然我就不帶你去。」家樹笑道：「我並不要去啊。」伯和道：「我告訴你實話吧，跳舞還罷了，北京飯店的音樂，不可不去一聽。他那裡樂隊的首領，是俄國音樂大學的校長托拉基夫。」家樹道：「一個國立大學的校長，何至於到飯店裡去作音樂隊的首領？」伯和道：「因為他是一個白黨，俄國成立了紅色政府，他才到中國來。若是現在俄國還是帝國，他何至於到中國來呢？」家樹道：「果然如此，我倒非去不可。北京究竟是好地方，什麼人都會在這裡齊集。」陶太太見他說要去，很是歡喜。催著家樹換了衣服，和他夫婦二人，坐了自家的汽車，就向北京飯店而來。

這個時候，晚餐已經開過去了。吃過了飯的人，大家餘興勃勃，正要跳舞，伯和夫婦和家樹挑選了一副座位，面著舞廳的中間而坐，由外面進來的人，正也陸續不斷。這個時候，有一個十七八歲的女子，穿了蔥綠綢的西洋舞衣，兩隻手臂和雪白的前胸後背，都露了許多在外面。這在北京飯店，原是極平常的事，但是最奇怪的，她的面貌，和那唱大鼓的女孩子，竟十分相像，不是她已經剪了頭髮，真要疑她就是一個了。因為看得很奇怪，所以家樹兩隻眼睛，儘管不住的看著那姑娘。陶太太同時卻站起身來，和那姑娘點頭，姑娘一走過來，陶太太對家樹笑道：「我給你介紹介紹，這是密斯何麗娜！」隨著又給家樹通了姓名，陶太太道：「密斯何和誰一路來的？」麗娜道：「沒有誰，就是我自己一個人。」陶太太道：「那麼，可以坐在我們一處了。」伯和夫婦是連著坐的。伯和坐中間，陶太太坐在左首，家樹坐在右首，家樹之右，還空了一把椅子。陶太太就道：「密斯何！就在這裡坐吧。」何小姐一回頭，見那裡有一把空椅子，就毫不客氣的在那椅子上坐下。家樹先不必看她那人，就聞到一陣芬芳馥郁的脂粉味，自己雖不看她，然而心裡頭，總不免在那裡揣想著，以為這人美麗是美麗，放蕩也就太放蕩了。飯店裡西崽，對她倒是很熟，便笑著過來叫了一聲何小姐！何麗娜將手一揮，很低的不知道說了一句什麼。但是很像英語，不多一會兒，西崽捧了一瓶啤酒來，放了一隻玻璃杯在麗娜面前，開啟瓶塞，滿滿的給她斟了一滿杯。那酒斟得快，鼓著汽泡兒，只在酒杯子裡打旋轉。麗娜也不等那酒漩停住，端起杯子來，骨都一聲，就喝了一口。喝時，左腿放在右腿上，那肉色的絲襪子，緊裹著珠圓玉潤的肌膚，在電燈下面，看得很清楚。家樹心裡想：中國人對於女子的身體，認為是神祕的，所以文字上不很大形容肉體之美，而從古以來，美女身上的稱讚名詞，什麼杏眼，桃腮，春蔥，櫻桃，什麼都歌頌到了，然決沒有什麼恭頌人家兩條腿的，尤其是古人的兩條腿，非常的尊重，以為穿叉腳褲子都不很好看，必定罩上一幅長裙，把腳尖都給它罩住；現在染了西方的文明，婦女們也要西方之美，大家都設法露出這兩條腿來；其實這兩條腿，除富於挑撥性而外，不見得怎樣美。家樹如此的想著，目光注視著麗娜小姐的膝蓋，目不轉睛的向下看。陶太太看見，對著伯和微微一笑，又將手手臂碰了伯和一下，伯和心裡明白，也報之以微笑。這時，音樂臺的音樂，已經奏了起來，男男女女互相摟抱著，便跳舞起來。一個人的性情，都是這樣，常和老實的人在一處，見了活潑些的，便覺聰明可喜；但是常和活潑的人在一處，見了忠實些的，又覺得溫存可親了。何小姐日日在跳舞場裡混，見的都是些很活躍的青年，現在忽然遇到家樹這樣的忠厚少年，便動了她的好奇心，要和這位忠實的少年談一談，也成為朋友，看看老實的朋友，那趣味又是怎樣。因此坐著沒動，等家樹開口，要求跳舞。凡是跳舞場的女友，在音樂奏起之後，不去和別人跳舞，默然的坐在一位男友身邊，這正是給予男友求舞的一個機會，也不啻對你說，我等你跳舞。無如家樹就不會跳舞，自然也不會啟口。這時伯和夫婦，都各找舞伴去了。只剩兩人對坐，家樹大窘之下，只好側過身子去，看著舞場上的舞伴。何小姐斟了一杯酒捧在手裡，臉上現出微笑，只管將那玻璃杯口，去碰那又齊又白的牙齒，頭不動，眼珠卻緩緩的斜過來看著家樹。等了有十分鐘之久，家樹也沒說什麼，麗娜放下酒杯問道：「密斯脫樊！你為什麼不去跳舞？」家樹道：「慚愧得很，我不會這個。」麗娜笑道：「不要客氣了，現在的青年，有幾個不會跳舞的。」家樹笑道：「實在是不會，就是這地方，我今天還是第一次來呢。」麗娜道：「真的嗎？但這也是很容易的事，只要密斯脫樊和令親學一個禮拜，管保全都會了。」家樹笑道：「在這歌舞場中，我們是相形見絀的，不學也罷。」說到這裡，伯和夫婦歇著舞回來了，看見家樹和麗娜談得很好，二人心中暗笑。當時大家又談了一會，麗娜雖然和別人去跳舞了兩回，但是始終回到這邊席上來坐。

到了十二點鐘以後，家樹先有些倦意了，對伯和道：「回去吧。」伯和道：「時候還早啊。」家樹道：「我沒有這福氣，覺得有些頭昏。」伯和道：「誰叫你喝那些酒呢？」伯和因為明天要上衙門，也贊成早些回去。不過怕太太不同意，所以未曾開口。現在家樹要說回去，正好借風轉舵，便道：「既是你頭昏，我們就回去吧。」叫了西崽來，一算帳，共是十五元幾角，伯和在身上拿出兩張十元的鈔票，交給西崽，將手一揮道：「拿去吧。」西崽微微一鞠躬，道了一聲謝。家樹只知道伯和夫婦每月跳舞西餐費很多，但不知道究用多少，現在看起來，只是幾瓶清淡的飲料，就是廿塊錢，怪不得要花錢。當時何麗娜見他們走，也要走，說道：「密斯脫陶！我的車沒來，搭你的車坐一坐，坐得下嗎？」伯和道：「可以可以。」於是走出舞廳，到儲衣室裡去穿衣服，那西崽見何小姐進來，早在鉤上取下一件女大衣，提了衣抬肩，讓她穿上。穿好之後，何小姐開啟提包，就抽出兩元鈔票來，西崽一鞠躬，接著去了。這一下，讓家樹受了很大的刺激，白天自己給那唱大鼓書的一塊錢，人家就受寵若驚，認為不世的奇遇，真是不登高山，不現平地。像她這樣用錢，簡直是把大洋錢看作大銅子。若是一個人作了她的丈夫，這種費用，容易供給嗎？當時這樣想著，看何小姐卻毫不為意，和陶太太談笑著，一路走出飯店。

這時雖然夜已深了，然而這門口樹林下的汽車和人力車，一排一排的由北向南停下。伯和找了半天，才把自己的汽車找著。汽車裡坐四個人，是非把一個坐倒座兒不可的。伯和自認是主人，一定讓家樹坐在上面軟椅上，家樹坐在椅角上，讓出地方來，麗娜竟不客氣，坐了中間，和家樹擠在一處；她那邊自然是陶太太坐了。車子開動了，麗娜抬起一隻手捶了一捶頭，笑道：「怎麼回事？

我的頭有點暈了！」正在這時，汽車突然拐了一個小彎，向家樹這邊一側，麗娜的那一隻手臂，就碰了他的臉一下。麗娜回轉臉來，連忙對家樹道：「對不起，撞到哪裡沒有？」家樹笑道：「照密斯何這樣說，我這人是紙糊的了。只要動他一下，就要破皮的。」伯和道：「是啊，你這些時候，正在講究武術，像密斯何這樣弱不禁風的人，就是真打你幾下，你也不在乎。」何小姐連連說道：「不敢當，不敢當。」說著就對家樹一笑，四個人在汽車裡談得很熱鬧，不多一會兒，就先到了何小姐家。汽車的喇叭遙遙的叫了三聲，突然人家門上電燈一亮，映著兩扇朱漆大門。何小姐操著英語，道了晚安，下車而去。朱漆門已是洞開，讓她進去了。這裡他們三人回家以後，伯和笑道：「家樹！好機會啊！密斯何對你的態度太好了。」家樹道：「這話從何說起，我們不過是今天初次見面的朋友，她對我，談得上什麼態度？」陶太太道：「是真的！我和何小姐交朋友許久了，我從沒見過她對於初見面的朋友，是怎樣又客氣又親密的。你好好的和她周旋吧，將來我喝你一碗冬瓜湯。」伯和笑道：「你不要說這種北京土謎了，他知道什麼叫冬瓜湯。家樹！我告訴你吧，喝冬瓜湯，就是給你作媒。」家樹笑道：「我不敢存那種奢望，但是作媒何以叫喝冬瓜湯呢？」陶太太道：「那就是北京土產，他也舉不出所以然來。但是真作媒的人，也不曾見他真喝過冬瓜湯，不過你和何小姐願意給我冬瓜湯喝，我是肯喝的。」家樹道：「表嫂這話，太沒有根據了。一個初會面的朋友，哪裡就能夠談到婚姻問題上去。」陶太太道：「怎麼不能？舊式的婚姻，不見面還談到婚姻上去呢。你看看外國電影的婚事，不是十之八九，一見傾心嗎？譬如你和那個關老頭子的女兒，又何嘗不是一見就發生友誼呢？」家樹自覺不是表嫂的敵手，笑著避回自己屋子裡去了。一個人受了聲色的刺激，不是馬上就能安貼的。家樹睡的鋼絲床頭，有一隻小茶櫃，茶櫃上直立著荷葉蓋的電燈，正向床上射著燈光，燈光下放了一本《紅樓夢》，還是前兩晚臨睡時候，放在這裡的，拿起一本來看，隨手一翻，恰是林黛玉鼓琴的那一段。由這小說上，想到白天唱《黛玉悲秋》的女子，心想她何嘗沒有何小姐美麗？何小姐生長在有錢的人家裡，茶房替她穿一件外衣，就賞兩塊錢，唱大鼓書的姑娘，唱了一段大鼓，只賞了她一塊錢，她家裡人就感激涕零。由此可以看到美人的身分，也是以金錢為轉移的。據自己看來，那姑娘和何小姐長得差不多，年紀還要輕些，我要是說上天橋去聽那人的大鼓書，表嫂一定不滿意的，可是隻和何小姐初見面，她就極力要和我作媒了。一人這樣想著，只把書拿在手裡沉沉的想下去，轉念到與其和何小姐這種人作朋友，莫如和唱大鼓的姑娘認識了。她母親曾請我到她家裡去，何妨去看看呢，我倒可以藉此探探她的身世。這一晚上，也不知道什麼緣故，想了幾個更次。

到了次日，也不曾吃午飯，說是要到大學校裡去拿章程看看，就出門了。伯和夫婦以為上午無地方可玩，也相信他的話。家樹不敢在家門口坐車，上了大街，僱車到水車衚衕。到了水車衚衕口上，就下了車，卻慢慢走進去，一家一家的門牌看去。到了西口上，果然三號人家的門牌邊，有一張小紅紙片，寫了「沈宅」兩個字。門是很窄小的，裡面有一道半破的木格扇擋住，木格扇下擺了一隻穢水桶，七八個破瓦缽子，一隻破煤筐子，堆了穢土，還在隔扇上掛了一條斷腳板凳。隔扇有兩三個大窟窿，可以看到裡面院子裡，晾了一繩子衣服，衣服下似乎也有一盆夾竹桃花；然而紛披下垂，上面是灑滿了灰土。家樹一看，這院子是很不潔淨，向這樣的屋子裡跑，倒有一點不好意思。

於是緩緩的從這大門踱了過去，這一踱過去，恰是一條大街，在大街上望了一望，心想難道老遠的走了來，又跑回家去不成？既來之則安之，當然進去看看。於是掉轉身仍回到衚衕裡來，走到門口，本打算進去，但是依舊為難起來：人家是個唱大鼓書的，和我並無關係，我無緣無故到這種人家去作什麼？這一猶豫，放開腳步，就把門走了過去。走過去兩三家還是退回來，因想她叫我找姓沈的人家，我就找姓沈的得了，只要是她家，她們家裡人都認識我的，難道她們還能不招待我嗎？主意想定，還是上前去拍門。剛要拍門，又一想：不對，不對！自己為什麼找人呢？說起來倒怪不好意思的。因此雖自告奮勇去拍門，手還沒有拍到門，又縮轉來了，站在門邊，先咳嗽了兩聲，覺得這就有人出來，可以答話了。誰料出來的人，在隔扇裡先說起話來道：「門口瞧瞧去，有人來了。」家樹聽聲音，正是唱大鼓書的那姑娘，連忙向後一縮，輕輕的放著腳步，趕快的就走，一直要到衚衕口上了，後面有人叫道：「樊先生！樊先生！就在這裡，你走錯了。」回頭看時，正是那姑娘的母親沈大娘，一路招手，一路跑來，瞇著眼睛笑道：「樊先生！你怎麼到了門口又不進去？」家樹這才停住腳道：「我看見你們家裡沒人出來，以為裡面沒人，所以走了。」沈大娘道：「你沒有敲門，我們哪會知道啊？」說著話，伸了兩手支著，讓家樹進門去，家樹身不由自主的，就跟了她進去。只覺那院子裡到處是東西。沈大娘開了門，讓進一間屋子，屋子裡也是床鋪鍋爐盆缽椅凳，樣樣都有，簡直沒有安身之處。再轉一個彎，引進一間套房裡，靠著窗戶有一張大土炕，簡直將屋子占去了三分之二，剩下一些空地，只設了一張小條桌，兩把破了靠背的椅子，什麼陳設也沒有。有兩只灰黑色的箱子，兩只柳條筐，都堆在炕的一頭，這邊才鋪了一條蘆席，蘆席上隨疊著又薄又窄的棉被，越顯得這炕寬大，浮面鋪的，倒是條紅呢被，可是不紅而黑了。牆上新新舊舊的貼了幾張年畫，什麼《耗子嫁閨女》，《王小二怕媳婦》，大紅大綠，塗了一遍。家樹從來不曾到過這種地方，現在覺得有一種很奇異的感想。沈大娘讓他在小椅子上坐了，用著一隻白瓷杯，斟了一杯馬溺似的釅茶，放在桌上。這茶杯恰好鄰近一隻燻糊了燈罩的煤油燈，回頭一看桌上，漆都成了魚鱗斑，自己心裡暗算，住在很華麗很高貴一所屋子裡的人，為什麼到這種地方來。這樣想著，渾身都是不舒服。心想：我莫如坐一會子就走吧。正這樣想著，那姑娘進來了。她倒是很大方，笑著點了一個頭，接上說道：「你喝水。」沈大娘道：「姑娘！你陪樊先生一會兒，我去買點瓜子來。」家樹要起身攔阻時，人已走遠了。屋子裡剩了一男一女，更沒有說話了。那姑娘將椅子移了一移，把棉被又整了一整，順便在炕上坐下，問家樹道：「你抽捲菸吧？」家樹搖搖手道：「我不會抽菸。」這話說完，又沒有話說了。那姑娘又站起來，將掛在懸繩上的一條毛巾牽了一牽，將桌上的什物移了一移，把煤油燈，和一隻飯碗，送到外面屋子裡去，口裡可就說道：「這些東西，也向屋裡堆。」東西送出去回來，她還是沒話說。家樹有了這久的猶豫時間，這才想起話來了，因道：「大姑娘！你也在落子館裡去過嗎？」這話說出，又覺失言了。因為沈大娘說過，是不曾上落子館的，姑娘倒未加考慮，答道：「去過的。」家樹道：「在落子館裡，一定是有個芳名的了。」姑娘低了頭，微笑道：「叫鳳喜。名字可是俗得很。」家樹笑道：「很雅緻。」因自言自語的吟道：「鳳兮鳳兮！」鳳喜笑道：「你錯了，我是恭喜賀喜的那個喜字。」家樹道：「呀！原來姑娘還認識字。在哪個學校裡讀書的？」鳳喜笑道：「哪裡進過學堂，從前我們院子裡的街坊，是個教書的先生，我在他那裡念過一年多書，稍微認識幾個字，下論上就有鳳兮這兩個字，你說對不對？」家樹笑道：「對的，能寫信嗎？」鳳喜笑著搖了一搖頭。家樹道：「記帳呢？」鳳喜道：「我們這種人家，還記個什麼帳呢？」家樹道：「你家裡除了你唱大鼓之外，還有別人賺錢嗎？」鳳喜道：「我媽接一點活作作。」家樹道：「什麼叫活？」鳳喜先就抿嘴一笑，然後說道：「你真是個南邊人，什麼話也不懂，就是人家拿了衣服鞋襪來做，這就叫做活。這沒有什麼難，我也成，要不然，颳風下雨，不能出去怎麼辦？」家樹道：「這樣說，姑娘倒是一個能幹人了。」鳳喜笑著低了頭，搭訕著，將一個食指在膝蓋上畫了幾畫，家樹再要說什麼，沈大娘已經買了東西回來了。於是雙方都不作聲，都寂然起來。沈大娘將兩個紙包開啟，一包是花生米，一包是瓜子，全放在炕上，笑道：「樊先生！你請用一點，真是不好意思說，連一隻乾淨碟子都沒有。」鳳喜低低的道：「別說那些話，怪貧的。」沈大娘笑道：「這是真話，有什麼貧？」說畢，又出去弄茶水去了。鳳喜看了看屋子外頭，然後抓了一把瓜子，遞了過來，笑著對家樹說道：「你接著吧，桌上髒。」家樹聽說，果然伸手接了。鳳喜笑道：「你真是斯文人，雙手伸出來，比我們的還要白淨。」家樹且不理她話，但昂了頭，卻微笑起來，鳳喜道：「你樂什麼？我話說錯了嗎？你瞧，誰手白淨。」家樹道：「不是，不是，我覺得北京人說話，又伶俐，又俏皮，說起來真好聽。譬如剛才你所說那句怪貧的，那個貧字，就有意思。」鳳喜笑道：「是嗎？」家樹道：「我何曾說謊？尤其是北京的小姑娘，她們斯斯文文的談起話，好像戲臺上唱戲一樣，真好聽。」鳳喜笑道：「以後您別聽我唱大鼓書了，就到我家裡來聽我說話吧。」沈大娘送了茶進來問道：「聽你說什麼？」鳳喜將嘴向家樹一努道：「他說北京話好聽，北京姑娘說話更好聽。」沈大娘道：「真的嗎？樊先生！讓我這丫頭跟著你當使女去，天天伺候你，這話可就有得聽了。」家樹道：「那怎敢當！」只說到這裡，鳳喜斟了一杯熱茶，雙手遞到家樹面前，眼望著他，輕輕的道：「你喝茶，這樣伺候，你瞧成不成？」家樹接了那杯茶，也就一笑。他初進門的時候，覺得這屋又窄小，又不潔淨，立刻就要走。這時坐下來了，儘管談得有趣，就不覺時候長。那沈大娘只把茶伺候好了，也就走開。家樹道：「你這院子裡共有幾家人家？」鳳喜道：「一共三家，都是作小生意買賣的，你不嫌屋子髒，儘管來，不要緊的。」家樹看了她，嘻嘻的笑，鳳喜盤了兩只腳坐在炕上，用手抱著膝蓋，帶著笑容默然而坐。半晌，才問道：「你為什麼老望著我笑？」家樹道：「因為你笑我才笑的。」鳳喜道：「這不是你的真話，這一定有別的緣故。」家樹道：「老實說吧，我看你的樣子，很像我一個女朋友。」鳳喜搖搖頭道：「不能，不能，您的女朋友，一定是千金小姐，哪能像我長得這樣寒蠢。」家樹道：「不然，你比她長得好。」鳳喜聽了，且不說什麼，只望著他把嘴一披，家樹見她這樣子，更禁不住一陣狂笑。又談了一會，沈大娘進來道：「樊先生！你別走，就在我們這裡吃午飯去。沒有什麼好吃的東西，給您作點炸醬麵吧。」家樹起身道：「不坐了，下次再來吧。」因在身上掏了一張五元的鈔票，交在沈大娘手裡，笑道：「小意思，給大姑娘買雙鞋穿。」說畢，臉先紅了，因不好意思，三腳兩步搶著出來，牽了一牽衣服，慢慢走著，走不多路，後面忽然有人咳嗽了兩三聲，回頭看時，鳳喜笑著走上前，回頭見沒有人，因道：「你丟了東西了。」家樹伸手到袋裡摸了摸，昂頭想道：「我沒有丟什麼。」鳳喜也在身上一掏，掏出一個報紙包兒，紙包的很不齊整，像是忙著包的，她就遞給家樹道：「你丟的東西在這裡。」家樹接過來，正要開啟，鳳喜將手按住，瞟了他一眼，笑道：「別瞧，瞧了就不靈，揣起來，回家再瞧吧。再見！再見！」她說畢，也很快的回家去了。家樹這時恍然大悟，才明白了並不是自己丟下的紙包，心裡又是一喜，要知道那紙包裡究竟是什麼東西，下回分解。

顛倒神思書中藏倩影

纏綿情話林外步朝曦

話說家樹臨走的時候，鳳喜給了他一個紙包，他哪裡等得回家再看，一面走路，一面就將紙包開啟。這一看，不覺心裡又是一喜。原來紙包裡不是別的什麼，乃是一張鳳喜本人四寸半身相片。這相片原是用一個小玻璃框子裝的，懸在炕裡面的牆上。當時因坐在對面，看了一看，現在鳳喜追了送來，一定是知道自己很愛這張相片的了。心想：這個女子實在是可人意，只可惜出在這唱大鼓書的人家，近朱者赤，近墨者黑，溫柔之中，總不免有一點放蕩的樣子，倒是怪可惜的。一路想著，一路就走了去，也忘了坐車。及至到了家，才覺得有些疲乏，便斜躺在沙發上，細味剛才和她談話的情形，覺得津津有味。劉福給他送茶送水，他都不知道，一坐就是兩個多鐘頭，因起身到後院子裡去，忽然有一陣五香燉肉的香味，由空氣裡傳將過來。忽然心裡一動，醒悟過來，今天還沒有吃午飯。走回房去，便按鈴叫了劉福來道：「給我買點什麼吃的來吧，我還沒有吃飯。」劉福道：「表少爺還沒有吃飯嗎？怎樣回來的時候不說哩？」家樹道：「我忘了說了。」劉福道：「你有什麼可樂的事兒嗎？怎麼會把吃飯都給忘了？」家樹也說不出所以然來，只是微笑。劉福道：「買東西倒反是慢了，我去叫廚房裡趕著給你辦一點吧。」說畢，他也笑著去了。一會子，廚師送了一碟冷葷一碗湯，一碗木樨飯來。這木樨飯就是蛋炒飯，因為雞蛋在飯裡像小朵的桂花一樣，所以叫做木樨。當時廚師把菜飯送到桌上來，家樹便一人坐下吃飯。吃飯的時候，不免又想到鳳喜家裡留著吃炸醬麵的那一幕喜劇，回想我要是真在她家裡吃麵，恐怕她會親手做給我來吃，那就更覺得有味了，人在出神，手裡拿了湯匙，就只管舀了湯向飯碗裡倒，倒了一匙，又是一匙，不知不覺之間，在木樨飯碗裡，倒上大半碗湯。偶然停止不倒湯了，低頭一看，自己好笑起來。心想：從來沒有人在木樨飯裡淘湯的，聽差看見，豈不要說我南邊人，連吃木樨飯都不會？當時就低著頭，唏哩呼嚕，把一大碗湯淘木樨飯，趕快吃了下去。但是在他未吃完之前，劉福已經舀了水進來，預備打手巾把了。家樹吃完，他遞上手巾把來，家樹一隻手接了手巾擦臉，一隻手伸到懷裡去掏摸，掏摸一陣，忽然丟了手巾，屋子裡四圍找將起來。抽屜裡，書架上，床上枕頭下面，全都尋到了，裡屋跑到外屋，外屋跑到裡屋，儘管亂跑亂找。劉福看到忍不住了，便問道：「表少爺！您丟了什麼？」家樹道：「一個報紙包的小紙包，不到一尺長，平平的，扁扁的，你看見沒有？」劉福道：「我就沒有看見您帶這個紙包回來，到哪兒找去？」家樹四處找不著，忙亂了一陣子，只得罷了。休息了一會，躺在外屋裡軟榻上，一想起今天的報還沒有看過。便叫劉福把裡屋桌上的報取過來看。劉福將摺疊著還沒有開啟的一疊紙，順手取了過來，報紙一拖，拍的一聲，有一樣東西落在地下。劉福一彎腰，撿起來一看，正是一個扁扁平平的報紙包。那報紙因為沒有黏著物，已經散開了，露出裡面一角相片來，劉福且不聲張，先偷著看了一看，見是一個十六七歲小姑娘的半身相片。這才恍然大悟，表少爺今天回來喪魂失魄的原故，仍舊把報紙將相片包好，嚷起來道：「這不是一個報紙包？」家樹聽說，連忙就跑進屋來，一把將報紙奪了過去，笑問道：「你開啟看了嗎？」劉福道：「沒有。這裡好像是本外國書。」家樹道：「你怎麼知道是外國書。」劉福道：「摸著硬梆梆的，好像是外國書的書殼子。」家樹也不和他辯說，只是一笑，等劉福將屋子收拾得乾淨去了，他才將那相片拿出來，躺著仔細把握，好在那相片也不大，便把它夾在一本很厚的西裝書裡面。

到了下午，伯和由衙門裡回來了，因在走廊上散步，便隔著窗戶問道：「家樹投考章程取回來了嗎？」家樹道：「取回來了。」一面答話，一面在桌子抽屜裡取出前幾天郵寄來的一份章程在手裡，便走將出來。伯和道：「北京的大學，實在是不少，你若是專看他們的章程，沒有哪個不是說得井井有條的，而且考起學生來，應有的功課，也都考上一考；其實考取之後，學校裡的功課，比考試時候的程度，要矮上許多倍。所投考的學生，都是這樣說，就是怕考不取；考取之後，到學校裡去念書，是沒有多大問題。」家樹道：「那也不可一概而論。」伯和道：「不可一概而論嗎？正可一概而論呢！國立大學，那完全是個名，只要你是出風頭的學生，經年不跨過學校的大門，那也不要緊。常在雜誌上發表作品的楊文佳，就是一個例；他曾託我寫信，介紹到南邊中學校裡去，教了一年半書，現在因為他這一班學生要畢業了，他又由南邊回來，參與畢業考。學校當局，因為他是個有名的學生，兩年不曾上課，也不去管他。你看學校是多麼容易進？」他一面說話，一面看那章程，看到後面，忽然一陣微笑，問道：「家樹！你今天在哪裡來？」家樹雖然心虛，但不信伯和會看出什麼破綻，便道：「你豈不是明知故問？我是去拿章程來了，你還不知道嗎？」伯和手上捧了章程，搖了一搖頭笑道：「你當面撒謊，把我老大哥當小孩子嗎？這章程是一個星期以前，打郵政局裡寄來的。」家樹道：「你有什麼證據，知道是郵政局裡寄來的？」伯和也不再說，一手託了章程，一手向章程上一指，卻笑著伸到家樹面前來。家樹看時，只見那上面蓋了郵政局的墨戳，而且上面的日期號碼，還印得十分明顯，無論如何，這是不容掩飾的了。家樹一時急得面紅耳赤，說不出所以然來，反是對他笑了一笑。伯和笑道：「小孩子！你還是不會撒謊，你不會說在抽屜裡拿錯了章程嗎？今天拿來的，放在抽屜裡，和舊有的章程，都混亂了；新的沒有拿來，舊的倒拿來了，你這樣一說，破綻也就蓋過去了。為什麼不說呢？」家樹笑道：「這樣看來，你倒是個撒謊的老內行了。」伯和道：「大概有這種能耐吧。你願意學就讓我慢慢的教你，你要知道應付女子，說謊是唯一的條件啊。」家樹道：「我有什麼女子？你老是這樣俏皮我。」伯和道：「關家那個大姑娘，和你不是很好嗎？你應該……」家樹連忙攔住道：「那個關家大姑娘，現在在什麼地方，你知道嗎？」家樹本是一句反問的話，實出於無心，伯和倒以為是他要考考自己，便道：「我有什麼不知道？他搬開這裡，就住到後門去了。你每次一人出去，總是大半天，不是到後門去，到哪裡去了？」家樹道：「你何以知道他住在後門，看見他們搬的嗎？」說到這裡，陶太太忽然由屋子裡走出來，連忙把話來扯開。問家樹道：「表弟什麼時候回來的？在外面吃過飯嗎？我這裡有乳油蛋糕，玫瑰餅乾，要不要吃一點？」家樹道：「我吃了飯，點心吃不下了。」陶太太一面說話，一面就把眼光對伯和渾身上下望了一望，伯和似乎覺悟過來了，便也進房去取了一根雪茄來抽著，也不知在哪裡掏了一本書來，便斜躺在沙發上抽菸看書。家樹雖然很惦記關壽峰，無如伯和說話，總要牽涉到關大姑娘身上去，犯著很大的嫌疑，只得默然無語，自走開了。不過心裡就起了一個很大的疑問，關家搬走了，連自己都不知道，伯和何以知道他搬到後門去了？這事若果是真，必然是劉福報告的，回頭我倒要盤問盤問他。當日且擱在心裡。到了次日早上，伯和是上衙門去了。陶太太又因為晚上鬧了一宿的跳舞，睡著還沒有起來；兩個小孩子，有老媽子陪著，送到幼稚園裡去了。因此上房裡面，倒很沉靜。家樹起床之後，除了漱洗，接上便是拿了一疊報，在沙發上看。這是老規矩，當在看報的時候，劉福便會送一碟餅乾，一杯牛乳來。陶家是帶點歐化的人家，早上雖不正式開早茶，牛乳咖啡一類的東西，是少不了的。一會，送了早點進來，家樹就笑道：「劉福，你在這裡多少年了？事情倒辦得很有秩序。」劉福聽了這句話，心裡不由得一陣歡喜，笑道：「年數不少了，有六七年了。」家樹道：「你就是專管上房裡這些事吧？」劉福道：「可不是，忙倒是不忙，就是一天到晚都抽不開身來。」家樹道：「還好，大爺還只有一個太太，若是討了姨太太，事情就要多許多了。」劉福笑道：「照我們大爺的意思，早就要討了，可大奶奶很精明，這件事不好辦。」家樹笑道：「也不算精明，我看你們大爺，就有不少女朋友。」劉福道：「女朋友要什麼緊，我們大奶奶也有不少男朋友呢！」家樹道：「大奶奶的朋友，是真正的朋友，那沒關係。你們大爺的女朋友，我在跳舞場上會過的，像妖精一樣，可就不大妥當。你大爺的事情，我是知道，專門留心女子身上的事，好比我打算跟著那關壽峰想學一點武術，這也沒有什麼可注意的價值。他因為關家有個姑娘，就老提到她，常說關家搬到後門去住了，叫我找她去，你看好笑不好笑？」劉福聽了這話，臉上似乎有些不自在的樣子。家樹道：「搬到後門去了，他怎麼會知道？大概又是你給你們大爺調查得來的。」劉福也不知道自己主角是怎樣說的，倒不敢一味狡賴，便道：「我原來也不知道，因為有一次有事到後門去，碰著那關家老頭，他說搬到那兒去了。究竟住在哪兒，我也不知道。」家樹看那種情形，就料到關家搬家，和他多少有些關係。也不知道如何把個憨老頭子氣走了，心裡很過意不去，不過他們老疑惑我認識那老頭子，是別有用意，我倒不必去犯這個嫌疑。明白到此，也就不必向下追問，當時依然談些別的閒話，將這事遮蓋過去。吃過午飯，心想這一些時候玩夠了，從今天起，應該把幾樣重要功課趁閒理一理，於是找了兩本書，對著窗戶，就在桌上隨便看。看不到三頁，有個聽差來說：「有電話來了，請表少爺說話。」他是大門口的聽差，家樹就知道是前面小客堂裡的電話機說話，走到前面去接電話。說話的是個婦人聲音，自稱姓沈。家樹一聽倒愣住了，哪裡認識這樣一個姓沈的？後來她說我們姑娘今天到先農壇一家茶社裡去唱，您沒有事，可以來喝碗茶。家樹這才明白了，是鳳喜的母親沈大娘打來的電話。便問在哪家茶社裡；她說，記不著字號，您要去，總可以找著的。家樹便答應了一個「來」字，將電話掛上了。回到屋子裡去想了一想，鳳喜已經到茶社裡去唱大鼓了，這茶社裡，究竟像個局面，不是外壇鐘樓下那樣難堪，她今天新到茶社，我必得去看看。這樣一計算，剛才攤出來的書本，又沒有法子往下看了。好容易捺下性子來看書，沒有看到三頁，怎麼又要走，還是看書吧！因此把剛才的念頭拋開，還是坐定了看書。說也奇怪，眼睛對著書上，心裡只管把鳳喜唱大鼓的情形，和自己談話的那種態度，慢慢的一樣一樣想起，彷彿那個人的聲音笑貌，就在面前。自己先還看著書，以後不看書了。手壓住了書。頭偏著，眼光由玻璃窗內，直射到玻璃窗外。玻璃窗外，原是朱漆的圓柱，彩畫的屋簷，綠油油的葡萄架。然而他的眼光，卻一樣也不曾看到，只是一個十七八歲的小姑娘，穿了淡藍竹布的長衫，雪白的臉兒，漆黑的髮辮，清清楚楚，齊齊整整的，對了他有說有笑。腦筋裡有了這一個幻影，記起那張相片，便去挪來看。當時收起那張相片的時候，是夾在一本西裝書裡，可是夾在哪一本西裝書裡，當時又沒有注意，現在尋起來，只得把橫桌上擺好了的書，一本一本提出來抖一抖，以為這樣找，總可以找出來的。不料把書一齊抖完了，也不見相片落下去；剛才分明夾在書裡的，怎麼一會兒又找不著了？今天也不知道為了什麼，老是心猿意馬，作事飄飄忽忽的，只這一張相片，今天就找了兩次，真是莫名其妙。於是坐在椅子上出了一會神，細想究竟放在哪裡，想來想去，一點不錯，還是夾在那西裝書裡。因此站起來在屋子裡踱來踱去，以便想起是如何拿書，如何夾起，偶然走到外邊屋子裡，看見躺椅邊短幾上，放了一本綠殼子的西裝書，恍然大悟，原是放在這本書裡的。當時根本上就沒有拿到裡邊屋子裡去，自己拚命的在裡邊屋裡找，豈不可笑嗎？在書裡將相片取出，就靠在沙發上一看，把剛才一陣忙亂的苦惱，都已解除無遺。看見這相，含笑相視，就有一股喜氣迎人。心想：她由鐘樓的露天下，升到茶社裡去賣唱，總算升一級了；今天是第一次，我不能不去看看。這樣一想，便不能在家再坐了。在箱子裡拿了一些零碎錢，僱了車，一直到先農壇去。

這一天，先農壇的遊人最多，柏樹林子下，到處都是茶棚茶館，家樹處處留意，都沒有找著鳳喜，一直快到後壇了，那紅牆邊，支了兩塊蘆席篷，篷外有個大茶壺爐子，放在一張破桌上燒水，過來一點，放了有上十張桌子，蒙了半舊的白布，隨配著幾張舊籐椅，都放在柏樹蔭下。正北向，有兩張條桌，並在一處，桌上放了一把三絃子，桌子邊支著一個鼓架。家樹一看，猜著莫非在這裡。所謂茶社，不過是個名，實在是茶攤子罷了。有株柏樹兜上，有一條二尺長的白布，上面寫了一行大字是「來遠樓茶社」。家樹看到不覺地笑了起來，不但不能來遠，這裡根本就沒有什麼樓。望了一望，正要走開，只見紅牆的下邊，有那沈大娘轉了出來。她手上拿了一把大蒲扇，站在日光下面，遙遙的就向樊家樹招了兩招，口裡就說道：「樊先生！樊先生！就是這裡。」同時鳳喜也在她身後轉將出來，手裡提了一根白棉線，下面拴著一個大螞蚱，笑嘻嘻向著這邊點了一個頭。家樹還不曾轉回去，那賣茶的夥計，早迎上前來，笑道：「這裡清淨，就在這裡喝一碗吧。」家樹看一看這地方，也不過坐了三四張桌子，自己若不添上去，恐怕就沒有人能出大鼓書錢了。於是就含著笑，隨隨便便的在一張桌邊坐了。鳳喜和沈大娘，都坐在那橫條桌子邊。她只不過偶然向著這邊一望而已，家樹明白，這是她們唱書的規矩，賣唱的時候，是不來招呼客人的。過了一會兒，只見鳳喜的叔叔，口裡銜著一支菸捲，一步一點頭的樣子，慢慢走了過來。他身後又跟著一個十二三歲的小女孩，黃黃的臉兒，梳著左右分垂的兩條黑辮，她一跑一跳，兩個小辮跳跑得一摔一摔的，倒很有趣。到了茶座裡，鳳喜的叔叔，和家樹遙遙的點了兩個頭，然後就坐到橫桌正面，抱起三絃試了一試。先是那個十二三歲的小女孩，打著鼓唱了一段，自己拿個小柳條盤子，挨著茶座討錢。共總不過上十個人，也不過扔了上十個銅子。家樹卻丟了一張銅子票，女孩子收回錢去了。鳳喜站起來，牽了一牽她的藍竹布的長衫，又把手將頭髮的兩鬢和腦頂上，各撫摩了一會子，然後才到桌子邊，拿起鼓板，敲拍起來。當她唱的時候，來往過路的人，倒有不少的站在茶座外看。及至她唱完了，大家料到要來討錢，零零落落的就走開了。鳳喜的叔叔，放下三絃子，對著那些走開人的後背，望著微嘆了一口氣，卻親自拿了那個柳條盤子向各桌上化錢。他到了家樹桌上，倒特別的客氣，蹲了一蹲身子，又伸長了脖子，笑了一笑。家樹也不知道什麼緣故，只是覺得少了拿不出手，又掏了一塊錢出來，放在柳條盤子裡。鳳喜叔叔身子向前一彎道：「多謝！多謝！」家樹因此地到東城太遠，不敢多耽擱，又坐了一會，付了茶帳，就回去了。自這天起家樹每日必來一次，聽了鳳喜唱完，給一塊錢就走。一連四五天，有一日回去，走到內壇門口，正碰到沈大娘。她一見面，先笑了，迎上前來道：「樊先生！你就回去嗎？明天還得請你來。」家樹道：「有工夫就來。」沈大娘笑道：「別那樣說，別那樣說，你總得來一趟，我們姑娘，全指望著您捧，您要不來，我們就沒意思了。」說時，她將那大蒲扇撐住了下巴頦，想了一想，就低聲道：「明天不要你聽大鼓，你早一點上這裡來。」家樹道：「另外有什麼事嗎？」沈大娘道：「這個地方，一早來就最好。你不是愛聽鳳喜說話嗎？明天我讓她陪你談談。」家樹紅了臉道：「你一定要我來，我下午來就是了。」沈大娘回頭一望，見身後並沒有什麼人，卻將蒲扇輕輕兒的拍了一拍他的手手臂，笑道：「早上來吸新鮮空氣多好，我叫鳳喜六點鐘就在茶座上等你。我可是起不了那早，不能來陪。」家樹要說什麼，剛要出口，又忍了回去，站在路心，對沈大娘一笑。沈大娘還是將扇葉子輕輕的拍了他，低低的道：「別忘了，早來，明天會。……不，明天我會你不著，過天會吧。」說罷，就一笑走了。家樹心想，她叫鳳喜明天一早陪我談話，未見得出於什麼感情作用，恐怕是特別聯繫，多要我兩個錢而已。不過雖是這樣，我還得來；我要不來，讓鳳喜一個人在這裡等，叫她等到什麼時候哩！當日回去，就對伯和夫婦撒了一個謊，說是明天要到清華大學去找一個人，一早就要出城。伯和夫婦知道他有些舊同學在清華，對於這話，倒也相信。

次日家樹起了一個早，果然五點鐘後就到了先農壇內守了。那個時候，太陽在東方起來不多高，淡黃的顏色，斜照在柏林東方的樹葉一邊，在林深處的柏樹，太陽照不著，翠蒼蒼的，卻吐出一股清芬的柏葉香。進內壇門，柏林下那一條平坦的大路，兩面栽著的草花，帶著露水珠子，開得特別的鮮豔。人在翠蔭下走，早上的涼風，帶了那清芬之氣，向人身上撲將來，精神為之一爽。最是短籬上的牽牛花，在綠油油的葉叢子裡，冒出一朵深藍淺紫的大花，這種晨景，不是晚起人所輕易得見。綠葉裡面的絡緯蟲，似乎還不知道天亮了，令叮令叮，偶然還發出夜鳴的一兩聲餘響。這樣的長道，不見什麼遊人，只瓜棚子外面，伸出一個吊水轆轤。那下面是一口土井，轆轤轉了直響，似乎有人在那裡汲水。在這樣的寂靜境界裡，不見有什麼生物的形影。走了一些路，有幾個長尾巴喜鵲在路上帶走帶跳的找零食吃，見人來到，哄的一聲，飛上柏樹去了。家樹轉了一個圈圈，不見有什麼人，自己覺的來得太早，就在路邊一張露椅上坐下休息。那一陣陣的涼風，吹到人身上，將衣服和頭髮掀動，自然令人感到一種舒服。因此一手扶著椅背，慢慢的就睡著了。家樹正睡得香，覺有樣東西，拂了臉上怪癢癢的，用手撥弄幾次，也不曾撥去。睜眼看時，鳳喜站在面前，手上高提了一條花布手絹，手絹一隻犄角，正在鼻子尖上飄蕩呢。家樹站了起來笑道：「你怎麼這樣頑皮。」看她身上，今天換了一件藍竹布褂，束著黑布短裙，下面露出兩條白襪子的圓腿來，頭上也改挽了雙圓髻，光脖子上，露出一排稀稀的長毫毛。這是未開臉的女子的一種表示。然而在這種素女的裝束上，最能給予人們一種處女的美感。家樹笑道：「今天怎樣換了女學生的裝束了？」鳳喜笑道：「我就愛當學生。樊先生！你瞧我這樣子，冒充得過去嗎？」家樹笑道：「不但可以冒充，簡直就是嗎。」她說著話，也一挨身在露椅上坐下。家樹道：「你母親叫我一早到這裡來會你，是什麼意思？」鳳喜笑道：「因為您下午來了，我要唱大鼓，不能陪你，所以清早約你談談。」家樹笑道：「你叫我來談，我們談什麼呢？」鳳喜笑道：「談談就談談吧，哪裡還一定要談什麼呢。」家樹側著身子，靠住椅子背，對了她微笑。她眼珠一溜，也抿嘴一笑，在脅下紐絆上，取下手絹，右手拿著，只管向左手一個食指一道一道纏繞著，頭微低著，卻沒有向家樹望來。家樹也不作聲，看她何時為止。她忽然掉轉身來，笑道：「幹嘛老望著我？」家樹道：「你不是找我談話嗎？我等著你說呢。」鳳喜低頭沉吟道：「等我想一想看，我要和你說什麼。……哦，有了，你家裡有些什麼人？」家樹笑道：「看你的樣子，你很聰明，何以你的記心，就是這樣壞。我上次不是告訴你了嗎？怎麼你又問。」鳳喜笑道：「你真的沒有嗎？沒有……」說時，望了家樹微笑。家樹道：「我真沒有定親，這也犯不著說謊的事。你為什麼老問？」鳳喜這倒有些不好意思，將左腿架在右腿上，兩隻手扯著手絹的兩只角，只管在膝蓋上磨來磨去。半晌，才說道：「問問也不要緊呀。」家樹道：「打是不打緊，可是你老追著問，我不知你有什麼意思？」鳳喜搖了一搖頭，微笑著道：「沒有意思。」家樹道：「你問了我了，我可以問你嗎？」鳳喜道：「我家裡人你全知道，還問什麼呢？」家樹道：「見了面的，我自然知道，沒有見過面的，我怎樣曉得？你問我的有沒有，你也有沒有呢？」鳳喜聽說把頭偏到一邊，卻不理他這話。在她這一邊臉上，可以看到她微泛一陣喜色，似乎正在微笑呢。家樹道：「你這人不講理。」鳳喜連忙將身子一扭，掉轉頭來道：「我怎樣不講理？」家樹道：「你問我的話，我全說了，我問你的話，你就一個字不提，這不是不講理嗎？」鳳喜笑道：「我問你的話，我是真不知道，你問我的話，你本來知道，你是存心。」家樹被她說破，倒哈哈的笑起來了。鳳喜道：「早晌這裡的空氣很好，蹓躂蹓躂，別光聊天了。」說時，她已先站起身來，家樹也就站起，於是陪著她在園子裡，走到柏林深處。因道：「你實說，你母親叫你一早來約我，是不是有什麼事求我？」鳳喜聽說，不肯作聲，只管低了頭走。家樹道：「這有什麼難為情的呢？我辦得到，我自然可以辦；我辦不到，你就算碰了釘子。這裡只你我兩個人，也沒有第三個人知道。」鳳喜依然低了頭，看著那方磚鋪的路，一塊磚一塊磚，看了向著前面走，還是低了頭道：「你若是肯辦，一定辦得到的。」家樹道：「那你就儘管說吧。」鳳喜道：「說這話，真有些不好意思，可是你得原諒我，我是不肯說的。」家樹道：「你不說，我也明白了。莫不是你母親叫你和我要錢？」鳳喜聽說，便點了點頭。家樹道：「要多少呢？」鳳喜道：「我們總還是認識不久的人，您又花了好些個錢了，真不應該和你開口，也是事到頭來不自由，這話不得不說，我媽和翠雲軒商量好了，讓我到那裡去唱。不過那落子館裡，不能像現在這樣隨便，總得做兩件衣服，所以想和你商量，借個十塊八塊的。」家樹道：「可以可以。」說時，在身上一摸，就摸出一張十元的鈔票，交在她手上。她接了錢，方才回過臉來，很鄭重的樣子說道：「多謝多謝。」家樹道：「錢我是給你了，不過你真上落子館唱大鼓，我很可惜。」鳳喜道：「你倒說是這樣要飯的一樣唱才好嗎？」家樹道：「不是那樣，你現在賣唱，是窮得沒奈何，要人的錢也不多，人家聽了，隨便扔幾個子兒就算了。你若是上落子館，一樣的望客人花一塊錢點曲子，非得人捧不可，以後的事就難說了。那個地方是很墮落的，『墮落』這兩個字你懂不懂？」鳳喜道：「我怎樣不懂。也是沒有法子呀！」說時，依舊低了頭，看著腳步下的方磚，一步一步，數了走過去。家樹也是默然，陪著她走。過了一會道：「你不是願意女學生打扮嗎？我若送你到學堂裡念書去，你去不去呢？」鳳喜聽了這句話，猛然停住腳步不走。回過頭卻望著家樹道：「真的嗎？」接上又笑道：「你別拿我開玩笑！」家樹道：「絕不是開玩笑。我看你天份很好，像一個讀書人，我很願幫你的忙，讓你得一個好結果。」鳳喜道：「你有這樣的好意，我死也忘不了。可是我家裡指望著我賺錢，我不賣唱，哪成呢！」家樹道：「我既然要幫你的忙，我就幫到底。你家裡每月要用多少錢，都是我的。我老實告訴你，我家裡還有幾個錢，一個月多花一百八十，倒不在乎的。」鳳喜扯著家樹的手，微微的跳了一跳道：「我一世作的夢，今天真有指望了。你能真這樣救我，我一輩子不忘你的大恩。」說著，站了過來，對著家樹一鞠躬，掉轉身就跑了。家樹倒愣住了，她為什麼要跑呢？要知跑的原因為何，下回分解。

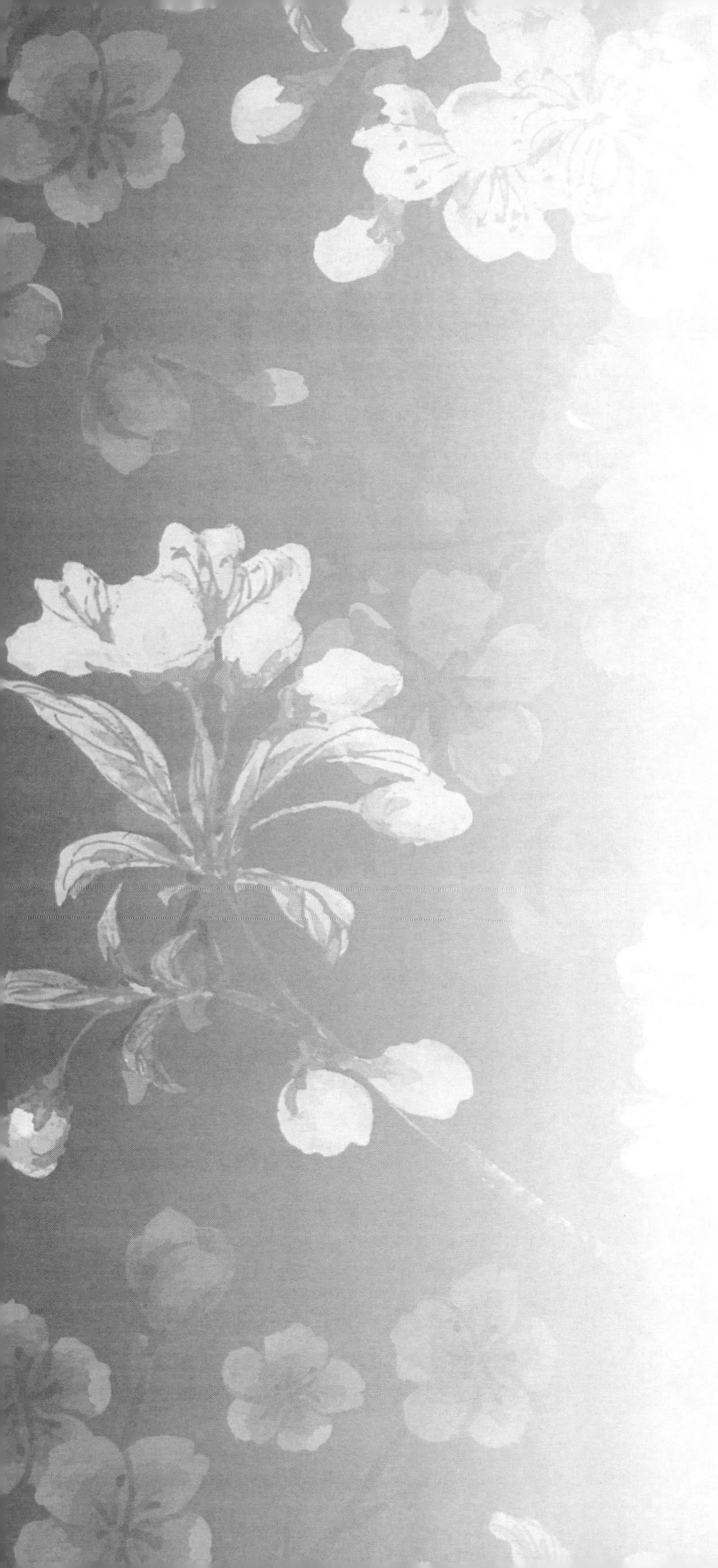

邂逅在窮途分金續命

相思成斷夢把卷凝眸

卻說家樹和鳳喜在內壇說話，一番熱心要幫助她念書，她聽了這話，道了一聲謝，竟掉過臉，跑向柏樹林子裡去。家樹倒為之愕然，難道這樣的話，她倒不願聽嗎？自己呆呆立著，只見她一直跑進柏樹林子；那林子裡正有一塊石板桌子，兩個石凳，她就坐在石凳上，兩隻手臂伏在石桌上，頭就枕在手臂上。家樹遠遠的看去，她好像是在那裡哭，這更大惑不解了。本來想過去問一聲，又不明白自己獲罪之由，就背了兩隻手走來走去。那鳳喜伏在石桌上哭了一會子，抬起一隻手臂，頭卻藏在手臂下，回轉來向這裡望著，她看見家樹這樣來去不定，覺得他是沒有領會自己的意思，因此很躊躇，再不忍讓人家為難了，極力的忍住了哭。站將起來，慢慢的轉過身子，向著家樹這邊。家樹看了這樣子，知道她並不拒絕自己過去解勸的，就慢慢的向她身邊走來。她見家樹過來，便牽了牽衣襟，又扭轉身去，看了身後的裙子，接上更抬起手來，輕輕的按著頭上的雙髻。她那眼光只望著地下，不敢向家樹平視。家樹道：「你為什麼這樣子，我話說得太唐突了嗎？」鳳喜不懂唐突兩個字是怎樣解，這才抬頭問道：「什麼？」家樹道：「我實在是一番好意，你剛才是不是嫌我不該說這句話？」鳳喜低著頭搖了一搖。家樹道：「哦！是了。大概這件事你怕家裡不能夠答應吧？」鳳喜搖著頭道：「不是的。」家樹道：「那為什麼呢？我真不明白了。」鳳喜抽出手絹來，將臉上輕輕擦了一下，腳步可是向前走著，慢慢的道：「我覺得你待我太好了。」家樹道：「那為什麼要哭呢？」鳳喜望著他一笑道：「誰哭了？我沒哭。」家樹道：「你當面就撒謊，剛才你不是哭，是作什麼？你把臉我看看，你的眼睛還是紅的呢。」鳳喜不但不將臉朝著他，而且把身子一扭，偏過臉去。家樹道：「你說，這究竟為了什麼？」鳳喜道：「這可真正奇怪，我不知道為著什麼，好好兒的心裡一陣……」

她頓了一頓道：「也不是難過，不知道怎麼著，好好的要哭。你瞧，這不是怪事嗎？你剛才所說的話，是真的嗎？可別冤我，我是死心眼兒，你說了，我是非常相信的。」家樹道：「我何必冤你呢？你和我要錢，我先給了你了，不然，可以說是我說了話省得給錢。」鳳喜笑道：「不是那樣說。你別多心，我是……你瞧，我都說不上來了。」家樹道：「你不要說，你的心事我都明白了。我幫你讀書的話，你家裡通得過通不過呢？」鳳喜笑道：「大概可以辦到。不過我家裡……」說到這裡，她的話又不說下去了，家樹道：「你家裡的家用，那是一點不成問題的，只要你母親讓你讀書，我就先拿出一筆錢來，作你們家的家用也可以。以後我不給你的家用，你就不念書，再去唱大鼓也不要緊。」鳳喜道：「唉！你別老說這個話，我還有什麼信你不過的，找個地方再坐一坐，我還有許多話要問你。」家樹站住腳道：「有話你就問吧，何必還要找個地方坐著說呢！」鳳喜就站住了腳，偏著頭想了一想笑道：「我原是想有許多話要說，可是你一問起來，我也不知道怎樣，好像就沒有什麼可說的了。你有什麼要說的沒有？」說時，眼睛就瞟了他一下。家樹笑道：「我也沒有什麼可說的。」鳳喜道：「那麼我就回去了。今天起來得是真早，我得回去再睡一睡。」

於是兩個人都不言語，並排走著，繞上了出門的大道。剛剛要出那紅色的圓洞門了，家樹忽然站住了腳笑道：「還走一會兒吧，再要向前走，就出了這內壇門了。」鳳喜要說時，家樹已經回轉了身，還是由大路走了回去。鳳喜也就不由自主的，又跟著他走。直走到後壇門口，鳳喜停住腳笑道：「你打算還往哪裡走？就這樣走一輩子嗎？」家樹道：「我倒並不是愛走。坐著說話，沒有相當的地方；站著說話，又不成個規矩，所以彼此一面走一面說話最好，走著走著，也不知道受累，所以這路越走越遠了。我們真能這樣同走一輩子，那倒是有趣。」鳳喜聽著，只是笑了一笑，卻也沒說什麼，又不覺糊裡糊塗的還走到壇門口來。她笑道：「又到門口了。怎麼樣，我們還走回去嗎？」家樹伸出左手，掀了袖口一看手錶笑道：「也還不過是九點鐘。」鳳喜道：「真夠瞧的了，六點多鐘說話起，已說到九點，這還不該回去嗎？明天我們還見面不見面？」家樹道：「明兒也許不見面。」鳳喜道：「後天呢？」家樹道：「無論如何，後天我們非見面不可；因為我要得你的回信啦！」鳳喜笑道：「還是啊，既然後天就要見面的，為什麼今天老不願散開。」家樹笑道：「你繞了這麼大一個彎子，原來不過是要說這一句話。好吧，我們今天散了，明天早上，我們還是在這裡相會，等你的回信。」鳳喜道：「怎樣一回事，剛才你還說明天也許不相會，怎麼這又說明天早上等我的回信？」家樹笑道：「我想還是明天會面的好。若是後天早上才見面，我又得多悶上一天了。」鳳喜笑道：「我就知道你不成，好！你明天等我的喜信吧。」家樹道：「就有喜信了嗎，有這樣早嗎？」鳳喜笑著一低頭，人向前一鑽，已走過去好幾步，回轉頭來瞅了他一眼道：「你這人總是這樣說話咬字眼，我不和你說了。」鳳喜越走越遠，家樹已追不上，因喊道：「你跑什麼，我還有話說呢。」鳳喜道：「已經說了這半天的話，沒有什麼可說的了。明兒個六點鐘壇裡見。」她身子也不轉過，只回轉頭來和家樹點了幾點，他遙遙的看著她，那一團笑容，都暈滿兩頰，那一副臨去而又惹人憐愛的態度，是特別容易印到腦子裡去。鳳喜走了好遠，家樹兀自對著她的後影出神，直待望不見了，然後自己才走出去。可是一出壇門，這又為難起來了。自己原是說了到清華大學去的，這會子，就回家去，豈不是前言不符後語，總要找個事兒，混住身子，到下半天回去才對。想著有了，後門兩個大學，都是自己的朋友，不如到那裡會他們一會，混去大半日的光陰，到了下午，我再回家，隨便怎樣胡扯一下子，伯和是猜不出來的。主意想定了，便坐了電車到後門來。剛一下電車，身後忽然有人低低的叫了一聲樊先生！家樹連忙回頭看時，卻是關壽峰的女兒秀姑。她穿著一件舊竹布長衫，蓬了一把頭髮，臉上黃黃的，瘦削了許多，不像從前那樣豐秀；人也沒有什麼精神，膽怯怯的，不像從前那樣落落大方；眼睛紅紅的，倒像哭了一般。一看之下，不由心裡一驚。因說道：「原來是關姑娘！好久不見了，令尊大人也沒有通知我一聲，就搬走了，我倒打聽了好幾回，都沒有打聽出令尊的下落。」秀姑道：「是的，搬的太急促，沒有告訴樊先生，他現在病了；病得很厲害，請大夫看著，總是不見好。」說著這話，就把眉毛皺著成了一條線，兩只眉尖，幾乎皺到一處來。家樹道：「大姑娘有事嗎？若是有工夫，請你帶我到府上去，我要看一看令尊。」秀姑娘道：「我原是買東西回去，有工夫，我給你僱輛車。」家樹道：「路遠嗎？」秀姑娘道：「路倒是不遠，拐過一個衚衕就是。」家樹道：「路不遠就走了去吧，請大姑娘在前面走。」秀姑娘勉強笑了一笑，就先走。家樹見她低了頭，一步一步的向前走，走了幾步，卻又回頭向家樹看上一看。說道：「衚衕裡髒的很，該僱一輛車就好了。」家樹道：「不要緊的，我平常就不大愛坐車。」秀姑只管這樣慢慢的走去，忽然一抬頭，快到衚衕口上，把自己門口，走過去一大截路。卻停住了一笑道：「要命，我把自己家門口走過來了，都不知道。」他並沒有說什麼，秀姑臉卻會漲得通紅，於是她繞過身來，將家樹帶回，走到一扇黑大門邊，將虛掩的門推了一推走將進去。

這裡是個假四合院，只有南北是房子，屋宇雖是很舊，倒還乾淨。一進那門樓，拐到一間南屋子的窗下，就聽見裡面有一陣呻吟之聲。秀姑道：「爹！樊先生來了。」裡面床上他父親關壽峰道：「哪個樊先生？」家樹道：「關大叔！是我。來看你病來了。」壽峰道：「呵喲！那可不敢當。」說這話時，聲音極細微，接上又哼了幾聲，家樹跟著秀姑走進屋去。秀姑道：「樊先生！你就在外面屋子裡坐一坐，讓我進去拾落拾落屋子，裡面有病人，屋子裡面亂得很。」家樹怕他屋子裡有什麼不可公開之處，人家不讓進去，就不進去。秀姑進去，只聽裡面屋子一陣器具搬移之聲，停了一會，秀姑一手理著鬢髮，一手扶著門笑道：「樊先生！你請進。」家樹走進去，只見上面床上靠牆頭疊了一床被，關壽峰偏著頭躺在上面。看他身上穿了一件舊藍布袷襖，兩隻手臂，露在外面，瘦得像兩截枯柴一樣，走近前一看他的臉色，兩腮都沒有了，兩根顴骨高撐起來，眼睛眶又凹了下去，哪裡還有人形。他見家樹上前，把頭略微點了一點，斷續著道：「樊先生……你……你是……好朋友啊，我快死了，哪有朋友來看我哩！」家樹看見他這種樣子，也是慘然。秀姑就把身旁的椅子移了一移，請家樹坐下。家樹看看他這屋子，東西比從前減少得多，不過還潔淨；有幾支信香，剛剛點著，插在桌子縫裡，大概是秀姑剛才辦的。一看那桌子上放了一塊現洋幾張銅子票，下面卻壓了一張印了藍字的白紙，分明是當票。家樹一見就想到秀姑剛才在街上說買東西，並沒有見她帶著什麼，大概是當了當回來了，怪不得屋子裡東西減少許多。因向秀姑問道：「令尊病了多久了呢？」秀姑道：「搬來了就病，一天比一天沉重，就病到現在；大夫也瞧了好幾個，總是不見效，我們又沒有一個靠得住的親戚朋友，什麼事全是我去辦。我一點也不懂，真是乾著急。」說著兩手交叉，垂著在胸前，人就靠住了桌子站定，胸脯胳一起落，嘴又一張，嘆了一口無聲的氣。家樹看著他父女這種情形，委實可憐；既無錢，又無人力，想了一想，向壽峰道：「關大叔！你信西醫不信？」秀姑道：「只要治得好病，倒不論什麼大夫。可是……」說到這裡，就現出很躊躇的樣子。家樹道：「錢的事不要緊，我可以想法子，因為令尊大人的病，太沉重了，不進醫院，是不容易奏效。我有一個好朋友，在一家醫院裡辦事，若說是我的朋友，遇事都可以優待，花不了多少錢；若是關大叔願意去的話，我就去叫一輛汽車來，送關大叔去。」關壽峰睡在枕上，偏了頭望著家樹，都呆過去了。秀姑偷眼看她父親那樣子，竟是很願意去的。便笑著對家樹道：「樊先生有這樣的好意，我們真是要謝謝了。不過醫院裡治病，家裡人不能跟著去吧。」家樹聽說，又沉默了一會，卻趕緊一搖頭道：「不要緊，住二等房間，家裡人就可以在一處了。令尊的病，我看是一刻也不能耽擱，我有一點事，還要回家去一趟，請大姑娘收拾收拾東西，至多兩個鐘頭我就來。」說時，在身上掏出兩張五元的鈔票，放在桌上，說道：「關大叔病了這久，一定有些煤面零碎小帳，這點錢，就請你留下開銷小帳，我先去一去，回頭就來，大家都不要急。」說著，他和床上點了一個頭，自去了。他走的是非常的匆忙，秀姑要道謝他兩句，都來不及，他已經走遠了。秀姑隨著他身後，一直送到大門口，直望著他身後遙遙而去，不見人影，還呆呆的望了許久；因聽到裡邊屋子有哼聲，才回轉身來，進得屋子，只見她父親望了桌上的鈔票，微笑道：「秀姑！天，天，天無絕人……之路呀……！」他帶哼帶說，那臉上的微笑漸漸收住，眼角上卻有兩道汪汪的淚珠，斜流下來，直滴到枕上。秀姑也覺得心裡頭有一種酸甜苦辣，說不出來的感覺。微笑道：「難得有樊先生這樣好人。您的病，一定可以好的。要不然，哪有這麼巧，憑什麼都當光了，今天就碰到了樊先生。」關壽峰聽了，心裡也覺寬了許多。本來病人病之好壞，精神要作一半主，在這天上午，壽峰覺得病既沉重，醫藥費又毫無籌措的法子，心裡非常的焦急，病勢也自然的加重，現在樊家樹許了給自己找醫院，又放下了這些錢讓自己來零花，心裡突然得了一種安慰，二來平生是個尚義氣的人，這種慷慨的舉動，合了他的脾胃，不由得精神為之一振，所以當日樊家樹去了以後，他就讓秀姑疊了被條，放在床頭，自己靠在上面，抬起了半截身子，看著秀姑收拾行李檢點家具，心裡覺得很為安慰。秀姑道：「你老人家精神稍微好一點，就躺下去睡睡吧，不要久坐起來，省得又受了累。」壽峰點了點頭，也沒有說什麼，依然望著秀姑檢點東西。半晌，他忽然想起一件事，問秀姑道：「樊先生怎樣知道我病了？是你在街上無意中碰見了他呢，還是他聽說我病了，找到這裡來看我的呢？」秀姑一想若說家樹是無意中碰到的，那麼，人家這一番好意，都要失個乾淨；縱然不失個乾淨，他的見義勇為的程度，也大為減色；自己對於人家的盛意，固然是二十四分感謝了，可是父親感謝到什麼程度，卻是不知，何妨說得更切實些，讓父親永久不忘記呢！因此藉著檢箱子的機會，低了頭答道：「人家是聽了你害病，特意來看你的。哪有那麼樣子巧，在路上遇得見他呢？」壽峰聽說，又點了點頭。秀姑將東西剛剛收拾完畢，只聽得大門外嗚啦嗚啦兩聲汽車喇叭響，不一會工夫，家樹走進來問道：「東西收拾好了沒有？醫院裡我已經定好了房子了，大姑娘也可以去。」秀姑道：「樊先生出去這一會子，連醫院裡都去了，真是為我們忙，我們心裡過不去。」說著臉上不由得一陣紅，家樹道：「大姑娘你太客氣了。關大叔這病，少不了還有要我幫忙的地方，我若是作一點小事，你心裡就過意不去，一次以後，我就不敢幫忙了。」秀姑望著他笑了一笑，嘴裡也就不知道說些什麼，只見她嘴唇微微一動，卻聽不出她說的是什麼。壽峰躺在床上，只望著他們客氣，也就不曾作聲。家樹站在一邊，忽然呵了一聲道：「這時我才想起來了，關大叔是怎樣上汽車呢？大姑娘！你們同院子的街坊，能請來幫一幫忙嗎？」秀姑笑道：「這倒不費事，有我就行了。」家樹見她自說行了，不便再說。看她將東西收拾妥當，送了一床被縟到汽車上去，然後替壽峰穿好衣服，她伸開兩手，輕輕便便的將壽峰一託，橫抱在手臂上，面不改色的，從從容容將壽峰送上汽車。家樹卻不料秀姑清清秀秀的一位姑娘，竟有這大的力量，壽峰不但是個病人，而且身材高大，很不容易抱起來的。據這樣看來，秀姑的力氣，也不在小處了。當時把這事擱在心裡，也不曾說什麼。汽車的正座，讓壽峰躺了，他和秀姑，只好各踞了一個倒座。汽車猛然一開，家樹一個不留神，身子向前一栽，幾乎栽在壽峰身上。秀姑手快，伸了手臂，橫著向家樹面前一攔，把他攔住了。家樹覺得自己太疏神了，微笑了一笑，秀姑也不明緣由，微笑了一笑，及至秀姑縮了手回去，他想到她手臂，溜圓玉白很合乎現代人所謂的肌肉美，這正是燕趙佳人所有的特質，江南女子是夢想不到的。心裡如此想著，卻又不免偏了頭，向秀姑抱在胸前的雙臂看去。忽然壽峰哼了一聲，他便抬頭看著病人憔悴的顏色，把剛才一剎那的觀念，給打消了。不多大一會，已到了醫院門口。由醫院裡的院役，將病人抬進了病房，秀姑隨著家樹後面進去。這是二等病室，又寬敞，又乾淨，自然覺得比家裡舒服多了。家樹一直讓他們安置停當，大夫來看過了，說是病還有救，然後他才安慰了幾句而去。秀姑一打聽，這病室是五塊錢一天，有些藥品費還在外。這醫院是外國人開的，家樹何曾認識，他已經代繳醫藥費一百元了。她心裡真不能不有點疑惑，這位樊先生，不過是個學生，不見得有多少餘錢，何以對我父親，是這樣慷慨？我父親是偌大年紀，他又是個青春少年，兩下里也沒有作朋友的可能性，那麼，他為什麼這樣待我們好呢？父親在床上安然的睡熟了，她坐在床下面一張短榻上沉沉的想著，只管這樣的想下去，把臉都想紅了，還是自己警戒著自己，父親剛由家裡，移到醫院裡來，病還不曾有轉好的希望，自己怎樣又去想到這些不相干的事情上去。於是把這一團疑雲，又擱下去了。

自這天起，隔一半天，家樹總要到醫院裡來看壽峰一次，一直約有一個禮拜下去，壽峰的病，果然見好許多；不過他這病體，原是十分的沉重，縱然去了危險期，還得在醫院裡調養。醫生說，他還得繼續住兩三個星期。秀姑聽了這話，非常為難，要住下去，哪裡有這些錢交付醫院，若是不住，豈不是前功盡棄？但是在這為難之際，院役送了一張收條進來，說是錢由那位樊先生交付了，收條請這裡關家大姑娘收下。秀姑接了那收條一看，又是交付了五十元，他為什麼要交給我這一張收條，分明是讓我知道，不要著急了。這個人作事，前前後後，真是想得周到，這樣看來，我父親的病，可以安心在這裡調治，不必憂慮了。心既定了，就離開醫院，常常回家去看看。前幾天是有了心事，只是向著病人發愁，現在心裡舒適了，就把家裡存著的幾本鼓兒詞，一齊帶到醫院裡來看。這一日下午，家樹又來探病來了，恰好壽峰已是在床上睡著了，秀姑捧了一本小冊子，斜坐在床面前椅子上看，似乎很有味的樣子。她猛抬頭，看見家樹進來，連忙把那小本向她父親枕頭底下亂塞，但是家樹已經看見那書面上的題名，乃是《劉香女》三個字。家樹道：「關大叔睡得很香，不要驚醒他。」說著，向她搖了一搖手。秀姑微笑著，便彎了彎腰，請家樹坐下。家樹笑道：「大姑娘很認識字嗎？」秀姑道：「不認識多少字。不過家父稍微教我讀過兩本書，平常瞧一份兒小報，一半看，還一半猜呢。」家樹道：「大姑娘看的那個書，沒有多大意思，你大概是喜歡武俠的。我明天送一部很好的書給你看看吧。」秀姑笑道：「我先要謝謝你了。」家樹道：「這也值不得謝，很小的事情。」秀姑道：「我常聽到家父說，大恩不謝，樊先生幫我這樣一個大忙，真不知道怎樣報答你才好。」說到這裡，她似乎極端的不好意思，一手扶了椅子背，一手便去理那耳朵邊垂下來的鬢髮。家樹也就看到她這種難為情的情形，不知道怎樣和人家說話才好。走到桌子邊，拿起藥水瓶子看了看，映著光看著瓶子裡的藥水去了半截，因問道。「喝了一半了，這一瓶子是喝幾次的？」其實這瓶子上貼著的紙標，已經標明瞭，乃是每日三次，每次二格，原用不著再問的了。他問過之後，回頭看看床上睡的關壽峰，依然有不斷的鼻息聲，因道：「關大叔睡著了，我不驚動他，回去了，再見吧。」他說這句再見時，當然臉上帶有一點笑容，秀姑又引為奇怪了。說再見就再見吧，為什麼還多此一笑呢？於是又想到樊家樹每回來探病，或者還含有其他的命意，也未可知。心裡就不住的暗想著，這個人用心良苦，但是他雖不表示出來，我是知道的了。正在她這樣推進一步去想的時候，恰好次日家樹來探病，帶了一部《兒女英雄傳》來了。當日秀姑接著這一部小說，還不覺得有什麼深刻的感想，經過三天三晚，把這部《兒女英雄傳》，看到安公子要娶十三妹的時候，心裡又布下疑陣了。莫非他家裡原是有個張金鳳，故意把這種書給我看嗎？這個人作事，好像是永不明說，只讓人家去猜似的，這一著棋，我大概猜得不很離經；但是這件事，是讓我很為難的，現在不是安公子的時代，我哪裡能去作十三妹呢？這樣一想，立刻將眉深鎖，就發起愁來。眉一皺，心裡也兀自不安起來。關壽峰睡在床上，見女兒臉上紅一陣白一陣，便道：「孩子！我看你好像有些不安的樣子，你為著什麼？」秀姑笑道：「我不為什麼呀！」壽峰道：「這一向子，你伺候我的病，我看你也有些倦了，不如你回家去歇兩天吧。」秀姑一笑道：「唉！你哪裡就會猜著人的心事了。」壽峰道：「你有什麼心事，我倒閒著無事，要猜上一猜。」秀姑笑道：「猜什麼呢？我是看到書上這事。老替他發愁。」壽峰道：「喝！傻孩子，你真是聽評書吊淚，替古人擔憂了。我們自己的事，都要人家替我們發愁，哪裡有工夫替書上的人發愁呢？」秀姑道：「可不是難得樊先生幫了我們這樣一個大忙，我們要怎樣的謝人家哩。」壽峰道：「放著後來的日子長遠，我們總有可以報答他的時候。我們也不必老放在嘴上說。老說著又不能辦到，怪貧的。」秀姑聽她父親如此說，也就默然。這日下午，家樹又來探病，秀姑想到父親怪貧的那一句話，就未曾和他說什麼。

家樹看到關壽峰的病，已經好了，用不著天天來看，就有三天不曾到醫院裡來。秀姑又疑惑起來，莫不是為了我那天對他很冷淡的，他惱起我來了。人家對我們是二十四分的厚情，我們還對人家冷冷淡淡的，當然是不對，也怪不得人家懶得來了。及至三天以後，家樹來了，遂又恢復了以前的態度。便對家樹道：「你送的那部小說，非常有趣，若是還有這樣的小說，請你還借兩本我看看。」家樹道：「很有趣嗎？別的不成，要看小說，那是很容易辦的事，要幾大箱子都辦得到。但不知道要看哪一種的？」秀姑想了一想笑道：「像何玉鳳這樣的人就好。」家樹笑道：「當然的，姑娘們就喜歡看姑娘的事。我明天送一部來吧，你看了之後，準會說比劉香女強，那裡頭可沒有落難公子中狀元。」秀姑笑道：「我也不一定要瞧落難公子中狀元，只要是有趣味的就得了。」家樹在客邊，就不曾預備有多少小說，身邊就只有一部《紅樓夢》，秀姑只說借書，並沒有說一定要什麼書，不如就把這個借給她得了。當日在醫院裡回來，就把那部《紅樓夢》清理出來，到了次日親自送到醫院裡去。秀姑向來不曾看過這種長江大河的長篇小說，自從看了《兒女英雄傳》以後，覺得這個比那小本子《劉香女》、《孟姜女》強得多，因此接過《紅樓夢》去，絲毫不曾加以考慮，就看起來。看了前幾回，還不過是覺得熱鬧有趣而已。看了兩本之後，心裡想著幸而父親還不曾問我書上是些什麼，因此只將看的一本《紅樓夢》，捲了放在身上，拿出來坐著離父親遠遠的看。其餘的都用報紙包了，放在包裹裡，桌子上依然擺著那部《兒女英雄傳》，英雄傳上面，又覆了一本父親勸她看的《太上感應篇》。關壽峰雖認得字，卻耐不下性子看書，他以為秀姑看書，無非解悶，自己不要看，也不曾去過問。秀姑看了兩天以後，便覺一刻也捨不得放下。一直到第三日，家樹又來探病來了，因問秀姑那書好看不好看？翻到什麼地方了？秀姑還不曾答覆，臉先紅了，復又背對著床上，不讓病人看見，嘴裡支吾著一陣，隨便說道：「我還沒有看幾本呢。」復又笑道：「不是沒有看幾本，不過看了幾回罷了。」家樹見她說得前後顛倒，就也笑了一笑，因壽峰躺在床上，臉望著他，便轉過身去和壽峰說話。秀姑是一種什麼情形，卻沒有理會。醫院裡本是不便久坐的，加上自己本又有事，談一會便走了。秀姑見他是這樣來去匆匆，心想他也是不好意思的了。既然不好意思，為什麼又拿這種書我看哩！我看他問我話的時候，有些藏頭露尾，莫非他有什麼字跡放在書裡頭？想到這裡，好像這一猜很是對勁，等父親睡了，連忙將包裹開啟，把那些未看的書，先拿在手裡抖擻了一番，隨後又將書頁亂翻了一陣。翻到最後一本，果然有一張半裁的紅色八行，心裡先卜通跳了一下，將那紙拿過來看時，上寫九月九日，溫《紅樓夢》至此，不忍卒讀矣。秀姑揣測了一番，竟是與自己無關的，這才放心把書重新包好。不過《紅樓夢》卻是更看得有趣。晚上父親睡了，躺在床上，亮了電燈，只管一頁一頁的向下看去。後來直覺得眼皮有點澀，兩手一伸，打了一個呵欠；恰好屋外面的鐘，噹噹當敲過三下，心想糟了，怎麼看到這個時候，明天怎樣起來得了呢？再也不敢看了，便熄了電燈，閉著眼睡。不料一夜未睡，現在要睡起來，反是清醒白醒的；走廊下那掛鐘的擺聲，嘀嗒嘀嗒，一下一下，聽得清清楚楚；同時《紅樓夢》上的事情，好像在目前一幕一幕，演了過去。由《紅樓夢》又想到了送書的樊家樹，便覺得這人只是心上用事，不肯說出來的。然而不肯說出來，我也猜個正著。我父親就很喜歡他，論門第，論學問，再談到性情兒模樣兒，真不能讓我們挑眼，這樣的人兒都不要，亮著燈籠，哪兒找去？他是個維新的人兒，他一定會帶著我一路上公園去逛的，那個時候，我也只好將就點兒了。可是遇見了熟人，我還是睬人不睬人呢？人家問起來，我又怎樣的對答呢？想到這裡，不知怎樣，自己便果然在公園裡了。家樹伸過一隻手來挽了自己的手臂，一步一步的走；公園裡人一對一對走著，也有對自己望了來的，但是心裡很得意，不料我關秀姑也有今日。正在得意，忽然有人喝道：「你這不知廉恥的丫頭，怎麼跟了人上公園來？」抬頭一看，卻是自己父親。急得無地自容。卻哭了起來。壽峰又對家樹罵道：「你這人面獸心的人，我只說你和我交朋友，是一番好意，原來你是來騙我的閨女，我非和你打官司不可。」說時，一把已揪住了家樹的衣領。秀姑急了，拉著父親，連說去不得去不得。渾身汗如雨下，這一陣又急又哭，把自己鬧醒了。睜眼一看，病室的窗外，已經放進來了陽光，卻是小小的一場夢。一摸額角，兀自出著汗珠兒，定了一定神，便穿衣起來，自己梳洗了一陣，壽峰方才醒來。一見秀姑，便道：「孩子！我昨夜裡作了一個夢。」秀姑一怔，嚇得不敢作聲，只低了頭。壽峰又道：「我夢見病好了，可是和你媽在一處，不知道是吉是凶？」秀姑笑道：「你真也迷信，隨便一個夢算什麼。若是夢了就有吉有凶，愛作夢的，天天晚上作夢，還管不了許多呢！」壽峰笑道：「你現在倒也維新起來了。」秀姑不敢接著說什麼，恰是看護婦進來，便將話牽扯過去了。但是在這一天，她心上總放不下這一段怪夢；心想天下事是說不定的，也許真有這樣一天，若是真有這樣一天，我父親他也會像夢裡一樣，跟他反對嗎？那可成了笑話了。她天天看小說，看得都非常有趣，今天看小說，便變了一種情形，將書拿在手上，看了幾頁，不期然而然的將書放下，只管出神。那看護婦見她右手將書捲了，左手撐住椅靠，託著腮，兩隻眼睛，望了一堵白粉牆，動也不動，先還不注意她，約莫有十分鐘的工夫，見她眼珠也不曾轉上一轉，便走到她身後，輕輕悄悄兒的蹲下身去，將她手上拿的書抽了過來翻著一看，原來是《紅樓夢》，暗中咬著嘴唇便點了點頭。這看護婦本也只二十歲附近，雪白的臉兒，因為有點近視，加上一副眼鏡越見其媚。她已剪了髮，養著留海式的短髮，又烏又亮，和她身上那件白衣一襯，真是黑白分明。院長因為她當看護以來惹了許多麻煩，現在撥她專看護老年人或婦女。壽峰這病室裡，就是她管理，終日周旋，和秀姑倒很投機。她常笑問秀姑，家樹是誰？秀姑說是父親的朋友，那看護笑著總不肯信。這時她看了《紅樓夢》，忽然省悟，情不自禁，將書拍了秀姑肩上一下，又噗嗤一笑道：「我明白了，那就是你的賈寶玉吧！」這一嚷，連秀姑和壽峰都是一驚。秀姑還不曾說話，壽峰便問誰的寶玉？女看護才知失口說錯了話。和秀姑都大窘之下。可是壽峰依然是追問著，非問出來不可。要知她們怎樣答話，下回分解。

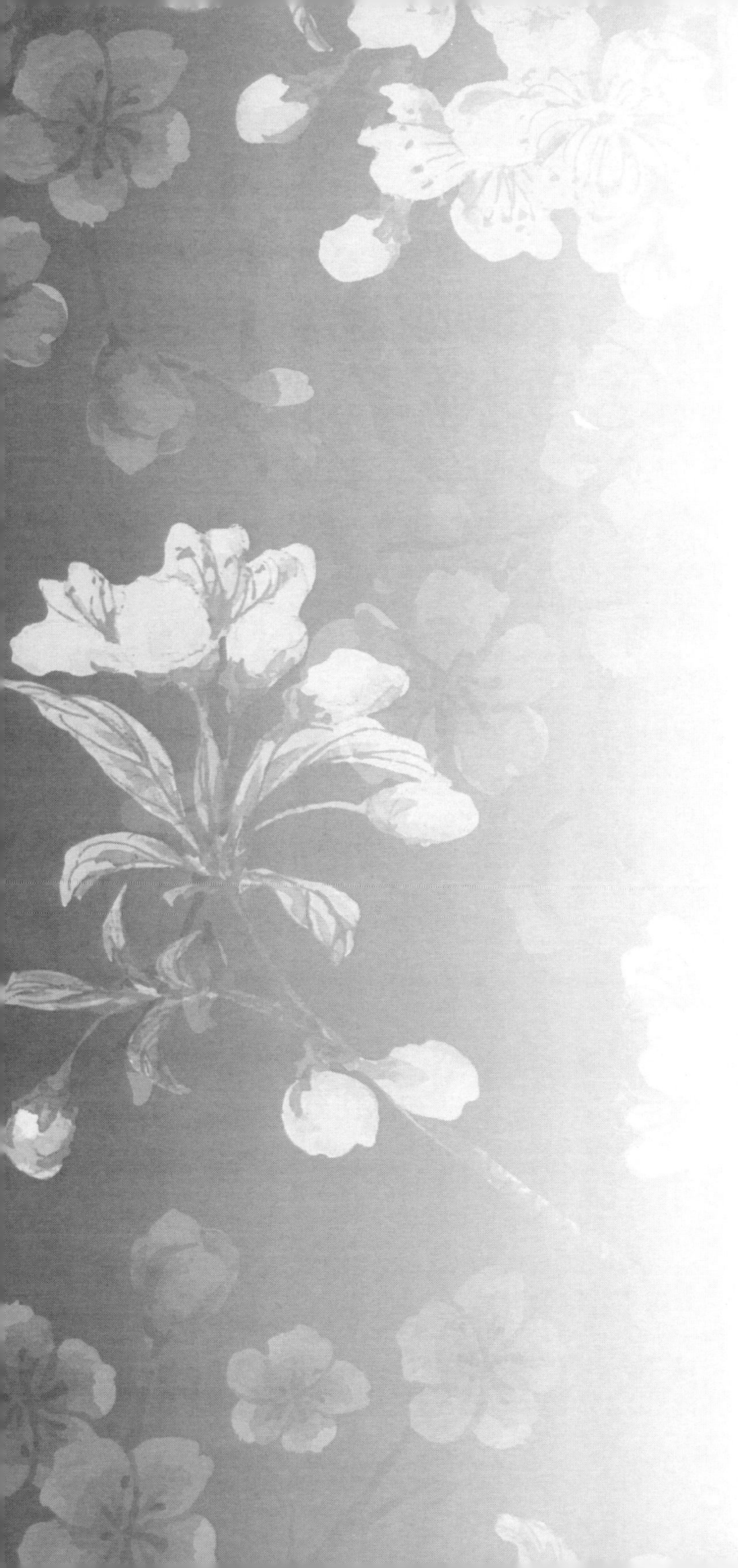

頻有殘脂風流嫌著跡　手加約指心事證無言

卻說看護婦對秀姑說，那是你的賈寶玉吧。一句話把關壽峰驚醒，追問是誰的寶玉。秀姑正在著急，那看護婦就從從容容的笑道：「是我撿到一塊假寶石，送給她玩，她丟了，剛才我看見桌子下一塊碎瓷片，以為是假寶石呢。」壽峰笑道：「原來如此，你們很驚慌的說著，倒嚇了我一跳。」秀姑見父親不注意，這才把心定下了，站起身來，就假裝收拾桌上東西，將書放下。以後當著父親的面，就不敢看小說了。不過自這天起，壽峰的病，慢慢兒見好。家樹來探望得更疏了，壽峰一想，這一場病，花了人家的錢很多，哪好意思再在醫院裡住著。就告訴醫生，自己決定住滿了這星期就走。醫生的意思，原還讓他再調理一些時；他就說所有的醫藥，都是朋友代出的，不便再擾及朋友。醫生也覺得不錯，就答應他了。恰好其間有幾天工夫，家樹不曾到醫院來，最後一天，秀姑到會計部算清了帳目。還找回一點零錢，於是僱了一輛馬車，父女二人就回家去了。待到家樹到醫院來探病時，關氏父女，已出院兩天了。家樹正好碰著那近視眼女看護，她先笑道：「樊先生！你怎麼有兩天不曾來？」家樹因她的話問得突兀，心想莫非關氏父女因我不來，有點見怪了。其實我並不是禮貌不到，因為壽峰的病，實在好了，用不著作虛偽人情來看他的。他這樣沉吟著，女看護便笑道：「那位關女士她一定很諒解的。不過樊先生也應該到她家裡去探望探望才好。」家樹雖然覺得女看護是誤會了，然而也無關緊要，就並不辯正，出了醫院，覺得時間還早，果然往後門到關家來。秀姑正在大門外買菜，猛然一抬頭，往後退了一步笑道：「樊先生！真對不住，我們沒有通知，就搬出醫院來了。」家樹道：「大叔太客氣了，我既然將他請到醫院裡去了，又何在乎最後幾天。這幾天來也實在太忙，沒著到醫院裡來看關大叔，我覺得太對不住。我是特意來道歉的。」秀姑聽了這話，臉先紅了，低著頭笑道：「不是不是，你真是誤會了。我們是過意不去，只要在家裡能調養，也就不必再住醫院了。請家裡坐吧。」說著，她就在前面引導。關壽峰在屋子裡聽到家樹的聲音，便先嚷道：「呵唷！樊先生嗎？不敢當。」家樹走進房，見他靠了一疊高被，坐在床頭，人已爽健得多了，笑道：「大叔果然好了，但不知道現在飲食怎麼樣了？」壽峰點點頭道：「慢慢快復原了，難得老弟救了我一條老命，等我好了，我一定要……」家樹笑道：「大叔！我們早已說了，不說什麼報恩謝恩，怎麼又提起來了？」秀姑道：「樊先生！你要知道我父親，他是有什麼就要說什麼的。他心裡這樣想著，你不要他說出來，他悶在心裡，就更加難過了。」家樹道：「既然如此，大叔要說什麼就說出什麼來吧。病體剛好的人，心裡悶著也不好，倒不如讓大叔說出來為是。」壽峰凝了一會神，將手理著日久未修刮的鬍子，微微一笑道：「有倒是有兩句話，現在且不要說出來，候我下了地再說吧。」秀姑一聽父親的話，藏頭露尾，好生奇怪。而且害病以來，父親今天是第一次有笑，這裡面當另有絕妙文章。如此一想，羞潮上臉，不好意思在屋子裡站著，就走出去了。家樹也覺得壽峰說的話，有點尷尬；接上秀姑聽了這話，又躲避開去，越發顯著痕跡了。和壽峰談了一會子話，又安慰了他幾句，便告辭出來。秀姑原站在院子裡，這時就藉著關大門為由，送著家樹出來。家樹不敢多謙遜，只一點頭就一直走出來了。回得家來，想關壽峰今天怎麼說出那種話來，怪不得我表兄說我愛他的女兒，連他自己都有這種意思了。至於秀姑，卻又不同，自從她一見我，好像就未免有情；而今我這樣援助她父親，自然更是要誤會的了。好在壽峰的病，現在總算全好了，我不去看他，也沒有什麼關係。自今以後，我還是疏遠他父女一點為是，不然我一番好意，倒成了別有所圖了。話又說回來了，秀姑眉宇之間，對我自有一種深情，她哪裡知道我現在的境況呢！想到這裡，情不自禁的就把鳳喜送的那張相片，由書裡拿了出來，捧在手裡看，看著鳳喜那樣含睇微笑的樣子，覺得她那嬌憨可掬的模樣兒，絕不是秀姑那樣老老實實的樣子可比。等她上學之後，再加上一點文明氣象，就越發的好了。我手裡若是這樣把她栽培出來，真也是識英雄於未遇，以後她有了知識，自然更會感激我。由此想去，自覺得躊躇滿志，在屋裡便坐不住了。對著鏡子，理了一理頭髮，就坐了車到水車衚衕來訪鳳喜。

鳳喜家裡現在已經收拾得很乾淨，鳳喜也換了一件白底藍鴛鴦格的瘦窄長衫，靠著門框，閒望著天上的白雲在出神。一低頭忽然看見家樹，便笑道：「你不是說今天不來，等我搬到新房子裡去再來嗎？」家樹笑道：「我在家裡也是無事，想邀你出去玩玩。」鳳喜道：「我媽和我叔叔都到新房子那邊去拾掇屋子去了，我要在家裡看家，你到我這裡來受委屈，也不止一次，好在明天就搬了，受委屈也不過今天一天，你就在我這裡談談吧，別又老遠的跑到公園裡去。」家樹笑道：「你家裡一個人都沒有，你也挽留我嗎？」鳳喜笑著啐了一口，又抽出掖在脅下的長手絹，向著家樹抖了幾抖。家樹道：「我是實話。你的意思怎麼樣呢？」鳳喜道：「你又不是強盜，來搶我什麼；再說我就是一個人，也沒什麼可搶的，青天白日，留你在這裡坐一會，要什麼緊。」家樹笑道：「你說只有一個人，可知有一種強盜專要搶人哩。你唱大鼓，沒唱過要搶壓寨夫人的故事嗎？」鳳喜將身子一扭道：「我不和你說了。」她一面說著，一面就跑到裡面屋子裡去了。家樹也說道：「你真怕我嗎？為什麼跑了。」說著這話，也就跟著跑進來。屋子裡破桌子早是換了新的了。今天又另加了一方白桌布，炕上的舊被，也是早已拋棄，而所有的新被縟，也都用一方大白布被單蓋上。家樹道：「這是為什麼？明天就要搬了，今天還忙著這樣煥然一新。」鳳喜笑道：「你到我們這裡來，老是說不衛生，我們洗的洗了，刷的刷了，換的換了，你還是不大樂意。昨天你對我媽說，醫院裡真衛生，什麼都是白的。我媽就信了你的話，今天就趕著買了白布來蓋上，那邊新屋子裡買的床和木器，我原是要紅色的，信了你的話，今天又去換白漆的了。」家樹笑道：「這未免隔靴搔癢，然而也用心良苦。」鳳喜走上前，一把拉住了他的袖子道：「哼！那不行，你抖著文罵人。」說時，鼓了嘴，將身子扭了幾扭。家樹笑道：「我並不是罵人，我是說你家人很能聽我的話。」鳳喜道：「那自然啦！現在我一家人，都願望著你過日子，怎樣能不聽你的話；可是我得了你許多好處，我仔細一想，又為難起來了。據你說，你老太爺是做過大官的，天津還開著銀行，你的門第是多麼高，像我們這樣唱大鼓的人，哪配呀？」說著靠了椅子坐下，低了頭回手撈過辮梢玩弄。家樹笑道：「你這話，我不大明白，你所說的，是什麼配不配？」鳳喜瞟了一眼，又低著頭道：「別裝傻了。你是聰明人裡面挑出來的，倒會不明白。」家樹笑道：「明是明白了，但是我父親早過世去了，大官有什麼相干，我叔叔不過在天津銀行裡當一個總理，也是替人辦事，並不怎樣闊；就是闊，我們是叔侄，誰管得了誰？我所以讓你讀書，固然是讓你增長知識，可也就是抬高你的身分。不過你把書念好了，身分抬高了，不要忘了我才好。」鳳喜笑道：「老實說吧，我們家裡，真把你當著神靈了。你瞧他們那一份兒巴結你，真怕你有一點兒不高興，我是更不要說了，一輩子全指望著你，哪裡會肯把你忘了。別說身分抬不高，就是抬得高，也全仗著你呀。人心都是肉作的，我現在免得拋頭露面，就和平地登了天一樣。像這樣的恩人，亮著燈籠哪兒找去，難道我真是個傻子，這一點兒事，都不懂嗎？」鳳喜這一番話，說得非常懇切。家樹見她低了頭，望了兩只交叉搖曳的腳尖，就站到她身邊，用手慢慢兒撫摩著她的頭髮，說道：「你這話倒是幾句知心話。

我也很相信的。只要你始終是這樣，花幾個錢，我是不在乎的，我給的那兩百塊錢，現在還有多少？」鳳喜望著家樹笑道：「你叔叔是開銀行的，多少錢作多少事，難道說你不明白，添衣服，買東西，搬房子，你想還該剩多少錢了？」家樹道：「我想也是不夠的。

明天到銀行裡去，我還給你找一點款子來。」因見鳳喜仰著臉，臉上的粉香噴噴的，就用手撫摸著她的臉。鳳喜笑著，將嘴向房門口一努，家樹回頭看時，原來是新制的門簾子，高高捲起呢，於是也不覺得笑了。

過了一會子，鳳喜的叔叔回來了。他就是在先農壇彈三絃子的那人，他原名沈尚德。但是這一衚衕的街坊，都叫他沈三絃子；又因為四個字叫得累贅，減稱沈三絃，叫得久了，人家又改叫了沈三玄。（注玄：舊京諺語，意謂其事無把握，而帶危險性也。）這意思說他，吃飯，喝酒，抽大煙，三件大事，每天都得鬧饑荒。不過這半個月來，有了樊家樹這一個財神爺接濟，沈三玄卻成了沈三樂。今天在新房子裡收拾了半天，精神疲倦了，就向他嫂子沈大娘要拿點錢去抽大煙。沈大娘說是昨天給的一塊錢，今天不能再給，因此他又跑回來，打算和侄女來商量。一走到外邊屋子裡，見裡面房子的門簾，業已放下，就不便進去，先隔著門簾子咳嗽了兩聲。鳳喜道：「叔叔回來了嗎？那邊屋子拾掇得怎麼樣了？樊先生在這裡呢。」沈三玄隔著門簾叫了一聲樊先生！就不進來了；鳳喜打起門簾子，沈三玄笑道：「姑娘！我今天的黑飯又斷了糧了，你接濟接濟我吧。」家樹便道：「這大煙，我看你戒了吧。這年頭兒，吃飯都發生問題，哪裡還經得住再添上一樣大煙。」沈三玄點著頭，低低的道：「你說的是，我早就打算戒的。」家樹笑道：「抽菸的人，都是這樣，你一提起戒菸，他就說早要戒的。但是說上一千回一萬回，背轉身去，還照樣抽。」沈三玄見家樹有不歡喜的樣子，鳳喜坐在炕沿上，左腿壓著右腿，兩手交叉著，將膝蓋抱住，兩個小腮幫子，繃得鼓也似的緊。沈三玄一看這種神情，是不容開口討錢的了。只得搭訕著和同院子的人講話，就走開了。家樹望著鳳喜低低的笑道：「真是討厭！不先不後，他恰好是這個時候回來。」鳳喜也笑道：「別瞎說，他聽到了，還不知道我們幹了什麼呢！」家樹道：「我看他那樣子，大概是要錢。你就……」鳳喜道：「別理他，我娘兒倆有什麼對他不住的。憑他那個能耐，還鬧上菸酒兩癮，早就過不下去了。現在他說我認識你，全是他的功勞，跟著就長脾氣。這一程子，每天一塊錢還嫌不夠，以後日子長遠著咧，你想哪能還由著他的性兒？」家樹笑道：「以前我以為你不過聰明而已，如今看起來，你是很識大體，將來居家過日子，一定不錯。」鳳喜瞟了他一眼道：「你說著說著，又不正經起來了。」家樹笑著把臉一偏，還沒有答話，鳳喜喲了一聲，在身上掏出手絹，走上前一步，按著家樹的手臂道：「你低一低頭。」家樹正要把頭低著，鳳喜的母親沈大娘，一腳踏了進來。鳳喜向後一縮，家樹也有點不好意思。沈大娘道：「那邊屋子全拾掇好了，明天就搬。樊先生明天到我們家來，就有地方坐了。可是話又說回來了，明天搬著家，恐怕還是亂七八糟的，到後天大概好了；要不，你後天一早去，準樂意。」家樹聽說，笑了一笑。然而心裡總不大自然，仍是無法可說。坐了一會兒，因道：「你們應該收拾東西了，我不在這裡打攪你們了。」說畢，他拿了帽子戴在頭上，起身就要走。鳳喜一見他要走，非常著急，連連將手向他招了幾招道：「別忙啊！擦一把臉再走。你瞧你瞧，哎喲！你瞧。」家樹笑道：「回家去，平白地要擦臉作什麼。」說了這句，他已走出了外邊屋子。鳳喜將手連推了她母親幾下。笑道：「媽！你說一聲，讓他擦一把臉再走。」沈大娘也笑道：「你這丫頭，什麼事拿樊先生開心，我大耳刮子打你，樊先生你請便吧，別理她。」家樹以為鳳喜今天太快樂了，果然也不理會她的話，竟自回家。

到了吃晚飯的時候，家樹坐在正面，陶伯和夫婦坐在兩邊，陶太太正吃著飯，忽然噗嗤一笑，偏轉頭噴了滿地毯的飯粒。伯和道：「你想到什麼事情，突然好笑起來？」陶太太笑道：「你到我這邊來，我告訴你。」伯和道：「你就這樣告訴我，還不行嗎？為什麼還要我走過來才告訴我。」陶太太笑道：「自然有原因。我要是騙你，回頭讓你隨便怎樣罰我都成。」伯和聽他太太如此說了，果然放了碗筷，就走將過來。陶太太嘴對家樹臉上一努笑道：「你看那是什麼？」伯和一看，原來家樹左腮上，有六塊紅印，每兩塊月牙形的印子，上下一對印在一處，六塊紅印，恰是三對。伯和向太太一笑道：「原來如此。」家樹見他夫婦注意臉上，伸手在臉上摸了一摸，並沒有什麼，因笑道：「你們不要打什麼啞謎，我臉上有什麼，老實對我說了吧。」陶太太笑道：「我們老實對你說嗎？還是你老實對我們說了吧；再說要對你老實講，我倒反覺得怪不好意思了。」於是走到屋子裡去，連忙拿出一面鏡子來，交給家樹道：「你自己照一照吧，我知道你臉上有什麼呢。」家樹果然拿著鏡子一照，不由得臉上通紅，一直紅到耳朵後邊去。陶太太笑道：「是什麼印子呢？你說你說。」頓了一頓，家樹已經有了辦法了，便笑道：「我說是什麼事情，原來是這些紅墨水點，這有什麼奇怪。大概是我寫字的時候，沾染到臉上去了的。」伯和道：「墨水瓶子上的水，至多是染在手上，怎麼會染到臉上去？」家樹道：「既然可以沾染到手上，自然可以由手上染到臉上。」伯和道：「這道理也很通的，但不知你手上的紅墨水，還留著沒有？」這一句話，把家樹提醒了，笑道：「真是不巧，手上的紅印，我已經擦去了，現在只留著臉上的。」伯和聽到，只管笑了起來，正有一句什麼話，待要說出，陶太太坐在對面，只管搖著頭；伯和明白他太太的意思，就不向下說了。家樹放下飯碗趕忙就跑回自己屋子裡，將鏡子一照，這正是幾塊鮮紅的印，用手指一擦，沾得很緊，並磨擦不掉。劉福打了洗臉水來，家樹一隻手掩住了臉，卻滿屋子去找肥皂。劉福道：「表少爺找什麼？臉上破了皮，要找橡皮膏嗎？」家樹笑了一笑道：「是的，你出去吧，兩個人在這裡，我心裡很亂，更不容易去找了。」劉福放下水，只好走了。家樹找到肥皂，對了鏡子洗臉，正將那幾塊紅印擦著；陶太太一個親信的女僕王媽，卻用手端著一個瓷器茶杯進來。她笑道：「表少爺！我們太太叫我送了一杯醋來。她說，胭脂沾在肉上，若是洗不掉的話，用點醋擦擦，自然會掉了。」家樹聽了這話，半晌沒有個理會處。這王媽二十多歲的人，頭髮老是梳得光溜溜的，圓圓的臉兒，老是抹著粉，向來作上房事，見男子就不好意思，現在奉了太太的命，送這東西來，很是不尷尬。家樹又害臊不肯說什麼，她也就一扭走了。家樹好容易把胭脂擦掉了，倒不好意思再出去了。反正是天色不早，就睡覺了。到了次日吃早飯，兀自不好意思。所幸伯和夫婦對這事一字也不提，不過陶太太有點微笑而已。吃過了飯，便揣想到鳳喜家裡正在搬家，本想去看看，又怕引起伯和夫妻的疑心，只得拿了一本書，隨便在屋裡看。心裡有事，看書是看不下去的。又坐在書案邊，寫了幾封信，捱到下午，又想鳳喜的新房子，一定布置完事了，最好是這個時候去看看，他們如有布置不妥當之處，可以立刻糾正過來。不過看錶兄表嫂的意思，對於我幾乎是寸步留意，一出門，回來不免又是一番猜疑。自己又害臊，鎮定不住，還是不去吧。自己給自己這樣難題作，到黃昏將近的時候，屋角上放過來的一線太陽，斜照在東邊白粉牆上，紫藤花架的上半截，彷彿淡抹著一層金漆；至於花架下半截，又是陰沉沉的，羅列在地下的許多盆景，是剛剛由噴水壺噴過了水，顯著分外的幽媚；同時並發出一種清芬之氣。家樹就在走廊下，兩根朱紅柱子下面，不住的來往徘徊。劉福由外面走了進來，便問道：「表少爺！今天為什麼不出門了。」家樹笑著點了點頭，沒有說什麼；心裡立刻想起來，是啊！我是天天出門去一趟的，因為昨天晚上，發現了臉上的脂印，今天就不出去，這痕跡越是分明瞭，索性照常的出去，毫不在乎，倒也讓他們看不出所以然來。因此又換了衣服戴上帽子，向鳳喜新搬的地方而來。

這是家樹看好了的房子，乃是一所獨門獨院的小房子。正北兩明一暗，一間作了沈大娘的臥室，一間作了鳳喜的臥室；還空出正中的屋子作鳳喜的書房。外面兩間東西廂房，一間住了沈三玄，一間作廚房，正是一點也不擠窄。院子裡有兩棵屋簷般高的槐樹，這個時候，正好新出的嫩綠葉子，鋪滿了全樹，映著地下都是綠色的；有幾枝上，露著一兩球新開的白花，還透著一股香氣。這衚衕出去，就是一條大街。相距不遠，便有一個女子職業學校。鳳喜已經是在這裡報名納費了。現在家樹到了這裡，一看門外，一帶白牆，牆頭上冒出一叢綠樹葉子來，朱漆的兩扇小門，在白牆中間閉著，看去倒真有幾分意思。家樹一敲門，聽到門裡邊卜通卜通一陣腳步響，開開門來，鳳喜笑嘻嘻的站著。家樹道：「你不知道我今天會來吧！」鳳喜道：「一打門，我就知道是你，所以自己來開門。昨天我叫你擦一把臉再走，為什麼不理？」家樹笑道：「我不埋怨你，你還埋怨我嗎？你為什麼嘴上擦著那許多胭脂呢？」鳳喜不等他說完，抽身就向裡走。家樹也就跟著走了進去。沈大娘在北屋子裡迎了出來笑道：「你們什麼事兒這樣樂，在外面就樂了進來？」家樹道：「你們搬了房子，我該道喜呀，為什麼不樂呢？」說著話，走進北屋子裡來，果然布置一新。沈大娘卻毫不遲疑的，將右邊的門簾子，一隻手高高舉起，意思是讓家樹進去。他也未嘗考慮，就進去了。屋子裡裱糊得雪亮，正如鳳喜昨天所說，是一房白漆家具：上面一張假鐵床，也是用白漆漆了，被縟都也是白布的。只是上面覆了一床小紅絨毯子。家樹笑道：「既然都是白的，為什麼這毯子又是紅的哩？」沈大娘笑道：「年輕輕兒的，哪有不愛個紅兒綠兒的哩。這裡頭我還有點別的意思，你這樣一個聰明人，不應該不知道。」家樹道：「我這人太笨，非你告訴我，我是不懂的。你說，這裡頭還有什麼問題？」沈大娘正待要說，鳳喜一路從外面屋子裡嚷了進來，說道：「媽！你別說。」沈大娘見她進來，就放下門簾子來走了。鳳喜道：「你看看，這屋子乾淨不乾淨？」家樹笑道：「你太舒服了。你現在一個人住一間屋子，一個人睡一張床，比從前有天淵之別了。你要怎樣的謝我呢？」鳳喜低了頭，整理床上被單，笑著道：「現在睡這樣的小木床，也沒有什麼特別，將來等你送了我的大銅床，我再來謝你吧。」家樹道：「那倒也容易。不過『特別』兩個字，我有點不懂。睡了銅床，又怎樣特別呢？」鳳喜道：「那有什麼不懂。不過是舒服罷了；你不許再往下說，你再要往下說，我就惱了。」跟著家樹又抿嘴一笑。家樹向壁上四周看了一看，笑道：「裱糊得倒是乾淨，但是光突突的也不好，等我給你找點東西陳設陳設吧。」鳳喜道：「我只要一樣，別的都由你去辦。」家樹道：「要一樣什麼，要多少錢辦呢？」鳳喜道：「你這話說的真該打，難道我除了花錢的事，就不和你開口要的嗎？」家樹笑道：「我誤會了，以為你要買什麼值錢的古玩字畫，並不是說你要錢。」鳳喜道：「古玩字畫，哪兒比得上。這東西只有你有；不知道你肯賞光不肯賞光。」家樹道：「只有我有的，這是什麼東西呢？我倒想不起來。等我猜猜。」家樹兩手向著胸前一環抱，偏著頭正待要思索，鳳喜笑道：「不要瞎猜，我告訴你吧。我看見有幾個姐妹們，她們的屋子裡，都排著一架放大的相片，我想要你一張大相片在這屋子裡掛著，成不成？」家樹萬不料她鄭重的說出來，卻是這樣一件事，笑道：「我不知道你說的是什麼東西，原來是要我一張相片，有有有。」鳳喜笑道：「從前在水車衚衕住著，我不敢和你要。那樣的髒屋子，掛著你的相片，連我心裡也不安。現在搬到這裡來，乾淨是乾淨多了，一半也可以說是你的家……」鳳喜說到這裡，肩膀一聳，又將舌頭一伸道：「這可是我說錯了。」沈大娘在外面插嘴道：「幹嘛說錯了呀？這裡裡外外，哪樣不是樊先生花的錢，能說不是人家有一半兒份嗎！最好是全份都算樊先生的，孩子就怕你沒有那大的造化。」說畢，接上哈哈一陣大笑。家樹聽了，不好怎樣答言。鳳喜卻拉著他的衣襟一扯，只管擠眉弄眼，家樹笑嘻嘻的心裡自有一種不易說出的愉快。自這天起，沈家也就差不多把他當著家裡人一樣，隨便進出。家樹原是和沈大娘將條件商議好了，鳳喜從此讀書，不去賣藝；家樹除供給鳳喜的學費而外，每月又供給沈家五十塊錢的家用；沈三玄在家裡吃喝，他自己出去賣藝，卻不管他；但是那些不敦品的朋友，可不許向家裡引。沈大娘又說：「他原是懶不過的人，有了吃喝住，他哪裡還會上天橋，去賺那三五十個銅子去。」家樹覺得話很對，也就放寬心了。

過了幾天，鳳喜又作了幾件學生式的衣裙，由家樹親自送到女子職業學校補習班去，另給她起了一個學名，叫做鳳兮。這學校是半日讀書，半日作女紅的，原是為失學和謀職業的婦女而設。所以鳳喜在這學校裡，倒不算年長；自己本也認識幾個字，卻也勉強可以聽課。不過上了幾天課之後，吵著要家樹辦幾樣東西：第一是手錶；第二是兩截式的高跟皮鞋；第三是白紡綢圍巾。她說同學都有，她不能沒有，家樹也以為她初上學，不讓她丟面子，掃了興頭，都買了。過了兩天鳳喜又問他要兩樣東西：一樣是自來水筆；一樣是玳瑁邊眼鏡。家樹笑道：「英文字母，你還沒有認全，要自來水筆作什麼？這還罷了，你又不近視，也不遠視，好好兒的帶什麼眼鏡？」鳳喜道：「自來水筆，寫中國字也是一樣使啊。眼鏡可以買平光的，不近視也可以戴。」家樹笑道：「不用提，又是同學都有，你不能不買了。只要你好好兒的讀書，我倒不在乎這個，我就給你買了吧。你同學有的，還有什麼你是沒有的，索性說出來，我好一塊兒辦。」鳳喜笑道：「有是還有一樣，可是我怕你不大贊成。」家樹道：「贊成不贊成是另一問題，你且先說出來是什麼？」鳳喜道：「我瞧同學裡面，十個倒有七八個帶了金戒指的，我想也帶一個。」家樹對她臉上望了許久，然後笑道：「你說，應該怎樣的帶法？帶錯了是要鬧出笑話來的。」鳳喜道：「這有什麼不明白。」說著話，將小指伸將出來，勾了一勾，笑道：「帶在這個手指頭上，還有什麼錯的嗎？」家樹道：「那是什麼意思？你說出來。」鳳喜道：「你要我說，我就說吧。那是守獨身主義。」家樹道：「什麼叫守獨身主義？」鳳喜低了頭一跑，跑出房門外去，然後說道：「你不給我買東西也罷，老問什麼，問得人怪不好意思的。」家樹笑著對沈大娘道：「我這學費總算花得不冤。鳳喜念了幾天書，居然學得這些法門了。」沈大娘也只說得一句改良的年頭兒嗎，就嘻嘻的笑了。次日恰恰是個星期日，家樹吃過午飯，便約鳳喜一同上街，買了自來水筆和平光眼鏡；又到金珠店裡，和她買了一個赤金戒指。眼鏡她已戴上了，自來水筆，也用筆插來夾在大襟上，只有這個金戒指，她卻收在身上，不曾帶上。家樹將她送到家，首先便問她這戒指，為什麼不帶起來？鳳喜和家樹在屋子裡說話，沈大娘照例是避開的。這時鳳喜卻拉著家樹的手道：「你什麼都明白，難道這一點事還裝糊塗。」說著，就把盛戒指的小盒遞給他，將左手直伸到他面前，笑道：「給我帶上。」家樹笑著答應了一聲是。左手託著鳳喜的手，右手兩個指頭，箝著戒指，舉著問鳳喜道：「應該哪個指頭？」鳳喜笑著，就把無名指撓起來，嘴一努道：「這個。」家樹道：「你糊塗，昨兒剛說守獨身主義；守獨身主義，是帶在無名指上嗎？」鳳喜道：「我明白，你才糊塗。若帶在小指上，我要你給我帶上作什麼？」家樹拿著她的無名指，將戒指輕輕的向上面套，望著她笑道：「這一帶上，你就姓樊了。明白嗎？」鳳喜使勁將指頭向上一伸，把戒指套住，然後抽身一跑，伏在窗前一張小桌上，格格的笑將起來。家樹笑道：「別笑別笑，我有幾句話問你。你明日上學，同學看見你這戒指，他們要問起你的那人是誰，你怎樣答覆？」鳳喜笑道：「我以為是什麼要緊的事，你這樣很正經的問著，那有什麼要緊。我隨便答覆就是了。」家樹道：「好！譬如我是你的同學吧，我就問：嘿！密斯沈啊，手上今天添了一個東西了，那人是誰？」鳳喜道：「那人就是送戒指給我的人。」家樹道：「你們是怎樣認識的？這戀愛的經過，能告訴我們嗎？」鳳喜道：「他是我表兄，我表兄就是他。這樣說行不行？」家樹笑道：「行是行，我怎樣又成了你的表哥了。」鳳喜道：「這樣一說，可不就省下許多麻煩。」家樹道：「你有表兄沒有？」鳳喜道：「有哇！可是年紀太小，一百年還差三十歲哩。」家樹道：「今天你怎麼這樣樂？」鳳喜道：「我樂啊，你不樂嗎？老實對你說吧，我一向是提心吊膽，現在是十分放心了，我怎樣不樂呢。」家樹見她真情流露，一派天真，也是樂不可支，睡在小木床上，兩只腳，直豎起來，架到床橫頭高欄上去，而且還儘管搖曳不定。沈大娘在隔壁屋子裡問道：「你們一回來，直樂到現在，什麼可樂的，說給我聽聽。」鳳喜道：「今天先不告訴你，你到明天就知道了。」沈大娘見鳳喜高興到這般樣子，料是家樹又給了不少的錢，便留家樹在這裡吃晚飯，親自到附近館子去叫了幾樣菜，只單獨的讓鳳喜一人陪著。家樹也覺得話越說越多，吃完晚飯以後，想走幾回，復又坐下；然後拿著帽子在手上，還是坐了三十分鐘才走。到了家裡，已經十二點多鐘了。走進房一亮電燈，卻見自己辦公室上，放著一條小小方塊兒的花綢手絹。拿起一嗅，馥郁襲人，這自然是女子之物了。難道是表嫂到我屋子裡，遺落在這裡的？仔細拿起來一看，那巾角上，卻另有紅綠線繡的三個英文字母「H·L·N·」。表嫂的姓名是陳惠芳。這三個字母，和那姓名的拼音，差得很遠，當然不是她了。既不是她，這屋子裡哪有第二個用這花手絹的女子來呢？自己好生不解。這時劉福送茶水進來，笑道：「表少爺！你今天出門的工夫不小了，有一位生客來拜訪你哩。」說著，就呈上一張小名片來。家樹接過一看，恍然大悟。原來那手絹是這位向不通來往的女賓留下來的，就也視為意外之遇。要知道這是一個什麼女子，下回交代。

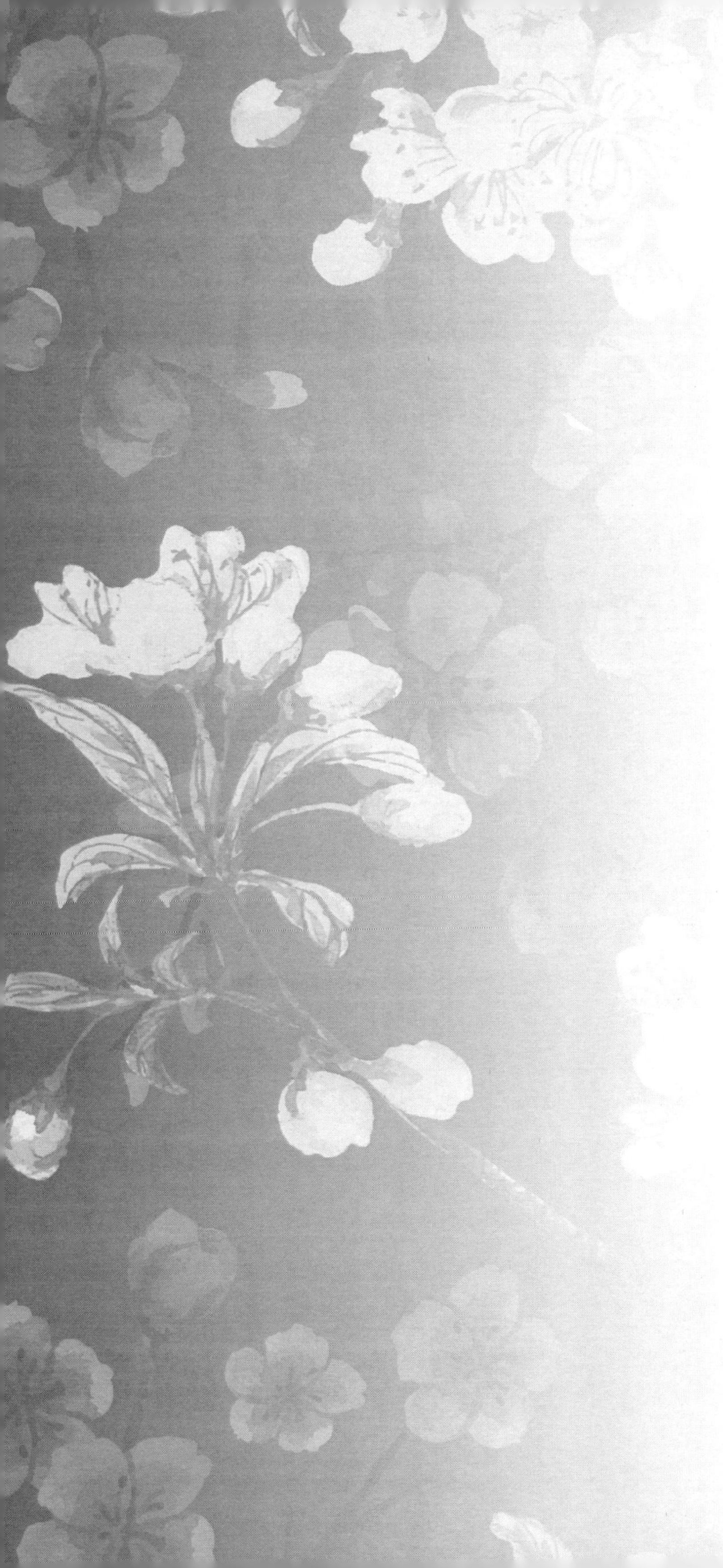

無意過香巢傷心致疾　多情證佛果俯首談經

卻說家樹見一條繡了英文字的手帕，正疑惑著此物從何而來，及至劉福遞上一張小名片，卻恍然大悟這是何麗娜的。他問她是什麼時候來的？劉福道：「是七點鐘來的。在這裡吃過晚飯，就和大爺少奶奶一塊兒跳舞去了。」家樹道：「她又到我屋子裡來作什麼？」劉福道：「她來的，表少爺怎樣知道了？她說表少爺不在家，就來看看錶少爺的屋子，在屋裡坐了一會，又翻了一翻書，交給我一張名片，然後才走的。」家樹道：「翻了一翻書嗎？翻的什麼書？」劉福道：「這可沒有留意。大概就是桌上放的書吧。」家樹這才注意到桌上的一本紅皮書，鳳喜的相片，正是夾在這裡面的，她要翻了這書，相片就會讓她看見的。於是將書一揭，果然相片挪了頁數了。原是夾在書中間的，現在夾在封面之下了。這樣看來，分明是有人將書頁翻動，又把相片拿著看了，好在這位何女士卻和本人沒甚來往，這相片是誰，她當然也不知道。若是這相片讓表嫂看見，那就不免她要仔細盤問的了。而且鳳喜的相，又有點和何小姐的相彷彿。她驚異之下，或者要追問起來的，那更是逼著我揭開祕幕了。今天晚上，伯和夫婦跳舞回來，當然是很夜深的了，明天吃早飯的時候，若是表嫂知道的話，少不了相問，明日再看話答話吧。這樣想著，就不免擬了一番敷衍的話，預備答覆。可是到了次日，陶太太只說何小姐昨晚是特意來拜訪的，不能不回拜。卻沒有提到別的什麼。家樹道：「我和她們家裡，並不認識，專去拜訪何小姐，不大好，等下個禮拜六，我到北京飯店跳舞廳上去會她吧。」陶太太道：「你這未免太看不起女子了。人家專誠來拜訪了你，你還不屑去回拜，非等到有順便的機會不可。」家樹笑道：「我並不是不屑於去回拜，一個青年男子，無端到人家家裡去拜訪人家小姐，仔細人家用棍子打了出來。」陶太太道：「你不要胡說，人家何小姐家裡，是很文明的；況且你也不是沒有到過人家家裡去拜訪小姐的呀。」家樹道：「哪有這事。」可是也就只能說出這四個字來分辯，不能更說別的了。伯和也對家樹說：「應該去回拜人家一趟。何小姐家裡是很文明的，她有的是男朋友去拜訪，絕不會嘗閉門羹的。」家樹被他兩人說得軟化了，就笑著答應去看何小姐一次。

過了一天，天氣很好，本想這天上午去訪何小姐的，偏是這一天早上，卻來了一封意外的信。信封上的字，寫的非常不整齊。下款只署著內詳，拆開來一看，信上寫道：——

家樹仁弟大人臺鑒：

一別芝顏，倏又旬日。敬唯文明進步，公事順隨，為疇為頌。卑人命途不佳，前者患恙，蒙得抬愛，賴已逢凶化吉，現已步履如互，本當到寓叩謝，又多不便，奈何奈何。敬於月之十日正午，在舍下恭候臺光，小酌爽敘，勿卻是幸。套言不敘。臺安

關壽峰頓首

這一封信，連別字帶欠通，共不過百十個字，卻寫了三張八行，看那口氣，還是在尺牘大全上抄了許多下來的。像他那種人，生平也不曾拿幾回筆桿，硬湊付了這樣一封信出來，看他是有多麼誠意。就念著這一點，也不能不去赴約。因此又把去拜訪何小姐的原約打消，直向後門關壽峰家來。一進院子，就見屋子裡放了白爐子，煤球正籠著很旺的火，屋簷下放了一張小桌子，上面滿放著葷素菜餚。秀姑繫了一條圍裙，站在桌子邊，光了兩只溜圓雪白的手臂，正在切菜。她看見家樹

進來，笑道：「爸爸！樊先生來了。」說著話，菜刀也來不及放下，搶一步，給家樹打了簾子。壽峰聽說，也由屋子裡迎將出來，笑道：「我怕你有事，或者來不了，我們姑娘說是只要有信去，你是一定來。真算她猜著了。」說時，便伸手拉著家樹的手，笑道：「我想在館子裡吃著不恭敬，所以我就買了一點東西，讓小女自己作一點家常風味嘗嘗，你就別談口味，讓我們表表這一點心吧。」家樹道：「究竟還是關大叔過於客氣，實在高興的時候願意喝兩盅，隨便哪一天來遇著就喝；何必還要費上許多事。」壽峰笑道：「人有三分口福，似乎都是命裡注定的。不瞞你說，這一場大病，是害得我當盡賣光，我哪裡還有錢買大魚大肉去。可巧前天由南方來了一個徒弟，他現在在大學裡，當了一名拳術教師，混得比我強，看見我窮，就扔下一點零錢給我用，將來或者我也要找他去。」說著話，秀姑已經進來，搶著拿了一條小褥子，鋪在木椅上，讓家樹坐下。接上就提開水壺進來，沏上一壺茶，茶壺裡臨時並沒有擱下茶葉，想是早已預備好了的了。沏完了茶，她又拿了兩支衛生香進來，燃好了，插在桌上的舊銅爐裡，一回頭，看見茶杯子還空著，卻走過來給他斟上一杯茶，笑道：「這是我在衚衕口上要來的自來水，你喝一點。」她只說著這話，儘管低了頭，家樹眼裡看見，心裡不免盤算：我對這位姑娘，沒有絲毫意思，她為什麼一見了我，就是如此羞人答答神氣。這倒叫我理是不好，不理也是不好了。索興大大方方的，只當自己糊塗，沒有懂得她的意思就是了，因此一切不客氣，只管開懷和壽峰談話。壽峰笑道：「我是個爽快人。老弟！你也是個爽快人，我有幾句話，回頭要藉著酒蓋了臉，和你談談。」他說到這裡，伸著手搔了一搔頭，又搓了一搓巴掌，正待接著向下說時，恰好秀姑走了進來，擦抹了桌子，將杯筷擺在桌上。家樹一看，只有兩副杯筷，便道：「為什麼少放一副杯筷？大姑娘不上桌嗎？」秀姑聽了這話，剛待答言，只是她那臉上的紅印兒，先起了一個小酒暈兒。壽峰躊躇著道：「不吧。她得拾掇東西，可是……

那又現著見外了。也好，秀姑你把菜全弄好了，一塊兒坐著談談。

你要有事，回頭再去也不遲。」秀姑心想，我何嘗有事。便隨便答應了一聲，自去作菜去了。壽峰笑道：「老弟！你瞧我這孩子，真不像一個練把式人養的，我要不是她，我就不成家了。這也叫天無絕人之路。可是往將來說，……」外面秀姑炒著菜，正嗆著一口油煙，連連咳嗽了幾聲，接上她隔著窗戶笑道：「好在樊先生不算外人，要不然你這樣誇獎自己的閨女，給人笑話。」壽峰一聽，哈哈大笑，兩手向上一舉，伸了一個懶腰。家樹見他兩只黃皮膚的手臂，筋肉怒張，很有些勁，便問道：「關大叔精神是復原了，但不知道力氣怎麼樣？」壽峰笑道：「老了！本來就沒有什麼力量，談不到什麼復原。但是真要動起手來，自覺總還有餘吧。」家樹道：「大叔的力量，第一次會面，我就瞻仰過了。除此以外，一定還有別的絕技，可否再讓我瞻仰瞻仰。」壽峰笑道：「老弟臺！我對你是用不著謙遜的，有是有兩手玩藝，無奈傢伙都不在手邊。」秀姑道：「你就隨便來一點兒什麼吧。人家樊先生說了，我們好駁回嗎？」壽峰笑道：「既然如此說，我就來找個小玩意吧。你瞧簾子破了，飛進來許多蠅子，來把它們取消吧。」說著，他將桌上的筷子取了一雙，倒拿在手裡，依然坐下了，等到蒼蠅飛過來，他隨隨便便的將筷子在空中一夾，然後送過來給家樹看道：「你瞧，這是什麼？」家樹看時，只見那筷子頭不偏不倚，正正噹噹，夾住一個小蒼蠅。不由得先讚了一聲好，然後問道：「這雖是小玩藝，卻是由大本領練了來的，但不知道大叔是由練哪項本事練出來的？」

關壽峰將筷子一鬆，一個蒼蠅落了地，筷子一伸，接著一夾，又來了一個蒼蠅。他就是如此一伸一夾，不多久的工夫，家樹俯著身子看看壽峰腳下竟有一二十頭蒼蠅之多，一個個都折了翅膀橫倒在地上。家樹鼓了掌笑道：「這不但是看得快，夾得準而已；現在看這蠅子，一個個都死了，足見筷子頭上，一樣的力到勁到了。」壽峰笑道：「這不過常鬧這個玩意，玩得多了，自然熟能生巧，並不算什麼功夫，若是一個人夾一隻蒼蠅都夾不死，那豈不成了笑話嗎？」家樹道：「我不是奇怪蒼蠅夾死了，我只奇怪蒼蠅的身體依然完整，不是像平常一巴掌撲了下去，打得血肉模糊的樣子。」壽峰笑道：「這一點子事情，你還能論出個道理來，足見你遇事肯留心了。」家樹笑道：「這種本領，擴而充之起來，似乎就可以伸手接人家放來的暗器。我們常在小說上，看到什麼接鏢接箭一類的武藝，大概也是這種手法。」壽峰笑道：「不要談這個吧，就真有那種本領，現在也沒用。誰能跑到陣頭上，伸著兩手接子彈去。」秀姑見家樹不住的談到武藝，端了酒菜進來，只是抿嘴微笑。她給壽峰換了一雙筷子，自己也就拿了一副杯筷來，放在一邊。壽峰讓家樹上座，父女二人，左右相陪。秀姑先拿了家樹面前的酒杯過來，將酒瓶子斟好了一杯酒，然後雙手捧著送了過去。家樹站起來道：「這樣客氣，那會讓我吃不飽的。大姑娘！你隨便吧。」嘴裡說著這話，他的視線，就不由得射到秀姑的那雙手上。見她的十指雖不是和鳳喜那般纖秀，但是一樣的細嫩雪白，那十個指頭，剪得光光的，露著紅玉似的指甲縫，心裡便想：他父女意思之間，常表示他這位姑娘能接家傳的，現在看她這般嫩手，未必能名副其實。他心裡如此想著，當然不免呆了一呆。秀姑連忙縮著手，坐下去了。家樹也猛然省悟，她或者會誤會的。因笑對壽峰道：「大叔的本領，如此了不得，這大姑娘一定也很好了。可是我仔細估量著，是很斯文的，一點看不出來。」壽峰笑道：「斯文嗎？你是多誇獎了，這兩年大一點，不好意思鬧了，早幾年她真能在家裡飛簷走壁。」家樹看了看秀姑的顏色，便笑道：「小時候，誰也是淘氣的。說到飛簷走壁，小時候看了北方的小說，總是說著這種事，心裡自然是奇怪。自從到了北方之後，我才明白了，原來北方的房屋，蓋得既是很低，而且屋瓦都是用泥灰嵌住了的，這要飛簷走壁，並不覺得怎樣難了。」秀姑坐在一邊，還是抿了嘴微笑。家樹一面吃喝，一面和壽峰父女談話，不覺到了下午三四點鐘。壽峰道：「老弟！今天談得很痛快，你若是沒什麼事，就坐到晚上再走吧。」家樹因他父女殷勤款待，回去也是無事，就又坐下來。秀姑收了碗筷，擦抹了桌椅，重新沏了茶燃了香，拿了她父親一件衣服，靠在屋門邊一張椅子上坐了縫補，閒聽著說話，卻不答言。後來壽峰和家樹慢慢的談到家事，又由家事談到陶家，家樹說表嫂有兩個孩子，秀姑便像有點省悟的樣子，哦了一聲道：「那位小姐，在什麼學堂裡念書？」家樹道：「小得很，還不曾上學呢。」秀姑道：「是嗎？我從前住在那兒的時候，看見有位十六七歲的小姐，長得很清秀的，天天去上學，那又是誰？」家樹笑道：「那是大姑娘弄錯了。我表哥今年只二十八歲，哪裡有那大的女孩子。」秀姑剛才好像是有一件什麼事明白了，聽到這裡，臉上又罩著了疑幕，看了看父親，又低頭縫衣了。壽峰見秀姑老不離開，便道：「我還留樊先生坐一會兒呢，你再去上一壺自來水來。」秀姑道：「我早就預備好了，提了一大桶自來水在家裡放著呢。」壽峰見秀姑坐著不願動，這也沒有法子，只得由她。家樹談了許久，也曾起身告辭兩次，壽峰總是將他留住。一直說到無甚可說了，壽峰才道：「過兩天，我再約老弟一個地方喝茶去。天色已晚，我就不強留了。」家樹笑著告辭，壽峰送到大門外，在這個當兒，秀姑一個人在屋子裡，連忙包了一個紙包，也跟著到大門口來，對壽峰道：「樊先生走了嗎？他借給我的書，我還沒有送還他呢。」壽峰道：「他不是回家，僱車要到大喜衚衕，還不曾僱好呢。」秀姑趕出門外，家樹還在走著，秀姑先笑道：「樊先生！請留步。」家樹萬不料她又會追出來相送，只得站住了腳問道：「大姑娘！你又要客氣。」秀姑笑道：「不是客氣，你借給我的幾本書，請你帶了回去。」說著，就把包好了的書，雙手遞了過去。家樹道：「原來是這個，這很不值什麼，你就留下也可以。我這時不回家，留在你這裡，下次我再來帶回去吧。」秀姑手裡捧了書包，低了頭望著手笑道：「你帶回去吧，我還作有一點工作送給你呢。」她說到最後這一句，幾乎都聽不出是說什麼話，只有一點微微的語音而已。家樹見她有十分難為情的樣子，只得接了過去，笑道：「那麼我先謝謝了。」秀姑見他已收下，說了一聲再會，馬上掉轉身子自回家去。壽峰道：「人家並不是回家去，讓人家夾了一包書到處帶著，怪不方便的。」秀姑道：「你說他是到大喜衚衕去，我相信了，我在那地方，遇到他有兩三回，有一次，他還同著一個女學生走呢。那是他什麼人？」壽峰道：「你這是少見多怪了，這年頭兒，男女還要是什麼人才能夠在一處走嗎？我今天倒是有意思問問他家中底細，偏是你又在當面，有許多話，我也不好問得。照說他在北京是不會有親戚的。」秀姑聽父親說到這裡，卻避開了。可是她心裡未免有點懊悔，早知道父親今天留著他談話是有意的，早早避開也好。他究竟是什麼意思？今晚便曉得了，也省得我老是惦記。今天這機會錯過，又不知道哪一天可以能問到這話了。不過由今天的事看來，很可以證明父親是有意的。以前怕父親不贊成的話，卻又不成問題了。只是自己親眼得見家樹同了一個女學生在大喜衚衕走，那是他什麼人？不把這事解釋了，心裡總覺不安。前後想了兩天，這事情總不曾放心得下，彷彿記得那附近有個女學堂，莫非就是那裡的學生，我倒要找個機會調查一下。在她如此想著，立刻就覺得要去看看才覺心裡安慰，因此對父親說，有點事要出去，自己卻私自到大喜衚衕前後來查訪，以為或者又可以碰到他二人，當面一招呼，那個女子是誰，他就無可隱藏了。

恰是事有湊巧，經過兩叢槐樹一扇小紅門之外，自己覺得這人家別有一種風趣。正呆了一呆，卻聽得白粉低牆裡，有一個男子笑道：「我晚上再來吧，趁著今天晚上好月亮，又是槐花香味兒，你把那《漢宮秋》給我彈上一段，行不行？」秀姑聽那男子的聲音正是樊家樹，接上呀的一聲，那兩扇小紅門已經開了。待要躲閃，已經來不及。只見家樹在前，上次遇到的那個女學生在後，一路走將出來。家樹首先叫道：「大姑娘！你怎麼走到這裡來了？」秀姑還未曾開言，家樹又道：「我給你介紹，這是沈大姑娘。」說著將手向身邊的鳳喜一指，鳳喜就走向前，兩手握了秀姑一隻右手，向她渾身一溜笑道：「樊先生常說你來的，難得相會，請到家裡坐吧。」秀姑聽了她的話，一時摸不到頭腦，心想她怎麼也是稱為先生？進去看看也好。於是也笑道：「好吧，我就到府上去看看。樊先生也慢點走，可以嗎？」家樹道：「當然奉陪。」於是二人笑嘻嘻地把她引進來。沈大娘見是家樹讓進來的，也就上前招呼。笑著道：「大姑娘！我們這裡，也就像樊先生家裡一樣，你別客氣呀。」秀姑又是一怔，這是什麼話？先原在外面屋子裡坐著的，後來沈大娘一定把她讓進鳳喜屋子裡，自己卻好避到外面屋子裡沏茶裝糕果碟。秀姑見這屋子裡，陳設得很雅潔，正面牆上，高高的掛了一副鏡框子，裡面安好了一張放大的半身男像，笑容可掬，藹然可親的向著人，那正是樊家樹。到了這時，心裡禁不住卜通卜通亂跳一陣，把事也猜有個七八成了。再看家樹也是毫無忌憚，在這屋子裡陪客。沈大娘將茶點送了進來，見秀姑連向像片看了幾下，笑道：「你瞧，這相片真像呀。是樊先生今天送來的，才掛上呢！我說這裡像他家裡，那是不假啊！我們親戚朋友都不多，盼望您以後衝著樊先生的面子，常來啊！他每天都在這裡的。」沈大娘這樣說上了一套，秀姑臉上，早是紅一陣，白一陣，很覺不安的樣子。家樹一想，她不要誤會了，便笑道：「以前我還未曾對關大叔說過北京有親戚呢，大姑娘回去一說，關大叔大概也要奇怪了。」家樹望了秀姑，秀姑向著窗外看看天色，隨意的答道：「那有什麼奇怪呢？」聲音答的細微極了，似乎還帶一點顫音。家樹也沉默了，無甚可說。還是沈氏母女，問問她的家事，才不寂寞。又約莫坐談了十分鐘，秀姑牽了一牽衣襟，站起來說聲再會，便告辭要走。沈氏母女堅留，哪裡留得住。她出得門來，只覺得渾身癱軟，兩腳站立不住，只是要沉下去。趕快僱了一輛人力車，一直回家。到了家裡，便向床上和衣倒下，扯了被將身子和頸蓋住，竟哭起來了。壽峰見女兒回來，臉色已經不對，匆匆的進了臥房，又不曾出來，便站在房門口，先叫了一聲，伸頭向裡一望，只見秀姑橫躺在床上，被直擁蓋著上半截，下面光著兩只叉腳褲子，只管是抖顫個不了。壽峰道：「啊！孩子。你這是怎麼了？」接連問了幾句，秀姑才在被裡緩緩的答應了三個字：「是我……病……了。」壽峰道：「我剛剛好，你怎麼又病了啊！」說著話，走上前，俯著身子，便伸了一隻手，來撫摩她的額角。這一下伸在眼睛邊，卻摸了一把眼淚。壽峰道：「你頭上發著燒呢。摸我這一手的汗，你脫了衣服好好的躺一會兒吧。」秀姑道：「好吧，你到外面去吧。我自己會脫衣服睡的。」壽峰聽她說了，就走出房門去。秀姑急急忙忙就脫了長衣和鞋，蓋了被睡覺。壽峰站在房門外連叫了幾聲。秀姑只哼著答應了一聲，意思是表明睡了。壽峰聽她的話，是果然睡了，也就不再追問。可是秀姑這一場大睡，睡到晚上點燈以後，還不曾起床，似乎是真病了。壽峰不覺又走進房來，輕輕的問道：「孩子！你身體覺得怎麼樣？要不然，找一個大夫來瞧瞧吧。」秀姑半晌不曾說話，然後才慢慢的說道：「不要緊的，讓我好好的睡一晚晌，明日就會好的。」壽峰道：「你這病來得很奇怪，是在外面染了毒氣？還是走多了路，受了累？你在哪兒來，好好的變成這個樣子？」秀姑見父親問到了這話，要說出是到沈家去了，未免顯著自己無聊；若不說是到沈家去的，自己又指不出別的地方來，事情更要弄糟。只得假裝睡著，沒有聽見。壽峰叫喚了幾聲，但她沒有答應，就走到外邊屋子裡去了。過了一晚，次日一清早，隔壁古廟樹上的老鴉，還在喳喳的叫。秀姑已經醒了，就在床上不斷的咳嗽。壽峰因為她病了，一晚都不曾睡好。這邊一咳嗽，他便問道：「孩子！你身子好些了嗎？」秀姑本想不作聲，又怕父親掛記，只得答應道：「現在好了。沒有多大的毛病，待一會我就好了。您睡吧，別管我的事。」壽峰聽她說話的聲音，卻也硬朗，不會是有病，也就放心睡了。不料一覺醒來，同院子的人，都已起來了。秀姑關了房門，還是不曾出來。往日這個時候，茶水早都已預備妥當了，今天連煤爐子，都沒有籠上，一定是秀姑身體很疲弱，不能起來，因也不再言語，自起了床燃著了爐子，去燒茶水。秀姑這時醒了，聽到父親在自燒茶水，心裡很過不去，只得賺紮起來，一手牽了蓋在被上的長衣，一手扶著頭，在床上伸下兩只腳，正待去踏鞋子，只覺頭一沉，眼前的桌椅器具，都如風車一般，亂轉起來；哼了一聲，復又側身倒在床上。過了許久，慢慢的起來，聽到父親拿了一隻麵缽子，放在桌上一下響，便叫道：

「爸！你歇著吧，我起來了。你要吃什麼，讓我洗了臉給你作。」壽峰道：「你要是爬不起來，就睡一天吧，我也愛自作自吃。」秀姑趕著將衣穿好，又對鏡子裡自己的影子，對著鏡子攏了一攏頭髮，仔細看了看，皺了眉，搖搖頭，長長的嘆了一口氣，走出房門來，嘻嘻地笑道：「我又沒病，不過是昨日跑到天橋去看看，有熟人沒有，就走累了。」壽峰道：「你這傻了，由後門到前門，整個的穿城而過，怎麼也不坐車？」秀姑笑道：「說出來，你要笑話了，我忘了帶錢，身上剩著幾個銅子，只回來搭了一截電車。」壽峰道：「你就不會僱洋車僱到家再給嗎？」秀姑一看屋子外沒人，便低聲道：「自你病後，我什麼也沒練過，我想先走走道，活動活動，不料走得太猛，可就受累了。」這一聲話，壽峰倒也很相信，就不再問。秀姑洗了手臉，自接過麵缽，和了麵作了一大碗拉麵給她父親吃，自己卻只將碗盛了大半碗白麵湯，也不上桌，坐在一邊，一口一口的呷著。壽峰道：「你不吃嗎？」秀姑微笑道：「起來得晚，先餓一餓吧。」壽峰也未加注意，吃過飯，自出門散步去了。

秀姑一人在家，今天覺得十分煩惱，先倒在床上睡了片刻，哪裡睡得著，想到沒有梳頭，就起來對著鏡子梳，原想梳兩個髻，梳到中間，覺得費事，只改梳了一條辮子。梳完了頭，自己作了一點水泡茶喝，水開了，將茶泡了，只喝了半杯，又不喝了，無聊得很，還是找一點活計作作罷。於是把活計盆拿出來，隨便翻了翻，又不知作哪樣是好。活計盤子放在腿上，兩手倒撐起來託著下頰，發了一會子呆，環境都隨著沉寂起來。正在這時，就有一陣輕輕的沉檀香氣，透空而來。同時剝剝剝，又有一陣木魚之聲，也由牆那邊送過來。這是隔壁一個仁壽寺和尚念經之聲呢。這是一所窮苦的老廟，廟裡只有一個七十歲的老和尚靜覺在裡面看守。壽峰閒著無事，也曾和他下圍棋散悶。這和尚常說，壽峰父女，臉上總還帶有一點剛強之氣，勸他們無事念念經，壽峰父女都笑了。和尚因秀姑常送些素菜給他，曾對她說：「大姑娘！你為人太實心眼了，心田厚，智慧淺，是容易招煩惱的。將來有一天發生煩惱的時候，你就來對我實說吧。」秀姑因為這老和尚平常不多說一句話的，就把他這話記在心裡，當壽峰生病的時候，秀姑以為用得著老和尚，便去請教他。他說這是愁苦，不是煩惱，好好的伺候你令尊吧；秀姑也就算了。今天行坐不安，大概這可以說是煩惱了。這一陣檀香，和一陣木魚之聲，引起了她記著和尚的話，就放下活計，到隔壁廟裡來尋老和尚。靜覺正側坐在佛案邊，敲著木魚。他一見秀姑，將木魚槌放下，笑道：「姑娘！別慌張，有話慢慢的說。」秀姑並不覺得自己慌張，聽他如此說，就放緩了腳步。靜覺將秀姑讓到左邊一個高蒲團上坐了，然後笑道：「你今天忽然到廟裡來，是為了那姓樊的事情嗎？」秀姑聽了，臉色不覺一變，靜覺笑道：「我早告訴了你，心田厚，慧根淺，容易生煩惱啊。什麼事都是一個緣份，強求不得的，我看他是另有心中人呀。」秀姑聽老和尚雖只說幾句話，都中了心病，彷彿是親知親見一般，不由得毛骨悚然。向靜覺跪了下去，垂著淚，低著聲道：「老師傅你是活菩薩，我願出家了。」靜覺伸手摸著她的頭笑道：「大姑娘！你起來，我慢慢和你說。」秀姑拜了兩拜，起來又坐了。靜覺微笑道：「你不要以為我一口說破你的隱情，你就奇怪；你要知道天下事當局者迷，你由陪令尊上醫院到現在，常有個樊少爺來往，街坊誰不知道呢。我在廟外，碰到你送那姓樊的兩回，我就明白了。」秀姑道：「我以前是錯了，我願跟著老師傅出家。」靜覺微笑道：「出家兩個字，哪裡是這樣輕輕便便出口的。為了一點不如意的事出家，將來也就可以為了一點得意的事還俗了。我這裡有本《金剛經白話註解》，你可以拿去看看，若有不懂的地方，再來問我。你若細心把這書看上幾遍，也許會減少些煩惱的。至於出家的話，年輕人快不要提，免得增加了口孽。你回去吧，這裡不是姑娘們來的地方。」秀姑讓老和尚幾句話封閉住了，什麼話也不能再說，只得在和尚手裡拿了一本《金剛經》回去。到了家裡，有如得了什麼至寶一般，馬上展開書來看，其中有懂的，也有不懂的。不過自己認為這書可以解開煩惱，就不問懂不懂，只管按住頭向下看。第一天，壽峰還以為她是看小說，第二天，她偶然將書蓋著，露出書面來，卻是《金剛經》。便笑道：「誰給你的？你怎麼看起這個來了。」秀姑道：「我和隔壁老師傅要來的，要解解煩惱哩。」壽峰道：「什麼？你要解解煩惱。」但是秀姑將書展了開來，兩隻手臂彎了向裡，伏在桌上，低著頭，口裡唧唧噥噥的念著。父親問她的話，她卻不曾聽見。壽峰以為這是婦女們的迷信，也就不多管。可是從這日起，她居然把經文看得有點懂了，把書看出味來，復又在靜覺那裡，要了兩本白話註解的經書來再看。

這一天正午，壽峰不在家，她將靜覺送的一尊小銅佛，供在桌子中央，又把小銅香爐放在佛前，燃了一炷佛香，攤開淺注的《妙法蓮華經》，一頁一頁的看著。同院子的人，已是上街作買賣去了。婦人們又睡了午覺，屋子裡沉寂極了，那瓦簷上的麻雀，下地來找散食吃，卻不時的在院子裡叫一兩聲。秀姑一人在屋子裡讀經，正讀得心領神會，忽然有人在院子裡咳嗽了一聲，接上問道：「大叔在家嗎？」秀姑隔著舊竹簾子一看，正是樊家樹。便道：「家父不在家。樊先生進來歇一會嗎？」家樹聽說，便自打了簾子進來。秀姑起身相迎道：「樊先生和家父有約會嗎？他可沒在家等。」說著話，一看家樹穿了一身藍嗶嘰的窄小西服，翻領插了一朵紅色的鮮花，頭髮也改變了樣子，梳得溜光，配著那白淨的面皮，年輕了許多。一看之下，馬上就低了眼皮。家樹道：「沒有約會，我因到後門來，順便訪大叔談談的。」秀姑點了一點頭道：「哦！我去燒茶。」家樹道：「不用，不用，我隨便談一談就走的。上次多謝大姑娘送我一副枕頭，繡的竹葉梅花，很好。大概費工夫不少吧？」秀姑道：「小事情還談他作什麼。」說著，家樹在靠門的一張椅子上坐下。秀姑也就在原地方坐下，低了頭將經書翻了兩頁。家樹笑道：「這是木版的書，是什麼小說？」秀姑低著頭搖了一搖道：「不是小說，是《蓮華經》。」家樹道：「佛經是深奧的呀！幾天不見，大姑娘長進不少。」秀姑道：「不算奇，這是有白話註解的。」家樹走過來，將書拿了去坐下來看，秀姑重燃了一炷佛香，還是俯首坐下，卻在身邊活計盆裡，找了一把小剪刀，慢慢的剪著指甲，剪了又看，看了又剪。家樹翻了一翻書，便笑道：「這佛經果然容易懂，大姑娘有些心得嗎？」秀姑道：「現在不敢說，將來也許能得些好處的。」家樹笑道：「姑娘們學佛的，我倒少見。太太老太太們，那就多了。」秀姑微笑道：「他們都是修下半輩子，或者修哪輩子的，我可不是那樣。」家樹道：「凡是學一樣東西，或者好一樣東西，總有一個理由的。大姑娘不是修下半輩子，也不是修哪輩子，為什麼呢？」秀姑搖著頭道：「不為什麼。也不修什麼。看經就是看經，學佛就是學佛。」家樹將經書放在桌上，兩手一拍道：「大姑娘你真長進得快，這不是書上容易看下來的，是哪個高僧高人，點悟了你？我本來也不懂佛學，從前我們學校裡請過好和尚講過經，我聽過幾回，我知道你的話有來歷的。」秀姑道：「樊先生！你別誇獎我，這些話，是隔壁老師傅常告訴我的。他說佛家最戒一個『貪』字，修下半輩子，或者修哪輩子，那就是貪。所以我不說修什麼。」家樹道：「大叔也常對我說，隔壁老廟裡，有個七十多歲的老和尚，不出外作佛事，不四處化緣，就是他了。我去見見行不行？」秀姑道：「不行！他不見生人的。」家樹道：「也是。大姑娘有什麼佛經，借兩部我看看？」秀姑是始終低了頭修指甲的，這才一抬頭，向家樹一笑道：「我就只有這個，看了還得交還老師傅呢。樊先生上進的人，幹嘛看這個？」家樹道：「這樣說，我是與佛無緣的人了。」秀姑不覺又低了頭，將經書翻著道：「經文上無非是個空字。看經若是不解透，不如不看。解透了，什麼事都成空的，哪裡還能作事呢。所以我勸樊先生不要看。」家樹道：「這樣說，大姑娘是看透了，把什麼事都看空了的了。以前沒聽到大姑娘這樣說過呀，何以陡然看空了呢？有什麼緣故沒有？」家樹這一句話，卻問到了題目以外。秀姑當著他的面，卻答不出來，反疑心他是有意來問的，只望著那佛香上的煙，捲著圈圈，慢慢向上升，發了呆。家樹見她不作聲，也覺問得唐突，正在懊悔之際，忽然秀姑笑著向外一指道：「你聽，這就是緣故了。」要知道她讓家樹聽些什麼，下回交代。

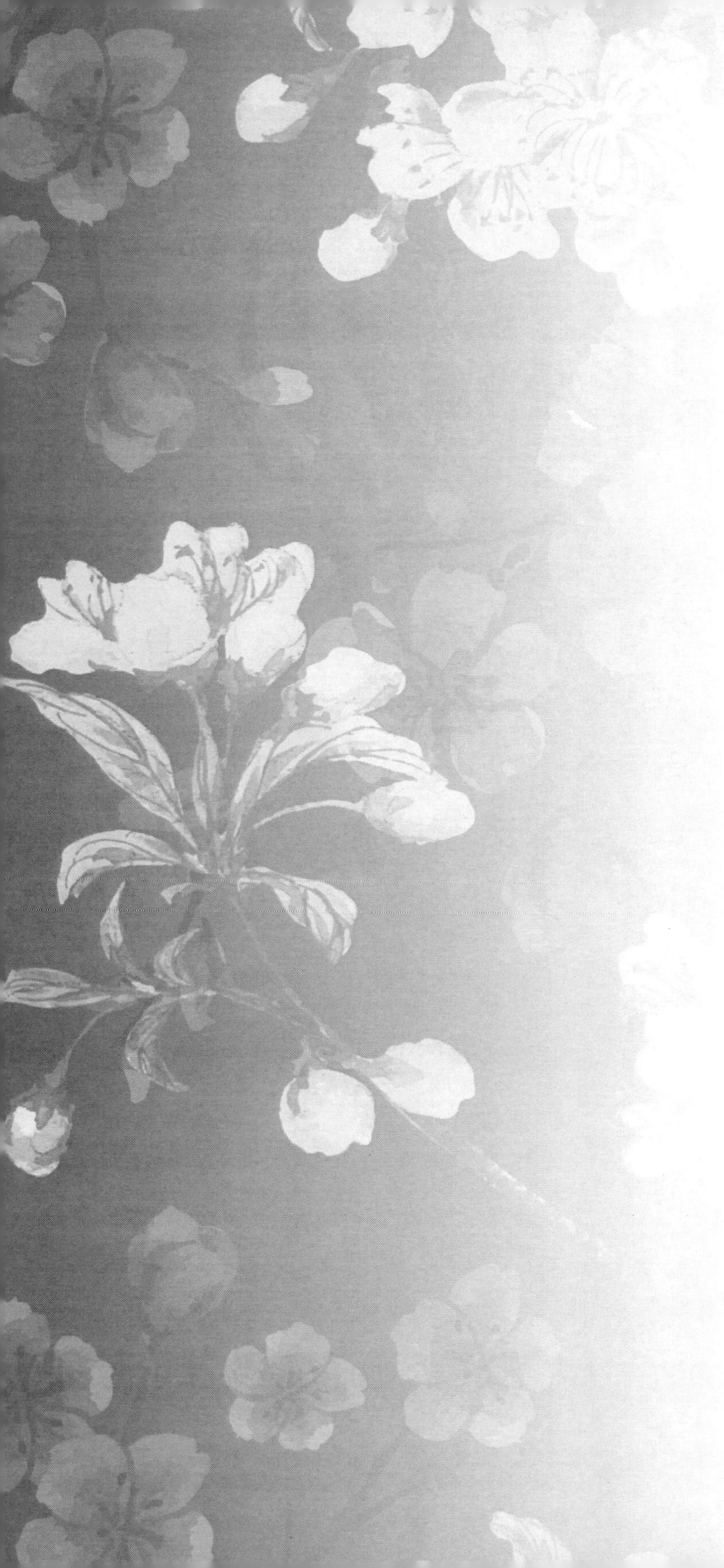

值得忘憂心頭天上曲　未免遺憾局外畫中人

卻說家樹質問秀姑何以她突然學佛悟道起來，秀姑對於此點，一時正也難於解答。正在躊躇之期，恰好隔壁古廟裡，又剝剝剝，發出那木魚之聲。因指著牆外笑道：「你聽聽那隔壁的木魚響，還不夠引起人家學佛的念頭嗎？」家樹覺得她這話，很有些勉強，但是人家只是這樣說的，不能說她是假話。因笑道：「果然如此，大姑娘，真算是個有悟性的人了。」說畢微微的笑了一笑。秀姑看他那神情，似乎有些不相信的樣子，因笑道：「人的心事，那是很難說的。」只說了這一句，她又低了頭去翻經書了。家樹半晌沒有說話，秀姑也就半晌沒有抬頭。家樹咳嗽了兩聲，又掏身上的手絹擦了一擦臉問道：「大叔回來時候，是說不定的了？」秀姑道：「可不是。」家樹望了一望簾子外的天色，又坐了一會，因道：「大叔既是不知道什麼時候能回來，我也不必在這裡等。他回來的時候，請你說上一句，他若有工夫，請他打個電話給我，將來我們約一個日子談一談。」秀姑道：「樊先生不多坐一會兒嗎？」家樹沉吟了一下子，見秀姑還是低頭坐在那裡，便道：「不坐了，等哪天大叔在家的時候再來暢談吧。」說畢，起身自打簾子出來，秀姑只掀了簾子伸著半截身子出來，就不再送了。家樹也覺得十分的心灰意懶，她淡淡的招待，也就不能怪她。走出她的大門，到了衚衕中間，再回頭一看，只見秀姑站在門邊，手扶了門框，正向這邊呆呆的望著。家樹回望時，她身子向後一縮，就不見了。家樹站在衚衕裡也呆了一呆，轉身一轉，走了幾步，又停住了。還是衚衕口上，放著一輛人力車，問了一聲「要車嗎」，這才把家樹驚悟了，就坐了那輛車子到大喜衚衕來。

鳳喜由屋裡迎到院子裡來，笑道：「我早下課回來了，在家裡老等著你，我想出去玩玩，你怎樣這時候才來？」說時，她便牽了家樹的手向屋里拉。家樹道：「不行，我今天心裡有點煩惱。懶得出去玩。」鳳喜也不理會，把他拉到屋裡，將他引到窗前桌子邊，按了他對著鏡子坐下，拿了一把梳子來，就要向家樹頭上來梳。家樹在鏡子裡看得清楚，連忙用手向後一攔，笑道：「別鬧了，別鬧了！再要梳光些，成了女人的頭了。」鳳喜道：「要是不梳，索興讓他蓬著倒沒有什麼關係；若是梳光了，又亂著一綹頭髮，那就寒蠢。」家樹笑道：「若是那樣說，我明天還是讓他亂蓬蓬的吧。我覺得是那樣子省事多了。」說時，抬起左手在桌上撐著頭。鳳喜向著鏡子裡笑道：「怎麼了！你瞧這個人，兩條眉毛，差不多皺到一塊兒去了。今天你有什麼事那樣不順心，能不能告訴我？」家樹道：「心裡有點不痛快，倒是事實，可是這件事，又和我毫不相干。」鳳喜道：「你這是什麼話？既是不相干，你憑什麼要為他不痛快？」家樹道：「說出來了，你也要奇怪的。上次到我們這裡來的那個關家大姑娘，現在她忽然念經學佛起來了。看那意思是要出家哩。一個很好的人，這樣一來，不就毀了嗎。」鳳喜道：「那她為著什麼，家事麻煩嗎？怪不得上次她到我們家裡來，是滿面愁容了。可是這也礙不著你什麼事，你幹嘛聽評書吊淚，替古人擔憂？」家樹笑道：「我自己也是如此說呀。可是我為著這事，總覺心裡不安似的，你說怪不怪？」鳳喜道：「那有什麼可怪。我瞧你們的感情，也怪不錯的啊。」家樹道：「我和她父親是朋友，和她有什麼怪不錯？」鳳喜向鏡子裡一撇嘴道：「你知道不知道，那是一個大大的好人。」家樹也就向著鏡子笑了。鳳喜將家樹的頭髮梳光滑了，便笑道：「我是想你帶我出去玩兒的，既是你不高興，我就不說了。」家樹道：「不是我不高興，我總怕遇著了人，你再等個週年半載的，讓我把這事通知了家裡，以後你愛上哪裡，我就陪你到哪裡。你不知道，這兩天我表哥表嫂正在偵探我的行動呢。我也只當不知道，照常的出門，出門的時候，我不是到什麼大學裡去找朋友，就是到他們常去的地方去，回家的時候，我又繞了道僱車回去，讓聽差去給車錢。他們調查了我兩個禮拜了，還沒有把我的行蹤調查出來；大概他們也有些納悶了。」鳳喜道：「他們是親戚，你的事他們管得著嗎？」家樹道：「管是他們管不著，但是他們給我家裡去一封信，這總禁他不住。在我還沒有通知家裡以前，家裡先知道了這事，那豈不是一個麻煩？至少也得斷了我們的接濟，我到哪裡再找錢花去？」鳳喜還不曾答話，沈大娘在外面屋子裡就答起話來。因道：「這話對了。這件事總得慢慢兒的商量。現在只要你把書念的好好兒的，讓大爺樂了，你的終身大事那就是銅打鐵鑄的了。」家樹笑道：「你這話像有點兒不大相信我吧。要瞧你這話說，難道她不把書念得好好的，我就會變心嗎？」沈大娘也沒答應什麼，就跟著進來，對家樹夾了一夾眼，又笑了一笑。鳳喜向家樹笑道：「傻瓜！媽把話嚇我，怕我不用功呢！你再跟著她的話音一轉，你瞧我要怎麼樣害怕！」家樹聽她如此說，架了兩只腳坐著，在下面的一隻腳，卻連連的拍著地作響，兩手環抱了胸前，頭只管望著自己的半身大象片微笑。鳳喜將手拍了他肩上一下，笑道：「瞧你這樣子，又不準在生什麼小心眼兒呢。你瞧你望著你自己的像。」家樹笑道：「你猜猜，我現在是想什麼心事？」鳳喜道：「那我有什麼猜不出的，你的意思說，這個人長的不錯，要找一個好好兒的姑娘來配他才對，是不是？」家樹笑道：「你猜是猜著了，可是隻猜著一半。我的意思，好好兒的姑娘是找著了，可不知道這好好兒的姑娘，能不能夠始終相信我。」鳳喜將臉一沉道：「你這是真話呢，還是鬧著玩兒的呢？難道說你一直到現在，你對於我還不大放心嗎？」家樹微笑道：「別急呀，有理慢慢講呀！」鳳喜道：「憑你說這話，我非得把心挖出來給你看不可。你想，別說我，就是我媽，就是我叔叔，他們哪一天不念你幾聲兒好；再要說他們有三心二意，除非叫他們供你的長生祿位牌子了。」家樹見她臉上紅紅的，腮幫子微微的鼓著，眼皮下垂，越是顯出那黑而且長的睫毛，這一種含嬌微嗔的樣子，又是一種形容不出來的美。因握了她一隻手道：「這是我一句笑話，你為什麼認真呢？」鳳喜卻是垂頭不作聲。這個時候，沈大娘已是早走了。向來家樹一和鳳喜說笑，她就避開的。家樹見她還有生氣的樣子，將她的手放了，就要去放下門簾子。鳳喜笑著一把拉住他的手道：「幹嘛？門簾子掛著，礙你什麼事！」家樹笑道：「給你放下來，不好嗎？」鳳喜索興將那一隻手，也拉住了他的手，微瞪著眼道：「好好兒的說著話，你又要作怪。」家樹道：「你還生氣不生氣呢？」鳳喜想了一想，笑道：「我不生氣了，你也別鬧了，行不行？」家樹笑道：「行！那你要把月琴拿來，唱一段兒給我聽聽。」鳳喜道：「唱一段倒可以，可是你要規規矩矩的，像上次那樣在月亮底下彈琴，你一高興了，你就胡來。」家樹笑道：「那也不算胡來啊。既是你宣告在先，我就讓你好好的彈上一段。」鳳喜聽說，果然洗了一把手，將壁上掛的月琴取了下來，對著家樹而坐，就彈了一段《四季相思》。家樹道：「你幹嘛只彈不唱？」鳳喜笑道：「這詞兒文謅謅的，我不大懂，我不願意唱。」家樹道：「你既是不願唱，你幹嘛又彈這個呢？」鳳喜道：「我聽到你說，這個調子好，簡直是天上有，地下無，所以我就巴巴的叫我叔叔教我。我叔叔說這是一個不時行的調子，好多年沒有彈過，他也忘了。他想了兩天，又去問了人，才把詞兒也抄來了。我等你不在這裡的時候，我才跟我叔叔學；昨天才剛剛學會，你愛聽這個的，你聽聽我彈得怎樣，有你從前聽的那樣好嗎？」家樹笑道：「我從前聽的是唱，並不是彈。你要我說，我也說不出一個所以然來。」鳳喜笑道：「乾脆！你就是要我唱上一段罷了，那麼你聽著。」於是側著身子，將弦子調了一調，又回轉頭來向家樹微微一笑，這才彈唱起來。家樹向著她微笑，連鼻息的聲音幾乎都沒有了。一直讓鳳喜彈唱完了，連連點頭道：「你真聰明。不但唱得好，而且是體貼入微哩。」鳳喜將月琴向牆上一掛，然後靠了牆一伸懶腰，向著家樹微笑道：「怎麼樣？」家樹也是望了她微笑，半晌作聲不得。鳳喜道：「你為什麼不說話了？」家樹道：「這個調子，我倒是吹得來。哪一天，我帶了我支洞簫來，你來唱，我來吹，看我們合得上合不上。剛才我一聽你唱，想起從前所唱的詞兒，未嘗不是和你一樣，可是就沒有你唱得這樣好聽，我想想這緣故也不知在什麼地方，所以我就出了神了。」鳳喜笑道：「你這人……唉！真夠淘氣的，一會兒惹我生氣，一會兒又引著我要笑，我真佩服你的本事就是了。」家樹見她舉止動作，無一不動人憐愛，把剛才在關家感到的煩悶，就完全取消了。

這天在沈家，談到吃了晚飯回去。到家之後，見上房電燈通亮，料是伯和夫婦，都在家裡，帽子也不曾取下，就一直走到上房裡來。伯和手裡捧了一份晚報，銜著半截雪茄，躺在沙發上；看見家樹進門，將報向下一放，微笑了一笑，又兩手將報舉了起來，擋住了他的臉。家樹只看到一陣一陣的濃煙，由報紙裡直冒將出來，他手裡捧的報紙，也是不住的震動著，似乎笑得渾身顫動哩。家樹低頭一看身上，領孔裡正插著一朵鮮紅的花，連忙將花取了下來，握在手心裡。恰好這個時候，陶太太正一掀門簾子走出來，笑道：「不要藏著，我已經看見了。」家樹只得將花朵摔在痰盂裡。笑道：「我越是作賊心虛，越是會破案。這是什麼道理？」陶太太笑道：「也沒有哪個管那種閒事。要破你的案，我所不明白的，就是我們正正經經，給你介紹，你倒毫不在乎的，愛理不理，可是背著我們，你兩人怎樣又好到這般田地。」家樹笑道：「表嫂這話，說得我不很明白，你和我介紹誰了？」陶太太笑道：「咦！你還裝傻，我對於何小姐，是怎樣的介紹給你，你總是落落難合，不屑和她作朋友。原來你私下卻和她要好得厲害。」家樹這才明白，原來她說的是何麗娜，把心裡一塊石頭放下，因笑道：「表嫂你說這話，有什麼證據嗎？」陶太太道：「有有有，可是要拿出來了，你怎樣答覆？」家樹笑道：「拿出來了，我陪個不是。」伯和臉藏在報裡笑道：「你又沒得罪我們，要陪什麼不是？」家樹道：「那麼，作個小東吧。」陶太太道：「這倒像話。可是你一人作東不行，你們是雙請，我們是雙到。」家樹笑道：「無論什麼條件，我都接受，反正我自信你們拿不出我什麼證據。」陶太太也不作聲，卻在懷裡輕輕一掏，掏出一張相片來向家樹面前一伸。笑道：「這是誰啊？」家樹看時，是鳳喜新照的一張相片。這照片是鳳喜剪髮的那天照的，說是作為一種紀念品，和何麗娜的相，更相像了。因笑道：「這不是何小姐。」陶太太道：「不是何小姐是誰？你說出來，難道我和她這樣好的朋友，她的相我都看不出來嗎？」家樹只是笑著說不是何小姐，可又說不出來這人是誰。陶太太笑道：「這樣一來，我們可冤枉了一個人了。我從前以為你意中人是那關家姑娘，我想那倒不大方便，大家同住在一所衚衕裡，貧富當然是沒有什麼關係，只是那關老頭子，劉福也認得，說是在天橋練把式的，讓人家知道了，卻不大好，後來他們搬走了，我們才將信將疑；直到於今，這疑團算是解決了。」家樹道：「我早也就和他們叫冤了。我就疑心他們搬得太奇怪哩！」伯和將報放下，坐了起來笑道：「你可不要疑心，我們是轟起他走的；不過我讓劉福到那大雜院裡去打聽過兩回，那老頭子倒一氣跑了。」陶太太道：「不說這個了，我們還是討論這相片吧。家樹！你實說不實說？」家樹這真為難起來了，要說是何小姐，那如何賴得上；要說是鳳喜的，這事說破，恐怕麻煩更大。沉吟了一會，笑著：「你們有了真憑實據，我也賴不了。其實不是何小姐送我的，是我在照相館裡看見，出錢買了來的。這事做得不很大方的，請你二位千萬不要告訴何小姐。不然我可要得罪一位朋友了。」伯和夫婦還沒有答應，劉福正好進來說：「何小姐來了。」家樹一聽這話，不免是一怔。就在這時，聽到石階上的咯的咯一陣皮鞋響聲，接上嬌滴滴有人笑著說一聲趕晚飯的客來了，簾子一掀，何麗娜進來。她今天只穿了一件窄小的芽黃色綢旗衫，額髮束著一串珠壓髮，斜插了一枝西班牙硬殼扇面牌花，身上披了一件大大的西班牙的紅花披巾，四圍垂著很長的穗子，真是活潑潑地。她一進門，和大家一鞠躬，笑道：「大家都在這裡，大概剛剛吃過晚飯吧。我算沒有趕上了。」說著話，背立著捱了一張沙發，胸面前握著披巾角的手一鬆，那圍巾就在身後溜了下來，一齊堆在沙發上。這張沙發正和家樹鄰近，只覺一陣陣的脂粉香氣襲人鼻端。只在這時候，就不由得向何麗娜渾身上下打量了一番。當他的目光這樣一閃時，伯和的眼光，也就跟著他一閃。何麗娜似乎也就感覺到一點，因向陶太太道：「這件衣服不是新作的，有半年不曾穿了，你看很合身材嗎？」陶太太對著她渾身上下，又看了一看，抿嘴笑了一笑，點點頭道：「看不出是舊制的。這種衣服照相，非站在黑幕之前不可，你說是嗎？」問著這話，又不由得看了家樹一眼。家樹通身發著熱，一直要向臉上烘托出來，隨手將伯和手上的晚報接了過來，也躺在沙發上捧著看。何麗娜道：「除了團體而外，我有許多時候沒有照過相了。」陶太太頓了一頓，然後笑道：「何小姐！你到我屋子裡來，我給你一樣東西看。」於是手拉著何小姐一同到屋子裡去。到了屋裡，手拉著手，一同擠在一張椅子上坐了，微微一笑道：「你可別多心，我拿一樣東西給你瞧。」於是頭偏著靠在何麗娜的肩上，將那張相片掏了出來，託在手掌給她看，問道：「你猜猜這張相片，我是從哪裡得來的？」她正心裡奇怪著，何以他們三人，對於我是這樣。莫非就為的是這張相片？由此聯想到上次在家樹書夾裡看到的那張相，心裡就明白了一大半。因微笑道：「我知道你是在哪裡得來的。」陶太太伸過一隻手臂，抱住她的腰，更覺得親密了。笑道：「親愛的！能不能照著樣子送我一張呢？」何麗娜將相片拿起來看了一看，笑道：

「你這張相片，從哪裡來的，我很知道，但是……」陶太太道：「這用不著像外交家加什麼但是的。你知道那就行了。不過他說，他是在照相館裡買來的，我認為這事不對。他要是真話，私下買女朋友的相片，是何居心？他要是假話呢，你送了他寶貴的東西，他還不見情，更不好了。」何麗娜笑道，「我的太太！你雖然很會說話，但是我沒什麼可說，你也引不出來的。這張相片的事，我實在不大明白。你若是真要問個清清楚楚，最好你還是去問樊先生自己吧。他若肯說實話，你就知道關於我是怎樣不相干了。」陶太太原猜何小姐或者不得已而承認，或者給一個硬不知道；現在她說知是知道，可是與她無關，那一種淡淡的樣子，果然另有內幕。何小姐雖是極開通的人，不過事涉愛情，這其間誰也難免有不可告人之隱。便笑道：「喲！一張相片，也極其簡單的事啊。還另有周折嗎？那我就不說了。」當時陶太太一笑了之，不肯將何小姐弄得太為難了。何麗娜站起來，又向著陶太太微笑一下，就大著聲音說道：「過幾天也許你就明白了。」她說畢走出房來，只見家樹欠著身子勉強笑著，似乎有很難為情的樣子。何麗娜道：「密斯脫樊！也新改了西裝了。」家樹明知道她是因無話可說，信口找了一個問題來討論的，這就不答覆也沒有什麼關係。不過自己不答覆，也是感到無話可說。便笑道：「屢次要去跳舞，不都是為著沒有西裝沒有去嗎？我是特意作了西裝預備跳舞用的。」何麗娜笑道：「極好了！我正是來邀陶先生陶太太去跳舞的，那麼密斯脫樊！可以和我們一路去的了。」家樹道：「還是不行，我只有便服，諸位是非北京飯店不可的，我臨時做晚禮服，可有些來不及呀。」何麗娜道：「雖然那裡跳舞，要守些規矩，但是也不一定的。」家樹搖了搖頭，笑道：「明知道是不合規矩，何必一定要去犯規矩呢？」何麗娜於是掉轉臉來對陶太太道：「好久沒有到那三星飯店去過，我們今晚上改到三星飯店去，好嗎？」陶太太聽說，望了伯和，伯和口裡銜著雪茄，兩手互抱著在懷裡；又望著家樹，家樹卻偏過頭去，看著壁上的掛鐘道：「還只九點鐘，現在還不到跳舞的時候吧。」伯和於是對著夫人道：「你對於何小姐的建議如何？到三星去也好，也可以給表弟一種便利。」家樹正待說下去，陶太太笑道：「你再要說下去，不但對不起何小姐，連我們也對不起了。」家樹一想，何小姐對自己非常客氣，自己老是不給人家一點面子，也不大好，便笑道：「我雖不會跳舞，陪著去看看也好。」於是大家又閒談了一會，分坐著兩輛汽車，向三星飯店而來。

出大門的時候，兩輛汽車，都停在石階下；伯和夫婦前面走上了自己的汽車，開著就走了。石階上剩了家樹和何麗娜。家樹還不曾說話時，何麗娜就先說了：「密斯脫樊！我是一輛破車，委屈一點，就坐我的破車去吧。」家樹因她已經說明白了，不能再有所推諉，就和她一同坐上車子。在車上家樹側了身子靠在車角上，中間椅墊上，和何麗娜倒相距著尺來寬的空地位。何麗娜一人先微笑了一笑，然後望了家樹一眼，才笑道：「我有一句冒昧的話，要問一問密斯脫樊，上次我到寶齋去，看見一張長髮女郎的相片，很有些和我相像，今天陶太太又拿了一張剪髮女郎的相片給我看，更和我像得很了。陶太太她不問青紅皂白，指定了那相片就是我。」家樹笑道：「這事真對何小姐不住。」何麗娜道：「為什麼對我不住呢？難道我還不許貴友和我相像嗎？」家樹笑道：「因……為……」何麗娜道：「不要緊的，陶太太和我說的話，我只當是一幕趣劇，倒誤會的有味哩。但不知這兩個女孩，是不是姊妹一對呢？」家樹道：「原是一個人。不過一張相是未剪髮時所照，一張是剪了髮照的。」何麗娜道：「現在在哪個學校呢？比我年輕得多呢！」家樹笑了一笑，何麗娜道：「有這樣漂亮的女朋友，怎麼不給我們介紹呢？這樣漂亮的小姑娘，我沒有看見過呀。」家樹笑道：「本來有些像何小姐嗎？」何麗娜將腳在車墊上連頓了兩頓，笑道：「你瞧，我只管客氣，忘了人家和我是有些相像的了。好在這只是當了密斯脫樊說，知道我是讚美貴友的；若是對了別人說，豈不是自誇自嗎？」家樹待要再說什麼時，汽車已停在三星飯店門口了。於是二人將這話擱下，一同進舞廳去。伯和夫婦已是要了飲料，在一所很衝要的座位等候了。他們進來，伯和夫婦讓座，那眉宇之間，益發的有些喜氣洋洋了。何麗娜只當不知道一樣，還是照常的和家樹談話。家樹卻是受了一層拘束，人家提一句，才答應一句。不多一會的工夫，音樂奏起來了，伯和便和何麗娜一同去跳舞。家樹是不會跳舞的，陶太太又沒有得著舞伴，兩人只坐著喝檸檬水。陶太太望著正跳舞的何小姐，卻對家樹道：「你瞧了看，這舞場裡的女子，有比她再美的沒有？」家樹道：「何小姐果然是美，但是把她來比下一切，我卻不敢下這種斷語。」陶太太道：「情人眼裡出西施，你單就你說，你看她是不是比誰都美些呢？」家樹笑道：「情人這兩個字，我是不敢領受的。關於相片這一件事，過幾天你也許就明白了。」陶太太笑道：「好！你們在汽車上已經商量好了口供了，把我們瞞得死死的，將來若有用我們的地方，也能這樣嗎？我沒有別的法子報復你，將來我要辦什麼事，我對你也是瞞得死死的。那個時候，你要明白，我才不給你明白呢。」家樹只是喝著水，一言不發。伯和同何麗娜也就舞罷下來，一同歸座了。何麗娜見陶太太笑嘻嘻的樣子，便道：「關於那張相片的事，陶太太問明白了樊先生嗎？」家樹不料她當面鑼對面鼓的就問起這話來，將一手扶了額頭，微抿著下唇，只等她們宣布此事的內容。陶太太道：「始終沒有明白，他說過幾天我就明白了。」何麗娜道：「我實說了吧，這件事連我還只明白過來一個鐘頭。兩個鐘頭以前，我和陶太太一樣，也是不明白呢。」家樹真急了，情不自禁的，就用右手輕輕的在桌子下面敲了她一下，伯和道：「這話靠不住的，這是剛才二位同車的時候，商量好了的話呢！」何麗娜笑道：「實說就實說吧，是我新得的相片，送了一張給他，至於為什麼……」伯和夫婦就笑著同時說：「只要你這樣說那就行了。至於為什麼，不必說，我們都明白的。」何小姐見他們越說越誤會，只好不說了。這時候樂隊又奏起樂來了，伯和因他夫人找不著舞伴，就和他夫人去跳舞。何麗娜笑著對家樹道：「你為什麼不讓我把實話說出來？」家樹道：「自然是有點原故的。但是我一定要讓密斯何明白。」何麗娜笑道：「你以為我現在並不明白嗎？」說著，她將桌上花瓶子裡的花枝，折了一小朵，兩個手指頭，掄著長花蒂兒，向鼻子尖上嗅了一嗅，眼睛皮低著，兩腮上和鳳喜一般，有兩個小酒渦兒閃動著。家樹卻無故的噗嗤一笑，何麗娜更是笑得厲害，左手掏出花綢手絹來，握著臉伏在桌上。陶太太看到他兩人笑成那樣子，也不跳舞了；就和伯和一同回座。家樹道：「你二位怎麼舞得半途而廢呢？」陶太太道：「我看你二人談得如此有趣，我要來看看，你究竟有什麼事這樣好笑。」何麗娜只向伯和夫婦微笑，說不出所以然來。家樹也是一樣，不答一辭。伯和夫婦心裡都默然了，也是彼此微笑了一笑。家樹因不會跳舞，坐久了究竟感不到趣味，便對伯和道：「怎麼辦？我又要先走了。」伯和道：「你要走，你就請便吧。」陶太太道：「時候不早了，難道你僱洋車回去嗎？」何麗娜道：「已經兩點鐘了，我也可以走了，我把車子送密斯脫樊回去吧。」她說了這話，已是站起身來和伯和道著再見。家樹就不能再說不回去的話，二人到儲衣室裡取了衣帽，一路同出大門，同上汽車。

這時大街上，鋪戶一齊都已上門，直條條的大馬路，卻是靜蕩蕩的，一點聲息也沒有。汽車在街上飛馳著，只覺街旁的電燈，排班一般，一顆一顆，向車後飛躍而去，偶然對面也有一輛汽車老遠的射著燈光飛馳而來，喇叭嗚嗚幾聲過去了，此外街上什麼也不看見。汽車轉過了大街，走進小衚衕，更不見有什麼蹤影和聲音了。家樹因對何麗娜道：「我們這汽車走衚衕裡經過，要驚破人家多少好夢。跳舞場上沉醉的人，也和抽大煙的人差不多；人家睡得正甜的時候，他們正是興高采烈，又吃又喝，等到他們興盡回家，上床安歇，那就別人上學的應該上學，作事的應該作事了。」何麗娜只是聽他的批評，一點也不回駁。汽車開到了陶家門首，家樹下車，不覺信口說了一句客氣話，明天見。何麗娜也就笑著點頭答應了一句明天見。家樹從來沒有睡過如此晚的，因此一回屋裡就睡了。伯和夫婦，卻一直到早晨四點鐘才回家。次日上午，家樹醒來，已是快十二點了。又等了一個多鐘頭，伯和夫婦才起。吃過早飯，走到院子裡，只見那東邊白粉牆上，一片金黃色的日光，映著大半邊花影，可想日色偏西了。家樹本想就出去看鳳喜，因為昨天的馬腳，露得太明顯了，先且在屋子裡看了幾頁書，直等伯和上衙門去了，陶太太也上公園去了，料著他們不會猜自己會出門的；這才手上拿了帽子，背在身後，當是散步一般，慢慢的走了出門。走到衚衕裡，抬頭一看天上，只見幾隻零落的飛鳥，正背著天上的殘霞，悠然一瞥的飛了過去。再看電燈桿上，已經是亮了燈了。於是僱了一輛人力車，一直就向大喜衚衕來。見了鳳喜，先道：「今天真來晚了。可是在我還算上午呢。」鳳喜道：「你睡得很晚，剛起來嗎？昨天幹嘛去了？」家樹道：「我表哥表嫂，拉著我跳舞去了。我又不會這個，在飯店裡白熬了一宿。」鳳喜道：「聽說跳舞的地方，隨便就可以摟著人家大姑娘跳舞的。當爺們的人，真占便宜！你說你不會跳舞，我才不相信呢。你看見人家都摟著一個女的，你就不饞嗎？」家樹笑道：「我這話說得你未必相信。我覺得男女交際，要祕密一點，才有趣味的。跳舞場上，當著許多人，甚至於當著人家的大夫，摟著那女子，還能引起什麼邪念。」鳳喜道：「你說得那樣大方，哪天也帶我瞧瞧去，行不行？」家樹道：「去是可以去的，但我總怕碰到熟人。」鳳喜一聽說，向一張籐椅子上一坐，兩手十指交叉著，放在胸前，低了頭，噘著嘴。家樹笑著將手去摸她的臉，她一偏頭道：「別哄我了，老是這樣作賊似的，哪兒也去不得，什麼時候是出頭年？和人家小姐跳舞，倒不怕人，和我出去，倒要怕人。」家樹被她這樣一逼，逼得真無話可說了。因笑道：「這也值不得生這麼大氣，我就陪你去一回得了。那可是要好晚才能回來的。」鳳喜道：「我倒不一定要去看跳舞，我就是嫌你老是這樣藏藏躲躲的，我心裡不安，連我一家子也心裡不安；因為你不肯說出來，我也不讓我媽到處說。可是親戚朋友陡然看見，我們家變了個樣子，保不定猜我幹了什麼壞事哩。」家樹道：「為了這事，我也對你說過多次了，先等過年半載再說，各人有各人的困難，你總要原諒我才好。」鳳喜索興一句話不說，倒到床上去睡了。家樹百般解釋，總是無效，他也急了，拿起一個茶杯子，拍的一聲，就向地下一砸。鳳喜真不料他如此，倒吃了一驚，便抓著他的手，連問：「怎麼著?」幾乎要哭出聲來。要知家樹如何回答，下回交代。

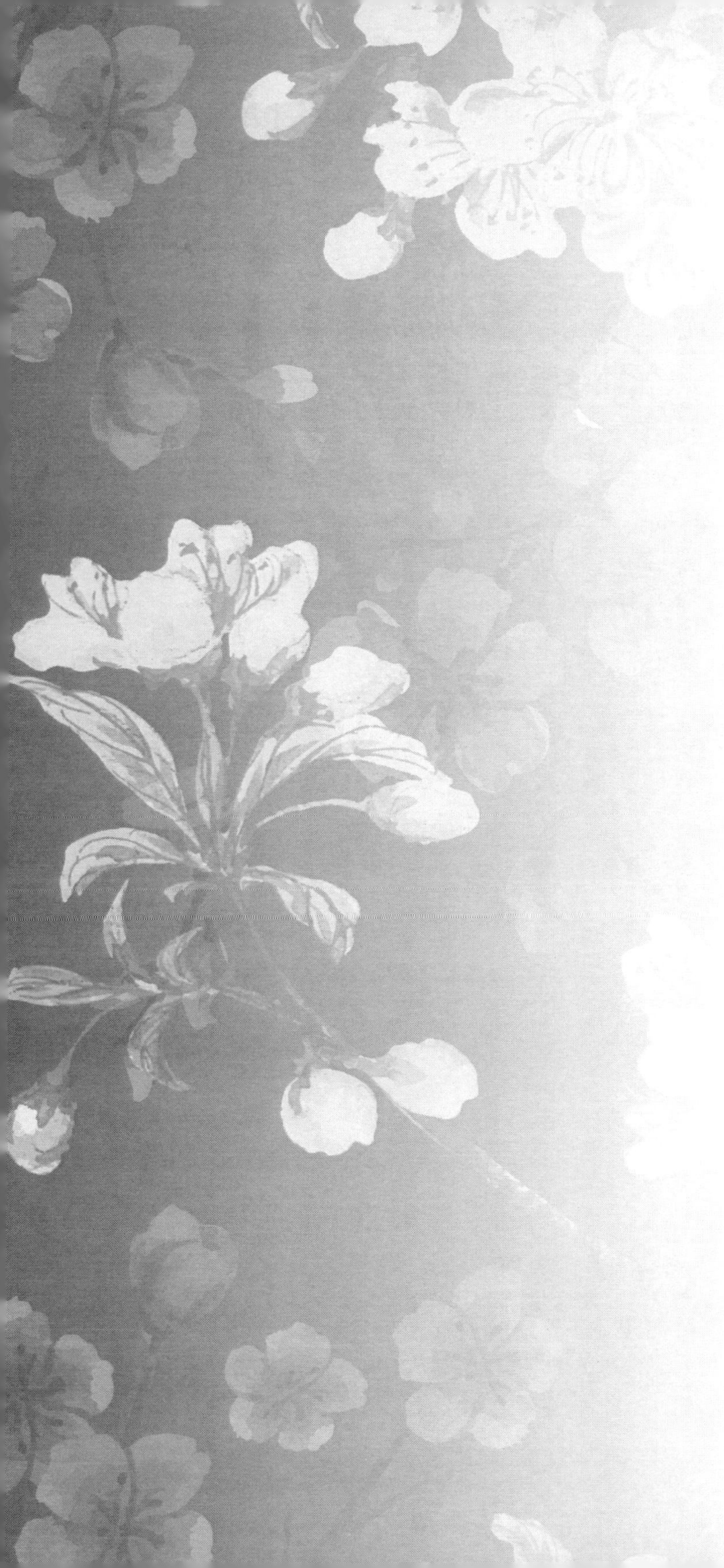

謝舞有深心請看繡履

行歌增別恨撥斷離弦

卻說鳳喜正向家樹撒嬌，家樹突然將一隻茶杯拿起，噹的一聲，向地下一砸，這一下子，真把鳳喜嚇著了。家樹卻握了她的手道：「你不要誤會了，我不是生氣。因為隨便怎樣解說，你也不相信；現在我把茶杯子摔一個給你看，我要是靠了幾個臭錢，不過是戲弄你，並沒有真心，那麼，我就像這茶杯子一樣。」鳳喜原不知道怎樣是好，現在聽家樹所說，不過是起誓，一想自己逼人太甚，實是自己不好。倒哇的一聲哭了。沈大娘在外面屋子裡，先聽到打碎一樣東西，砸了一下響，已經不免發怔。正待進房去勸解幾句，接上又聽得鳳喜哭了，這就知道他們是事情弄僵了。連忙就跑了進來，笑道：「怎麼啦？剛才還說得好好兒的，這一會子工夫，怎麼就惱了？」家樹道：「並沒有惱。我扔了一個茶杯，她倒嚇哭了。你瞧怪不怪！」沈大娘道：「本來她就捨不得亂扔東西的，你買的這茶杯子，她又真愛；別說她，就是我也怪心疼的。你再要摔一個，我也得哭了。」說著放大聲音，打了一個哈哈。鳳喜一個翻身坐了起來，噘著嘴道：「人家心裡都煩死了，你還樂呢。」沈大娘笑道：「我不樂怎麼著？為了一隻茶杯，還得娘兒倆抱頭痛哭一場嗎？」說著又一拍手，哈哈大笑的走開。家樹拉著鳳喜的手，也就同坐在床上，笑問道：「從今以後，你不至於不相信我了吧？」鳳喜道：「都是你自己生疑心，我幾時這樣說過呢？」一面說著，一面走下地來，蹲下身子去撿那打破了的碎瓷片。家樹道：「這哪裡用得著拿手去撿。拿一把掃帚，隨便掃一掃得了。你這樣仔細割了你的手。」鳳喜道：「割了手，活該！那關你什麼事？」家樹道：「不關我什麼事嗎？能說不關我什麼事嗎？」說著，兩手攙著鳳喜，就讓她站起來。鳳喜手上，正拿了許多碎瓷片，給家樹一拉，一鬆手又扔到地上來，拍的一聲響，沈大娘哎喲了一聲，然後跑了進來道：「怎麼著，又摔了一個嗎？可別跟不會說話的東西生氣。我真急了，要是這樣，我就先得哭。」一面說著，一面走進來，見還是那些碎瓷片，便道：「怎麼回事，沒有揍嗎？」鳳喜道：「你找個掃帚，把這些碎瓷片掃了去吧。」沈大娘看他們的面色，不是先前那氣鼓鼓的樣子，便找了掃帚，將瓷片兒掃了出去。家樹道：「你看你母親，面子上是勉強的笑著，其實她心裡難過極了。以後你還是別生氣吧。」鳳喜道：「鬧了這麼久，到底還是我生氣？」家樹道：「只要你不生氣，那就好辦。」於是將手拍了鳳喜的肩膀，笑道：「得！今天算我冒昧一點，把你得罪了，以後我遇事總是好好兒的說，你別見怪。」口裡說著，手就撲撲撲的響，只管在她肩上拍著。鳳喜站起身來對了鏡子慢慢的理著鬢髮，一句聲也不作；又找了手巾，對了鏡子揩了一揩臉上的淚容，再又撲了一撲粉。家樹見到，不由得噗嗤一笑。鳳喜道：「你笑什麼？」家樹道：「我想起了一樁事，自己也解答不過來。就是這胭脂粉，為什麼只許女子搽，不許男子搽呢？而且女子總說不願人家看她的呢。既是不願人家看她，為什麼又為了好看來搽粉呢？難道說搽了粉讓自己看嗎？」鳳喜聽說，將手上的粉撲遙遙的向桌上粉缸裡一拋，對家樹道：「你既是這樣說，我就不搽粉了。可是我這兩盒香粉，也不知道是哪隻小狗給我買回來的。你先別問搽粉的，你還是問那買粉的去吧。」家樹聽說，向前一迎，剛要走近鳳喜的身旁，鳳喜卻向旁邊一閃，口裡說著，頭一偏道：「別又來哄人。」家樹不料她有此一著，身子向壁上一碰，碰得懸的大鏡子向下一落，幸而鏡子後面有繩子拴著的，不曾落到地上。鳳喜連忙兩手將家樹一扶，笑道：「碰著了沒有？嚇我一跳。」說著，又回轉一隻手去，連連拍了幾下胸口。家樹道：「你不是不讓我親熱你嗎？怎樣又來扶著我呢？」說時望了她的臉，看她怎樣回答這一句不易回答的話。鳳喜道：「我和你有什麼仇恨，見你要摔倒，我都不顧？」家樹笑道：「這樣說，你還是願意我親近的了。」鳳喜被他一句話說破，索興伏到小桌上，格格的笑將起來。這樣一來，剛才兩人所起的一段交涉，總算煙消雲散。

家樹因昨晚上沒有睡得好，也沒有在鳳喜這裡吃晚飯，就回去了。到了陶家，剛坐下，就來了電話。一接話時，是何麗娜打來的。她先開口說：「怎麼樣？要失信嗎？」家樹摸不到頭腦，因道：「請你告訴我吧，我預約了什麼事？一時我記不起來。」何麗娜道：「昨天你下車的時候，你不是對我說了今天見嗎？這有多久的時候，就全忘了嗎？」家樹這才想起來了，昨日臨別之時，對她說了一句明天見，這是極隨便的一句敷衍話，不料她倒認為事實，她一個善於交際的人，難道這樣一句客氣話，她都會不知道嗎？不過她既問起來，自己總不便說那原來是隨便說的。因道：「不能忘記，我在家裡正等密斯何的電話呢！」何麗娜道：「那麼我請你看電影吧。我先到平安去，買了票，放在門口，你只一提到我，茶房就會告訴你，我在哪裡了。」家樹以為她總會約著去看跳舞的，不料她又改約了看電影。不過這倒比較合意一點，省得到跳舞場裡去，坐著做呆子，就在電話裡答應了準來。他是在客廳裡接的電話，以為伯和夫婦總不會知道。剛走進房去，只聽到陶太太在走廊上笑道：「開映的時候，也就快到了，還在家裡作什麼。我把車子先送你去吧！」家樹笑道：「你們的訊息真靈通。何小姐約我看電影，你們怎樣又知道了？」陶太太道：「對不住，你們在前面說話，我在後面安上插銷，偷聽來著；但是不算完全偷聽，事先我徵求了何小姐同意的。」家樹道：「這有什麼意思呢！」陶太太道：「但是我雖有點開玩笑的意思，實在是好意。你信不信？」家樹道：「信的。表哥表嫂怕我們走不上愛情之路，特意來指導著呢！」陶太太於是笑著去了。不多一會，果然劉福進來說：「車已開出去了，請表少爺上車。」家樹一想，反正是他們知道了，索興大大方方和何小姐來往，以後他們就不會疑到另和什麼關家姑娘開家姑娘來往了。因此也不推辭，就坐了汽車到平安電影院去。一進門向收票的茶房只問了一個何字，茶房連忙答道：「何小姐在包廂裡。」於是他就引導著家樹，掀開了綠幔，將他送到一座包廂裡。何小姐把並排的一張椅子移了一移，就站起來讓座。家樹便坐下了。因道：「密斯何是正式請客呢，還特意坐著包廂？」何麗娜笑道：「這也算請客，未免笑話。不過坐包廂，談話便當一點，不會礙著別人的事。」家樹沉吟了一會，也沒有望著何麗娜的臉，慢慢的道：「昨天那張照片的事，我覺得很對不住密斯何。」說著話時，手裡捧了一張電影說明書，低了頭在看。何麗娜道：「這事我早就不在心上了，還提它作什麼。就算我真送了一張相片，這也是朋友的常事，又要什麼緊。令表嫂向來是喜歡鬧著玩笑的人，她不過和你開開玩笑罷了。她哪裡是干涉你的什麼事情呢！」她說著話時，卻把一小包口香糖開啟來，抽出兩片，自己送了一片到口裡去含著，兩個尖尖的指頭，箝著一片，隨便的伸了過來，向家樹臉上碰了一碰。家樹回頭看時，她才回眸一笑，說了兩個字吃糖，家樹接著糖，不覺心裡微微蕩漾了一下，當時也說不出所以然來，卻自然的將那片糖送到嘴裡去。一會兒電影開映了，家樹默然的坐著，暗地只聞到一陣極濃厚的香味，撲入鼻端。何麗娜反不如他那樣沉默，射出英文字幕來，她就輕聲喃喃的念著，偶然還提出一兩句來，掉轉頭來和家樹討論。今天這電影，正是一張言情的：講一個貴族女子，很醉心一個藝術家；那藝術家嫌那女子太奢華了，卻是沒有一點憐香惜玉之意，後來那女子擯絕了一切繁華的服飾，也去學美術，再去和那藝術家接近。然而他只說那女子的藝術，去成熟時朗還早，並不談到愛情，那女子又以為他是嫌自己學問不夠，又極力的去用功；後來許多男子因為她既美又賢，都向她求愛，那藝術家才出來干涉；這時，女子問你不愛我，又不許我愛人，那是什麼意見呢？他說，我早就愛你的，我不表示出來，就是刺激你去完成你的藝術呀。何麗娜看著，常對家樹說：「這女子多痴呀！這男子要後悔的。」直到末了，又對家樹道：「原來這男子如此做作，是有用意的。我想一個人要糾正一個人的行為過來，是莫過於愛人的了。」家樹笑道：「可不是！不過還要補充一句：一個人要改變一個人的行為，也是莫過於愛人的。」家樹本是就著影片批評，何麗娜卻不能再作聲。因為電影已完，大家就一同出了影戲院。她道：「密斯脫樊！還是我用車子送你回府吧。」家樹道：「天天都要送，這未免太麻煩吧。」何麗娜道：「連今日也不過兩回，哪裡是天天呢？」家樹因她站在身後，是有意讓上車的，這也無庸虛謙，又上了車同座，何麗娜對汽車伕道：「先送樊先生回陶宅，我們就回家。」車子開了，家樹問道：「不上跳舞場了嗎？還早呀！這時候正是跳舞熱鬧的時候哩。」何麗娜道：「你不是不大贊成跳舞的嗎？」家樹笑道：「那可不敢。不過我自己不會，感不到興趣罷了。」何麗娜道：「你既感不到興趣，為什麼要我去哩？」家樹道：「這很容易答覆，因為密斯何是感到興趣的，所以我勸你去。」何麗娜搖了一搖頭道：「那也不見得，原來不天天跳舞的，不過偶然高興，就去一兩回罷了。昨天你對我說，跳舞的人，和抽大煙的人，是顛倒晝夜的。我回去仔細一想，你這話果然不錯；可是一個人要不找一兩樣娛樂，那就生活也太枯燥了。你能不能夠給我介紹一兩樣娛樂呢？」家樹道：「娛樂的法子是有的。密斯何這樣一個聰明人，還不會找相當的娛樂事情嗎？」何麗娜笑道：「朋友不是有互助之誼嗎？我想你是常常不離書本的人，見解當然比我們整天整夜盡玩的人，要高出一等。所以我願你給我介紹一兩樣可娛樂的事。至於我同意不同意，感到興味，不感到興味，那又是一事。你總不能因為我是一個喜歡跳舞的人，就連一種娛樂品，也不屑於介紹給我。」家樹連道：「言重言重。我說一句老實話，我對於社會上一切娛樂的事，都不大在行。這會子叫我介紹一樣給人，真是一部廿四史，不知從何說起了。」何麗娜道：「你不要管哪樣娛樂，於我是最合適，你只要把你所喜歡的說出來就成。」家樹道：「這倒容易。就現在而論，我喜歡音樂。」何麗娜道：「是哪一種音樂呢？」家樹剛待答覆，車子已開到了門口。這次連明天見三個字，也不敢說了，只是點了一個頭，就下車。心裡念著，明日她總不能來相約了。

恰是事情碰巧不過，次日，有個外國鋼琴家在北京飯店獻技。還不曾到上午十二點，何小姐就專差送了一張赴音樂會的入門券來，券上刊著價錢，乃是五元。時間是晚上九時，也並不耽誤別的事情，這倒不能不去看看。因此到了那時，就一人獨去。這音樂會是在大舞廳裡舉行，臨時設著一排一排的椅子，椅子上都掛了白紙牌，上面列了號碼，來賓是按著票號，對了椅子號碼入座的。家樹找著自己的位子時，鄰座一個女郎回轉頭來，正是何麗娜。她先笑道：「我猜你不用得電約，也一定會來的。因為今天這種音樂會，你若不來，那就不是真喜歡音樂的人了。」家樹也就只好一笑，不加深辨。但是這個音樂會，主體是鋼琴獨奏。此外，前後配了一些西樂，好雖好，家樹卻不十分對勁。音樂會完了，何麗娜笑向他道：「這音樂實在好，也許可以引起我的興趣來。你說我應該學哪一樣，提琴呢？鋼琴呢？」家樹笑道：「這個我可外行。因為我只會聽，不會動手呢。」說著話，二人走出大舞廳。這裡是飯廳，平常跳舞都在這裡。這時飯店裡使役們，正在張羅著主顧入座，小音樂臺上，也有奏樂的坐上去了。看這樣子，馬上就要跳舞，便笑道：「密斯何不走了吧？」何麗娜笑道：「你以為我又要跳舞嗎？」家樹道：「據我所聽到說，會跳舞的人，聽到音樂奏起來，腳板就會癢的；而況現在所到的，是跳舞時間的跳舞場呢。」何麗娜道：「你這話說得是很有理。但是我今天晚上就沒有預備跳舞呢。不信，你瞧瞧這個。」說時，她由長旗袍下，伸出一隻腳來。家樹看時，見她穿的不是那跳舞的皮鞋，是一雙平底的白緞子繡花鞋，因笑道：「這倒好像是自己預先限制自己的意思，那為什麼呢？」何麗娜道：「什麼也不為。就是我感不到興趣罷了。不要說別的，還是讓我把車子送你回去吧。」家樹索興就不推辭，讓她再送一天。這樣一來，伯和夫婦，就十分明瞭了：以為從前沒有說破他們的交情，所以他們來往很祕密；現在既然知道了，索興公開起來，人家是明明白白正正噹噹的交際，也就不必去過問了。就是這樣，約莫有一個星期，天氣已漸漸炎熱起來。何麗娜或者隔半日，或者隔一日，總有一個電話給家樹，約他到公園裡去避暑，或者到北海遊船。家樹雖不每次都去，礙著面子，也不好意思如何拒絕。

這一天上午，家樹忽然接到家裡由杭州來了一封電報，說是母親病了，叫他趕快回去。家樹一接到電報，心就慌了。若是母親的病，不是十分沉重，也不會打電報來的。坐火車到杭州，前後要算四個日子，是否趕上母子去見一面，尚不可知。因此便拿了電報，來和伯和商量，打算今天晚上搭通車就走。伯和道：「你在北京，也沒有多大的事情，姑母既是有病，你最好早一天到家，讓她早一天安心，就是有些朋友方面的零碎小事，你交給我給你代辦就是了。」家樹皺了眉道：「別的都罷了，只是在同鄉方面挪用了幾百塊錢，非得還人不可。叔叔好久沒有由天津匯款來了，表哥能不能代我籌劃一點？只要這款子付還了人家，我今天就可以走。」伯和道：「你要多少呢？」家樹沉吟了一會道：「最好是五百；若是籌不齊，就是三百也好。」伯和道：「你這話倒怪了，該人五百，就還人五百；該人三百，就還人三百；怎麼沒有五百，三百也好呢？」家樹道：「該是隻該人三百多塊錢。不過我想多有一二百元，帶點東西回南送人。」伯和道：「那倒不必，一來你是趕回去看母親的病，人家都知道你臨行匆促；二來你是當學生的人，是消耗的時代，不送人家東西，人家不能來怪你。至於你欠了人家一點款子，當然是要還了再走的好，我給你墊出來就是了。」家樹聽說，不覺向他一拱手，笑道：「感激得很。」伯和道：「這一點款子，也不至於就博你一揖，你什麼事這樣急著要錢？」家樹紅了臉道：「有什麼著急呢。不過我愛一個面子，怕人家說我欠債脫逃罷了。」伯和料想他一二月以來應酬女朋友鬧虧空了，何小姐本是自己介紹給他的，他就是多花了錢，自己也不便於去追究。於是便到內室去，取了三百元鈔票，送到家樹屋子裡來。他拿著的鈔票五十元一疊，一共是六疊。當遞給家樹的時候，伯和卻發現了其中有一疊是十元一張，因伸著手，要拿回一疊五元一張的去。家樹拿著向懷裡一藏笑道：「老大哥！你只當替我餞行了，多借五十元與我如何？」伯和笑道：「我倒不在乎。不過多借五十元，你就多花五十元，將來一算總帳，我怕姑母會怪我。」家樹道：「不，不，這個錢，將來由我私人奉還，不告訴母親的。」他一面說著，一面在身上掏了鑰匙，去開箱子，假裝著整理箱子裡的東西，卻把箱子裡存的鈔票，也一把拿起來，揣在身上，把箱子關了，對伯和道：「我就去還債了。不過這些債主，東一個，西一個，我恐怕要很晚才能回來呢。」伯和道：「不到密斯何那裡去辭行嗎？」家樹也不答應他的話，已是匆匆忙忙走出大門來了。今天這一走，也不像往日那樣考慮，看見人力車子，馬上就跳了上去，說著「大喜衕衕，快拉」。人力車伕見他是由一所大宅門裡出來的，又是不講錢的僱主，料是不錯，拉了車子飛跑。不多時到了沈家門口。家樹抓了一把銅子票給車伕，就向裡跑。鳳喜夾了一個書包在脅下，正要向外走，家樹一手將她拉住，笑道：「今天不要上學了。我有話和你說。」鳳喜看他雖然笑著，然而神氣很是不定，也就握著家樹的手道：「怎麼啦？瞧你這神氣。」家樹道：「我今天晚上就要回南去了。」鳳喜道：「什麼？什麼？你要回南去！」家樹道：「是的，我一早接了家裡的電報，說是我母親病了，讓我趕快回去見一面。我心裡亂極了，現在一點辦法沒有。今天晚上有到上海的通車，我就搭今晚上的車子走了。」鳳喜聽了這話，半晌作聲不得，卜的一聲，脅下一個書包，落在地上。書包恰是沒有扣得住，將硯臺墨水瓶書本所有的東西，滾了一地。沈大娘身上繫了一條藍布大圍襟，光了兩隻手臂，拿起圍襟，不住的擦著手，由旁邊廚房裡三腳兩步走到院子裡，望著家樹道：「我的先生！瞧，壓根兒就沒聽到說你老太太不舒服，怎麼突然的打電報來了哩？」說畢這話，望著家樹只是發愣。家樹道：「這話長，我們到屋子裡去再說吧。」於是拉了鳳喜，一同進屋去。沈大娘還是掀起那圍襟，不住的互擦著手臂。家樹道：「你們的事我都預備好了。我這次回南遲則三個月，快則一個月，或兩個月，我一定回來的。我現在給你們預備三個月家用，希望你們還是照我在北京一樣的過日子。萬一到了三個月……但是不能不能，無論如何，兩個月內，我總得趕著回來。」說著，就在身上一掏，掏出兩卷鈔票來，先理好了三百元，交給沈大娘，然後手理著鈔票，向鳳喜道：「我不在這裡的時候，你少買點東西吧。我現在給你留下一百塊錢零用，你看夠是不夠？」那沈大娘聽到說家樹要走，猶如青天打了一個霹靂，什麼話也說不出來；及至家樹掏出許多錢來，心裡一塊石頭就落了地。現在家樹又和鳳喜留下零錢花，便笑道：「我的大爺！你在這裡，你怎樣的慣著她，我們管不著，你這一走，哪裡還能由她的性兒呢。你是給留不給留都沒關係，你留下這些，那也儘夠了。」鳳喜聽到家樹要走，好像似失了主宰，要哭，很不好意思，不哭，又覺得心裡只管一陣一陣的心酸，現在母親替她說了，才答道：「我也沒有什麼事要用錢。」家樹道：「有這麼些口子，總難免有什麼事要花錢的。」於是就把那捲鈔票，悄悄的塞在鳳喜手裡，鳳喜道：「錢我是不在乎，可是你在三個月裡，準能回來嗎？」說著話，坐到椅子上，兩手伏在茶几上枕了頭。家樹道：「我怎麼不回來？我還有許多事都沒有料理哩。而且我今天晚上走，什麼東西也不帶，怎麼不回來呢？」說著，便在身上掏出那張電報紙來，因道：「你看看，我母親病了，我怎能……」鳳喜站起來，按住他的手，向著他微笑道：「難道我還疑心你不成，你不要我，乾脆不來就是了，誰也不能找到陶宅去捱上幾棍子；可是我心裡慌得很，怎麼辦？」於是就牽了他一隻手按在胸前，果然隔著衣服，兀自感覺到心裡卜突卜突亂跳。家樹便攜著鳳喜的手到屋子裡去，軟語低聲的安慰了一頓；又說關壽峰這人，古道熱腸，是個難得的老人家，回頭我到那裡去辭行，我就拜託拜託他常來看看你們，你們有什麼事要找他幫忙，我知道他準不會推辭。鳳喜道：「你留下這些錢，大家有吃有喝，我想不會有什麼事。和人家不大熟，就別去麻煩人家了。」家樹道：「這也不過備而不用的一著棋罷了。誰又知道什麼時候有事，什麼時候沒事呢？」鳳喜點點頭，家樹把各事都已安排妥當了，就是還有幾句話，要和沈三玄說，恰是他又上天橋茶館去了，只得下午再來一趟。在沈家坐了一會，就到幾個學友寓所告別；然後到關壽峰家來。

這時見壽峰光了脊樑，緊緊的束著一根板帶在腰裡。他挺直著一站，站在院子當中，將那隻筋紋亂鼓著的右手臂，伸了出去。秀姑也穿了緊身衣服，把父親那隻手臂當了槓子盤。四周屋簷下，男男女女，站了一週，都笑笑嘻嘻地望著。秀姑正把一隻腳勾住了她父親的手臂，一腳虛懸，兩腳張開，做了一個飛燕投林的勢子。她頭朝著下倒著背向上一翻，才看見了家樹，卜的一聲，一腳落地，人向上一站，笑道：「喲！客來了，我們全不知道。」壽峰一回轉身來，連忙笑著點頭，在柱上抓住掛的衣服穿了，因道：「這後門鼓樓下茶鋪子裡，我們又湊付了一個小局面，天天玩兒，他們哥兒們，要瞧瞧我爺兒倆的玩藝兒。今天在家裡，也是閒著，一高興，就在院子裡耍上了。」那些院子裡的人，見壽峰來了客，各自散了。壽峰將家樹讓到屋子裡，笑道：「老弟臺我很惦記你。你不來，我又不便去看你。今天你怎麼有工夫來了？今天我們得來上兩壺。」家樹道：「照理我是應該奉陪，可是來不及了。」於是把今天要走的話說了一遍，壽峰道：「這是你的孝心，為人兒女的，當這麼著。可是我們這一份交情，就讓你白來辭一辭行，有點兒說不過去。」家樹道：「大叔是個灑脫人，難道還拘那些俗套？」一句未了，秀姑已經換了一身衣服出來，便笑問道：「樊先生這一去，還來不來呢？」家樹道：「來的。大概三個月以內，就回來的。因為我在北京還有許多事情沒有辦完呢。」秀姑道：「是呀！令親那邊，不全得你自家照應嗎？」她說著這話時，就向家樹偷看了一眼，手上可是拿了茶壺，預備去泡茶。家樹搖手道：「不必費事了。我今天忙得很，不能久坐了。三個月後，再見吧。」說著起身告辭，秀姑也只說得一聲再見。壽峰卻握了他的手，緩步而行，一直送到衚衕口上，家樹站住了。對壽峰道：「大叔！我有一件事要重託你。」關壽峰將他的手握著搖撼了幾下，注視著道：「小兄弟！你說吧。我雖上了兩歲年紀，若說遇到大事，我還能出一身汗，你有什麼事交給我就是了。辦得到，辦不到，那是另外一句話，但是我絕不省一分力量。」家樹頓了一頓，笑道：「也沒有什麼重大的事，只是舍親那邊，一個是小孩子，她的上人，又不大懂事。我去之後，說不定他們會有要人幫忙的時候。」壽峰道：「你的親戚，就是我的親戚，有事只管來找我，他要是二更天來找我，我若是四更天才去，我算不是我們武聖人後代子孫。」家樹連忙笑道：「大叔言重了。送君千里，終須一別，請回府吧。我們三個月後見。」壽峰微笑了一笑，握了一握手，自回去了。

家樹坐了車子，二次又到大喜衚衕來。這時，沈三玄還沒回來，鳳喜母女倒是沒有以先那樣失魂落魄的。家樹道：「我的行李箱子，全沒有撿，坐了一會，就要回去的。你們想想，還有什麼話要說的嗎？」鳳喜道：「什麼話也沒有，只是望你快同來，快回來，快回來。」家樹道：「怎麼這些個快回來？」鳳喜道：「這就多嗎？我恨不得說上一千句哩。」家樹和沈大娘都笑起來了。沈大娘道：「我本想給大爺餞行的，大爺既是要回去收拾行李，我去買一點切麵，煮一碗來當點心吧。」家樹點頭說了一句也好，於是沈大娘走了。屋子裡，只剩鳳喜和家樹兩個人。家樹默然，鳳喜也默然。院子裡槐樹，這時候叢叢綠葉，長得密密層層的了。太陽雖然正午，那陽光射不過樹葉，樹葉下更顯得涼陰陰地，屋子裡卻平添了一種淒涼況味似的。四周都岑寂了，只遠遠的有幾處新蟬之聲，喳喳的送了來。家樹望了窗戶上道：「你看這窗格子上，新糊了一層綠紗，屋子更顯得綠陰陰的了。」鳳喜抿嘴一笑道：「你又露了怯了。冷布怎麼叫著綠紗呢？紗有那麼賤，只賣幾個子兒一尺。」家樹道：「究竟是紗，不過你們叫做冷布罷了。這東西很像做帳子的珍珠羅，夏天糊窗戶真好，南方不多見，我倒要帶一些到南方去送人。」鳳喜笑道：「別缺德！人家知道了，讓人笑掉牙。」家樹也不去答覆她這句話。見她小畫案上花瓶裡插著幾枝石榴花，有點歪斜，便給她整理好了，又偏著頭看了一看。鳳喜道：「你都要走了，就只這一會子，光陰多寶貴。你有什麼話要吩咐我的沒有？若是有，也該說出來呀。」家樹笑道：「真奇怪！我卻有好些話要說，可是又不知道說哪一種話好。要不，你來問我吧？你問我一句，我答應一句。」鳳喜於是偏著頭，用牙咬了下唇，凝眸想了一想，突然問道：「三個月內，你準能回來嗎？」家樹道：「我以為你想了半天，想出一個什麼問題來，原來還是這個，我不是早說了嗎？」鳳喜笑道：「我也是想不起有什麼話問你。」家樹笑道：「不必問了，實在我們都是心理作用，並沒有什麼話要說，所以也說不出什麼話來。」正說著話，偶然看到壁上掛了一支洞簫，便道：「幾時你又學會了吹的了？」鳳喜道：「我不會吹。上次我聽到你說，你會吹，我想我彈著唱著，你吹著，你一聽是個樂子，所以我買了一支簫一支笛子在這裡預備著。要不，今天我們就試試看，先樂他一樂好嗎？」家樹道：「我心裡亂得很，恐怕吹不上。」鳳喜道：「那麼，我彈一段給你送行吧。」家樹接了母親臨危的電報，心裡一點樂趣沒有，哪有心聽曲子。鳳喜年輕，一味的只知道取自己歡心，哪裡知道自己的意思。但是要不讓她唱，彼此馬上就分別了，又怕掃了她的面子，便點了點頭。鳳喜將壁上的月琴，抱在懷裡，先試著撥了一撥弦子，然後笑問道：「你愛四季相思，還是來這個吧。」家樹道：「這個讓我回來的那天再唱，那才有意思。你有什麼悲哀一點的調子，給我唱一個？」鳳喜頭一偏道：「幹嘛？」家樹道：「我正想著我的母親。要唱悲哀些的，我才聽得進耳。」鳳喜道：「好！我今天都依你，我給你彈一段《馬鞍山》的反二簧吧，可是我不會唱。」家樹道：「光彈就好。」於是鳳喜斜側了身子，將伯牙哭子期的一段反調，緩緩的彈完。家樹一聲不言語的聽著，最後點了點頭，鳳喜見他很有興會的樣子，便道：「你愛聽，索興把《霸王別姬》那四句歌兒，彈給你聽一聽吧，你瞧怎麼樣？」家樹心裡一動，便道：「這個調子……但是我以前沒聽到你說過，你幾時學會的？」鳳喜道：「這很容易呀。歸里包堆，只有四句，我叔叔說，戲臺上唱這個，不用胡琴，就是月琴和三絃了，我早會了。」說時，她也不等家樹再說什麼，一高興，就把項羽的《垓下歌》彈了起來。家樹聽了一遍，點點頭道：「很好。我不料你會這個，再來一段。」鳳喜臉望著家樹，懷裡抱了月琴，十指齊動，只管彈著。家樹向來喜歡聽這齣戲，歌的腔味，也曾揣摩，就情不自禁的，合著月琴唱起來。只唱得第三句「騅不逝兮可奈何」，一個何字未完，只聽得「硼」的一聲，月琴絃子斷了。鳳喜「哎呀」了一聲，抱著月琴望著人發了呆。家樹笑道：「你本來把弦子上得太緊了，不要緊的，我是什麼也不忌諱的。」鳳喜勉強站起來笑道：「真不湊巧了。」說著話，將月琴掛在壁上，她轉過臉來時，臉兒通紅了。家樹雖然是個新人物，然而遇到這種兆頭，究竟也未免有點芥蒂，也愣住了。兩人正在無法轉圜的時候，又聽得院子外噹啷一聲，好像打碎了一樣東西，正是讓人不快之上又加不快了。院外又是什麼不好的兆頭呢？下回交代。

星野送歸車風前搔鬢　歌場尋俗客霧裡看花

卻說鳳喜在屋中彈月琴給家樹送行，「硼」的一聲，弦子斷了，兩人都發著愣。不先不後，偏是院子裡又噹啷一聲，像砸了什麼東西似的。鳳喜嚇了一跳，連忙就跑到院子裡來看是什麼；只見廚房門口，灑了一地的麵湯，沈大娘手上正拿了一些瓷片，扔到穢土筐子裡去。她見鳳喜出來，伸了一伸舌頭，向屋子裡指了一指，又搖了一搖手，鳳喜跑近一步，因悄悄的問道：「你是怎麼了？」沈大娘道：「我做好了麵剛要端到屋子裡去，一滑手，就落在地下打碎了。不要緊，我作了三碗，我不吃，端兩碗進去，你陪他吃去吧。」鳳喜也覺得這事，未免太湊巧。無論家樹忌諱不忌諱，總是不讓他知道的好。因站在院子裡高聲道：「又嚇了我一下，死倒土的沒事幹，把破花盆子扔著玩呢。」家樹對這事，也沒留心，不去問她真假，讓鳳喜陪著吃過了麵，就有三點多鐘了，因道：「時候不早了，我要回去了。」鳳喜聽了這話，望著他默然不語。家樹執著她的手，一掌託著，一掌去撫摩她的手背，微笑道：「你只管放心，無論如何，兩個月內，我一準回來的。」鳳喜依然不語，低了頭，左手抽了脅下的手絹，只左右擦著兩眼。家樹道：「何必如此。不過六七個禮拜，說過也就過去了。」說著話，攜著鳳喜的手，向院子外走。沈大娘也跟在後面，扯起大圍襟來，在眼睛皮上不住的擦著。三人都默然，緩緩的走出大門，家樹掉轉身來，向著鳳喜道：「我的話都說完了。你只緊緊的記上一句，好好念書。」鳳喜道：「這個你放心，我不念書，整天在家裡也是閒著，我幹什麼呢？」家樹又向沈大娘道：「您老人家，用不著叮囑，三叔偏是一天都沒回來，我的話，都請你轉告就是了。」沈大娘道：「您放心，他天天只要有喝有抽，也沒有什麼麻煩的。」家樹向著鳳喜，呆立了許久，然後握了一握她的手道：「走了，你自己珍重點吧！」說畢，轉身就走。鳳喜靠著門站定，等家樹走過了幾家門戶，然後嚷道：「你記著，到了杭州，就給我來信。」家樹回轉身來，點了點頭，又道：「你們進去吧。」鳳喜和沈大娘只點了點頭，依然的站著。家樹緩緩的走出了胡同口，回頭望不見了她們，這才僱了人力車到陶宅來。

伯和夫婦已經買了許多東西，送到他房裡，桌上卻另擺著兩個錦邊的玻璃盒子，由玻璃外向內看，裡面是紅綢裡子，上面用紅絲線攔著幾條人參。家樹正待說表哥怎麼這樣破費，卻見一個盒子裡，參上放著一張小小的名片，正是何麗娜。那名片還有紫色水鋼筆寫的字，於是打開盒子，將名片拿起來一看，上面寫道：「聞君回杭探伯母之疾，吉人天相，諒占勿藥。茲送上關東人參兩盒，為伯母壽，祖餞諒已不及，晚間當至車站恭送。」家樹將名片看完了，自言自語道：「這又是一件出人意外的事。聽說她每日都是睡到一兩點鐘起來的人，這些事情，她怎麼知道了，而且還趕著送了禮來。只在這一點上看來，也就覺得人情很重了。」止這般道著。何麗娜卻又打了電話來。在電話裡說是趕不及餞行，真對不住，晚上再到車站來送。說的話，也還是名片上寫下的兩件事；家樹也無別話可說，只是道謝而已。通車是八點多鐘開。伯和催著提前開了晚飯，就吩咐聽差，將行李送上汽車去。正在這時，何麗娜笑著一直走進來，後面跟了汽車夫，又提著一個蒲包。陶太太笑道：「看這樣子，又是二批禮物到了。」家樹便道：「先前那種厚賜，已經是不敢當，怎麼又送了來了？」何麗娜笑道：「這個可不敢說是禮。津浦車我是坐過多次的，除了梨沒有別的好水果，順便帶了這一點來，以破長途的寂寞。」伯和是始終不離開那半截雪茄的。這時他嘴裡銜著煙，正背了兩手在走廊上踱著，頭上已經戴了帽子，正是要等家樹一路出門。他聽了何麗娜的話，突然由屋子外跑了進來，笑道：「密斯何什麼時候有這樣一個大發明，水果可以破岑寂？」何麗娜一彎腰，在地板上撿起半截雪茄笑道：「我也是第一次看到，陶先生嘴裡的煙，會落到地上。」陶太太道：「不要說笑話了，鐘點快到了，快上車吧。車票早買好了，不要誤了車，白扔掉幾十塊錢。」家樹也是不敢耽誤，於是四人一齊走出大門來。伯和夫婦，還是自己坐了一輛車；家樹卻坐在何麗娜的車子上。家樹道：「我回來的時候，要把什麼東西送你才好哩？你的人情太重了。」何麗娜笑道：「怎麼你也說這話，說得我倒怪寒蠢的。你府上在杭州什麼地方，請你告訴我，我好寫信去問老伯母的好。」家樹道：「到了杭州，我自會寫信來的。在信上告訴你通信地點吧。」何麗娜道：「設若你不寫信來呢？」家樹道：「你難道不能去問伯和嗎？」何麗娜道：「我不願意問他們。」說著就在手提小包裡，拿出一個小日記本子來，又取下衣襟上的自來水筆，然後向著家樹微微一笑道：「你先考量考量，是什麼地方通信好。」家樹道：「朋友通信，要什麼緊！」於是把自己家裡所在，告訴她了，何麗娜將大腿拱起來，短旗袍縮了上去，將芽黃絲襪子緊蒙著的一對膝蓋，露了出來，就將日記本子按在膝上，一個字，一個字，慢慢兒的寫著。寫完了，將自來水筆筒好，點著念了一遍，笑問家樹道：「對嗎？」家樹道：「寫這幾個字，哪裡還有錯誤之理，你這人未免太慎重了。」何麗娜笑道：「你不批評荒唐，倒批評我太慎重，這是我出於意料以外的事呀。」說著將自來水筆和日記本子，一齊收在小皮包裡了，然後對家樹道：「這話不要告訴他們，讓他們納悶去。」家樹隨便點了點頭，未曾答應什麼。汽車到了車站，何麗娜給他提著小皮包一路走進站去。伯和夫婦，已經在頭等車房裡等候了。到了車上，陶太太對家樹道：「今天你的機會好，頭等座客人很少，你一個人可以住下這間車廂了。」伯和笑道：「在車上要坐兩天，一個人坐在屋子裡，還覺得怪悶的。」陶太太將鞋尖，向擺在車板上的水果蒲包，輕輕踢了兩下，笑道：「那要什麼緊，有這個東西，可以打破長途的岑寂呢。」這一說，大家又樂了。何麗娜笑道：「陶太太！你記著吧，往後別當著我說錯話，要說錯了，我可要撈你的後腿哩。」陶太太笑道：「是的，總有那一天，若是不撈住後腿，怎麼向牆外一扔呢。」何麗娜還不懂這話，怔怔的向陶太太望著。陶太太笑道：「這是一個俗語典故，你不懂嗎？就叫進了房，扔過牆。」家樹聽了這話，覺得她這言語，未免太顯露一點。正怕何麗娜要生氣，但是她倒笑嘻嘻的，伸著手在陶太太肩上，輕輕拍了一下。這車廂裡放了兩件行李，又有四個人，就嫌著擠窄。家樹道：「快開車了，諸位請回吧。」陶太太就對伯和丟了一個眼色，微笑道：「我們先走一步，怎麼樣？」伯和便向家樹叮囑了幾句好好照應姑母病的話，到了家，就寫信來，然後就下車。何麗娜在過道上，靠了窗戶站住，默然不語。家樹只得對她道：「密斯何！也請回吧。」何麗娜道：「我沒有事。」說著這三個字，依然未動。伯和夫婦，已經由月臺上走了。家樹因她未走，就請她到車廂裡來坐。她手拿著那小皮包，只管撫弄，家樹也不便再催她下車，就搭訕著去整理行李。忽然月臺上噹噹的打著開車鈴了，何麗娜卻打開小皮包來，手裡拿著一樣東西，笑道：「我還有一樣東西送你。」遞著東西過來時，臉上也不免微微的有點紅暈，家樹接過來一看，卻是她的一張四寸半身相片。看了一看，便捧著拱了一拱手道聲謝謝，何麗娜已是走出車房門，不及聽了。家樹打開窗子，見她站在月臺上，便道：「現在可以請回去了。」何麗娜道：「既然快開車，何以不等著開車再走呢。」說著話時，火車已緩緩的移動。何麗娜還跟著火車急走了兩步，笑道：「到了就請來信，別忘了，別忘了。」她一隻右手，早舉著一塊粉紅綢手絹，在空中招展。家樹憑了窗子，漸漸的和何麗娜離遠，最後是人影混亂了，看不清楚，這才坐下來。他將她遞的一張相片，仔細看了看，覺得這相片，比人還端莊些。紙張光滑無痕，當然是新照得的了。于此倒也見得她為人與用心了。滿腹為著母親病重的煩惱，有了何麗娜從中一周旋，倒解去煩悶不少。

車子開著，查過了票，茶房張羅過去了，拉攏房門，一人正自出神。忽聽得門外有人說道：「你找姓樊的不是？這屋子裡倒是個姓樊的。」家樹很納悶，在車上有誰來找我。隨手將門拉開，只見關壽峰和著秀姑，正在和茶房說話，便說道：「是關大叔！你們坐車到哪裡去？」於是將他二人引進房來。壽峰笑道：「我們哪裡也不去，是來送行的。」家樹道：「大概是在車上找我不著，車子開了，把你帶走的。補了票沒有？」壽峰連連搖手道：「不是不是，我們原不打算來送行，自你打我捨下去了之後，我就找了我一個關外新拜門的徒弟，和他要了一支參來，這東西雖然沒有玻璃盒子裝著，倒是道地貨，我特意送到車站，請你帶回去給老太太泡水喝；可是一進站，就瞧見有貴客在這兒送行，我們爺兒倆，可不敢露面。買了到豐台的票，先在三等車上等著，讓開了車，我再來找你。」說著話時，他將脅下夾著的一個藍布小包袱打開，裡面是個人家裝線襪的舊紙盒子。打開盒子，裡面鋪著乾淨棉絮，上面也放著兩支整齊的人參，比何麗娜送的還好。家樹道：「大叔！你這未免太客氣了。讓我心裡不安！」壽峰道：「不瞞你說，叫我拿錢去買這個，我沒有那大力量。我那徒弟，就是在吉林采參的；我向來不開口和徒弟要東西，這次我可對他說明，要送一個人情，叫他務必給我找兩支好的；我就是怕他身邊沒有，要不，白天我就對你明說了。」家樹道：「既不是大叔破費買來的，我這就拜領了；只是不敢當大叔和大姑娘還送到豐台。」壽峰笑道：「這算不了什麼？我爺兒倆，今夜在豐台小店裡睡上一宿，明天早上慢慢蹓躂進城，也是個樂事。」他雖這樣說，家樹覺著這老人的意思，實在誠懇，口裡連說感激感激，壽峰笑道：「這一點子事，都得說上許多感激，那我關老壽一生，也不知道要感激人家多少吶。」家樹道：「大叔來倒罷了，怎好又讓大姑娘也出一趟小小的門。」秀姑自見面後，一句話也不曾說，這才對家樹微微笑了一笑。壽峰道：「老弟咱們用不著客氣。」說話火車將到豐台，壽峰又道：「你白天說，有令親的事，要我照顧，我瞧你想說又怕說，話沒有說出來，你儘管說，究竟是怎麼回事。」家樹頓一頓接上又是一笑，壽峰道：「有什麼意思，只管說，我辦得到，當面答應下了，讓您好放心；辦不到，我也直說，咱們或者也有個商量。」家樹又低頭想了想，笑道：「實在也沒有什麼了不得的事。您二位無事，可以常到那邊坐坐；他們真有事，就會請教了。」壽峰還要問時，秀姑就道：「好！就是那麼著吧。你瞧外面，到了豐台了。」大家向外看時，一排一排的電燈，在半空裡向車後移去；燈光下，已看到月臺。壽峰說了一聲再會，就下了車。家樹也出了車房，送到車門口，見他父女二人立在露天裡，電燈光下，晚風一陣陣吹動他們的衣服角，他們也不知道晚涼，呆呆的望著這邊。壽峰這老頭子，卻抬起一隻手來，不住的抓著耳朵邊短髮，彼此對著呆立一會，在微笑與點頭的當兒，火車已緩緩展動出了站。壽峰父女，望不見了火車，然後才出站去，找了一家小客店住下。第二天，起了個早，就走回北京來。過了兩天，便叫秀姑到沈家去了一趟；沈家倒待她很好，留著吃飯，才讓她回家。秀姑對父親說：「他們家，一共只三口子人，一個叔叔，是整天的不回家；家裡就是娘兒倆；瞧著去，姑娘上學，娘在家裡做活，日子過得很順遂的，大概沒什麼事。」壽峰聽說人家家裡面只有娘兒倆，去了也覺著不便。過一個禮拜，就讓秀姑去探望她們一次。後來接到家樹由杭州寄來的回音，說是母親並沒大病，在家裡料理一點事務，就會北上的。壽峰聽到這話，更認為照應沈家一事，無關重要了。

有一天秀姑又從沈家回來，對壽峰道：「你猜沈姑娘那個叔叔是誰吧？今天可讓咱碰著了。瞧他那大年紀，可不說人話。」壽峰道：「據你看是個怎樣的人？」秀姑哼了一聲道：「他燒了灰，我也認識。不就是在天橋唱大鼓的沈三玄嗎？」壽峰道：「不能吧，樊先生會和這種人結親戚。」秀姑道：「一點也不會假。他今天回來，醉得像爛泥似的，他可不知道我在他們姑娘屋子裡，一進門就罵上了。他說：『姓樊的太不懂事，娘也有錢，女也有錢，怎麼就不給我的錢。咱們姑娘吃他一點，喝他一點，就這樣給他，沒那麼便宜事。他家在南方，知道他家裡是怎麼回事；咱們姑娘，說不定是給他做二房做三房，要不，他會找媳婦找到唱大鼓的家裡來？既是那麼著，咱們就得賣一注子錢。我沈三玄混了半輩子，找著有錢的主兒了，我還不應該撈幾文嗎？』她母女倆聽了這話，真急了，都跑了出去說是有客，你猜他怎麼說？他說客要什麼緊，還能餓肚子不吃飯嗎？她也要吃飯，咱們鬧吃飯的事，就不算沖犯著她。」壽峰手上，正拿著三個小白銅球兒，挪搓著消遣，聽了這話，三個銅球，在右掌心裡，得兒叮噹，得兒叮噹，轉著亂響。左手捏著一個大拳頭舉起來，瞪了眼向秀姑道：「這小子別撞著我。」

秀姑笑道：「你幹麼對我生這麼大氣？我又沒罵人。」壽峰這才把一隻舉了拳頭的手，緩緩放下來，因問道：「後來他還說什麼了？」

秀姑道：「我瞧著她娘兒倆怪為難的，當時我就告辭回來了。我想這姑娘，一定是唱大鼓書的。她屋子裡，都掛著月琴三弦子呢。」壽峰聽了，昂著頭只管想，手心裡三個白銅球，轉的是更忙更響了。自言自語的道：「樊先生這人，我是知道的，倒不會知道什麼貧賤富貴；可是不應該到唱大鼓書的裡面去找人。再說，還是這位沈三玄的賢侄女，這位姑娘長得美不美呢？」秀姑道：「美是美極了。人是挺活潑，說話也挺伶俐，她把女學生的衣服一穿，真不會想到她是打天橋來的。」壽峰點點頭道：「是了。算樊先生在草棵裡撿到這樣一顆夜明珠，怪不得再三的說讓我給她們照應一點。大概也是怕會出什麼毛病，所以一再的托著我，可又不好意思說出來；既是這麼著，我明天就去找沈三玄，教訓他一頓。」秀姑道：「不是我說你，你心眼兒太直一點。隨便怎麼著，人家總是親戚，你的言語又不會客氣，把姓沈的得罪了，姓樊的未必會說你一聲好兒；他又沒作出對不住姓樊的什麼事，不過言語重一點，你只當我沒告訴你，就完了。」壽峰雖覺得女兒的話不錯，但是心裡頭，總覺得好不舒服。

當天憋了一天的悶氣，到了第二日，吃過午飯，實在憋不住了，身上揣了一些零錢，瞞著秀姑，就上天橋來。自己在各處露天街上轉了一周，那些唱大鼓的蘆席棚裡，都望了一望，並不見沈三玄，心想這要找到什麼時候？便走到從前武術會喝水的那家天一軒茶館子裡來。只一進門，夥計先叫道：「關大叔！咱們短見，今天什麼風吹了來？」壽峰道：「有事上天橋來找個人，順便來瞧瞧朋友。」後面一些練把式的青年，都扔了傢伙，全擁出來，將他圍著坐在一張桌子上，又遞煙，文倒茶，忙個不了。有的說：「難得大叔來的，今天給我們露一手，行不行？」壽峰道：「不行，我今兒要找個人，這個人若找不著，什麼事也幹得無味。」大家知道他脾氣，就問他要找誰？壽峰說是找沈三玄。有知道的，便道：「大叔！你這樣一個好人，幹麼要找這種混蛋去？」壽峰道：「我就是為了他不成人，我才來找他的。」那人便問：「是在什麼地方找他？」壽峰說是大鼓書棚，那人笑道：「現在不是從前的沈三玄了。他不靠賣手藝了，不過他倒常愛上落子館找朋友。你要找他，倒不如上落子館去瞧瞧。」壽峰聽了這話，立刻站起來，對大家道：「咱們改日會。」說畢，就向外走。有人道：「你別忙呀，你知道上哪一家呢？我在群樂門口，碰到過他兩回，你上那兒試試看。」壽峰已經走到了老遠，便點點頭，不多的路，便是群樂書館，站在門口，倒愣住了，不知道怎麼好。在天橋這地方，雖然盤桓過許多日子，但是這大鼓書館，向來不曾進去過。今天為了人家的事，倒要破這個例，進去要怎樣的應付，可別讓人笑話。正在猶豫著，卻見兩個穿綢衣的青年，渾身香撲撲的，一推進去；心想有個作樣子的在先，就跟著進去吧。接上一推門，便有一陣絲弦鼓板之聲，送入耳來。迎面乃是一方板壁，上面也塗了一些綠漆，算是屏風。轉過屏風去，見正面是一座木架支的小台，正中擺了桌案，一個彈三弦子，兩個拉胡琴的漢子，圍著兩面坐了；右邊擺了一個小鼓架，一個十幾歲的女孩子，油頭粉面，穿著一身綢衣，站在那裡打著鼓板唱書。執著鼓條子的手，一舉一落，明晃晃的帶了一隻手錶，又是兩個金戒指，台後面左右放著兩排板凳，大大小小，胖胖瘦瘦，坐著七八個女子，都是穿得像花蝴蝶兒似的。壽峰一見，就覺得有點不順眼；待要轉身出去，就有一個穿灰布長衫人，一手拿了茶壺，一手拿了一個茶杯，向面前桌上一放，和壽峰翻了眼道：「就在這裡坐怎麼樣？」壽峰心想，這小子瞧我像不是花錢的，也翻著眼向他一哼。坐下來看時，這裡是一所大敞廳，四面都是木板子圍著，中間有兩條長桌，有兩丈多長，是直擺著，桌子下，一邊一條長板凳。靠了板壁，另有幾張小桌子，向台橫列。各桌上，一共也不過十來個聽書的，倒都也衣服華麗。自己所坐的地方，乃是長桌的中間，鄰座坐著一個穿軍服的黑漢子，帽子和一根細竹鞭子放在桌上，一隻腳架在凳上，露出他那長腰漆黑光亮的大馬靴來。他手指裡夾著半支菸捲，也不抽一口，卻只管向著臺上，不住的叫著好。臺上那個女子唱完了，又有一個穿灰布長衫的，手裡拿了個小藤簸箕，向各人面前討錢。壽峰看時，可有扔幾個銅子的，也有扔一兩張銅子票的。壽峰一想，這也不見怎樣闊，就瞧我姓關的花不起嗎？收錢的到了面前，一伸手，就向簸箕裡丟了二十枚銅子，收錢的人笑也不笑一笑，轉身去了。只在這時，走進來一個黑麻子，穿了紡綢長衫紗馬褂，戴了巴拿馬草帽，只一進門，臺上的姑娘，台下的夥計，全望著他。先前那個送茶壺的，早是遠遠的一個深鞠躬，笑道：「二爺！你剛來。」便在旁邊桌子下，抽出一塊藍布墊子，放在一張小桌邊的椅子上，笑著點頭道：「二爺！你這兒坐。給你泡一壺龍井好嗎？天氣熱了，清淡一點兒的，倒是去心火。」那二爺欲理不理的樣子，只把頭隨了點一點，隨手將帽子交給那人，一屁股就在椅子上坐下。兩隻粗胳膊向桌上一伏，一雙肉眼，就向臺上那些姑娘瞅著一笑。壽峰看在眼裡，心裡只管冷笑。本來在這裡找不到沈三玄，就打算要走；現在見這個二爺進門，這一種威風，倒大可看一看。於是又坐著喝了兩杯茶，出了兩回錢。這時就有個矮胖子，一件藍布大褂的袖子，直罩過手指頭，輕輕悄悄的走到那個鄰座的軍人面前，由衫袖籠裡，伸出一柄長摺扇來。他將那摺扇打開，伸到軍人面前，笑著輕輕的道：「你不點一出？」壽峰偷眼看那扇子上，寫了銅子兒大的字。三字一句，四字一句，都是些書曲名：如《宋江殺惜》、《長阪坡》之類。心裡這就明白，鼓兒詞上，常常鬧些舞衫歌扇，歌扇這名堂，倒是有的。那軍人卻沒有看那扇子，向那人翻了眼一望道：「忙什麼！」那人便笑著答應一個是字，然後轉身直奔那二爺桌上。他俯著身子，就著二爺耳朵邊，也不知道咕噥了一些什麼，隨後那人笑著去了。臺上一個黃臉瘦子，走到台口，眼睛向著二爺說道：「紅寶姑娘唱過去了，沒有她的什麼事，讓她休息休息；現在特煩翠蘭姑娘，唱她的拿手好曲子《二姐姐逛廟》。」末了的兩句，將聲音特別的提高。他說完退下去，就有一個十八九歲的姑娘站在台口，倒有幾分姿色：一雙水汪汪的眼睛，滴溜溜的轉著眼珠子，四面看人。她拿著鼓條子，先合著胡琴三弦，奏了一套軍鼓軍號，然後才唱起來。唱完了，收錢的照例收錢；收到那二爺面前，只見掏了一塊現洋錢當的一聲，扔在藤簸箕裡。壽峰一見，這才明白，怪不得他們這樣歡迎，是個花大錢的。那個收錢的笑著道：「二爺還點幾個，讓翠蘭接著唱下去吧。」二爺點了一點頭，收錢以後，那翠蘭姑娘接著上臺。這次她唱的極短，還不到十分鐘的工夫，就完了事。收錢的時候，那二爺又是掏出一塊現洋，丟了出去。壽峰等了許久，不見沈三玄來，料是他並不一準到這兒來的，在這裡老等著，聽是聽不出什麼意味，看又看不入眼，怪不舒服的；因此站起來就向外走。書場上見這麼一個老頭子，進來就坐，起身便去，也不知道他是幹什麼的？都望著他，壽峰一點也不為意，只管走他的。

走不了多少路，遇到了一個玩把式的朋友，他便問道：「大叔！你找著沈三玄了嗎？」壽峰道：「別提了。我在群樂館子裡坐了許久，我真生氣。老在那兒待著吧，知道來不來？到別家去找吧，那是讓我這糟老頭子多現一處眼。」那人道：「沒有找著嗎？你瞧那不是。」說著他用手向前一指。壽峰跟著他手指的地方一看，只見沈三玄手上拿了一根短棍子，棍子上站著一隻鳥，晃著兩隻膀子，他有一步沒一步的，慢慢走了過來。壽峰一見，就覺有氣。口裡哼著道：瞧你這塊骨頭，只吃了三天飽飯，就講究玩個鳥兒。迎了上去，老遠的就喝了一聲道：「呔！沈三玄！你抖起來了。」關壽峰在天橋茶館子裡練把式的時候，很有個名兒；沈三玄又到茶館子門口彈過弦子的，所以他認識壽峰；平空讓他喝了一聲，很不高興；但是知道這老頭子很有幾分力量，不敢惹他，便遠遠的蹲了一蹲身子，笑道：「大叔！你好，咱們短見。」壽峰見他這樣一客氣，不免心裡先軟化了一半。因道：「我有什麼好，你現在找了一門作官的親戚，你算好了。」沈三玄笑道：「你怎麼也知道了。咱們好久沒談過，找個地方喝一壺兒好不好？」壽峰翻了眼睛望著他道：「怎麼著，你請我，喝酒還是喝茶呢？」沈三玄道：「既然是請大叔，當然是喝酒。」壽峰道：「我倒是愛喝幾杯，可是要你請，兩個酒鬼到一處，人家會疑心我混你的酒喝，往南有蹓馬的，咱們到那裡喝碗水，看他們跑兩趟。」沈三玄一見壽峰撅著鬍子說話，不敢不依，穿過兩條地攤，沿路一列席棚茶館，人都滿了，道外一條寬土溝，太陽光裡，浮塵擁起，有幾個人騎著馬來往的飛跑。土溝那邊，一大群小孩子隨著來往的馬，過去一匹，嚷上一陣。沈三玄心想：這有什麼意思？但是看看壽峰倒現出笑嘻嘻的樣子來，似乎很得勁，只得就在附近一家小茶館，揀了一副沿門向外的座頭坐下。喝著茶，沈三玄才慢慢的問道：「大叔！你怎麼知道我攀了一門子好親？」壽峰道：「怎麼不知道，我閨女還到你府上去過好幾回呢。」沈三玄道：「呵呀！她們老說有個關家姑娘來串門子，我說是誰，原來是你的大姑娘。我一點不知道，你別見怪。」壽峰道：「誰來管這些閑帳，我老實對你說，我今天上天橋，就是來找你來了。我聽說你嫌姓樊的沒有給你錢，你要搗亂；我不知道就得，我知道了，你可別胡來。姓樊的臨走，他可拜託了我，給他照料家事。他的事就像我的事一樣，你要胡來，我關老頭子不是好惹的。」沈三玄劈頭受了他這烏大蓋，又不知道說這話是什麼意思，便笑道：「沒有的話，我從前一天不得一天過，恨不得都要了飯了，而今吃喝穿全不愁，不都是姓樊的好處嗎？我怎麼能使壞，難道我倒不願吃飽飯嗎？」說著就給壽峰斟茶，一味的恭維。壽峰讓他一陪小心，先就生不起氣來，加上他說的話，也很有理，並不勉強，氣就全消了。因道：「但願你知道好了。我是姓樊的朋友，何必要多你們親戚的事。」沈三玄道：「那也沒關係。你就是個仗義的老前輩，不認識的人，你見他受了委屈，都得打個抱不平兒，何況是朋友，又在至好呢。」說著話時，只見那土溝裡兩個人騎著兩匹沒有鞍子的馬，八隻蹄子，蹴著那地下的浮土，如煙囪裡的濃煙一般，向上飛騰起來；馬就在這浮煙裡面，浮著上面的身子，飛一般的過去。壽峰只望著那兩匹馬出神，沈三玄說些什麼，他都未曾聽到。沈三玄見壽峰不理會這件事了，就也不向下說。等壽峰看得出神了，便道：「大叔！我還有事，不能奉陪，先走一步，行不行？」壽峰道：「你請便吧。」沈三玄巴不得一聲，會了茶帳，就悄悄的離開了這茶館。他手上拿棍子，舉著一隻小鳥，只低著頭想：這老頭子那個點得著火的脾氣，是說得到，做得到的，也不知道他為了什麼事，巴巴的來找我。幸而我三言兩語，把他糊過去了，要不然，今天就得挨揍，正想到這裡，棍子上那小鳥，噗嗤一聲，向臉上一撲。自己突然吃了一驚，定睛看時，卻是從前同場中的一個朋友，那人先笑道：「沈三哥！聽說你現在攀了個好親戚！抖起來了。怎麼老瞧不見你？」沈三玄笑道：「你還說我抖起來了，你瞧你這一身衣服，穿得比我闊啊。」

原來那人正穿的是紡綢長衫，紗馬褂，拿著尺許長的檀香摺扇，不像是個書場上人了。那人道；「老朋友難得遇見的，咱們找個地方談談，好嗎？」沈三玄連說可以。於是二人找了一家小酒館，去吃喝著談起來。二人不談則已，一談之下，就把沈家事，發生了一個大變化。要知道談的什麼，下回交代。

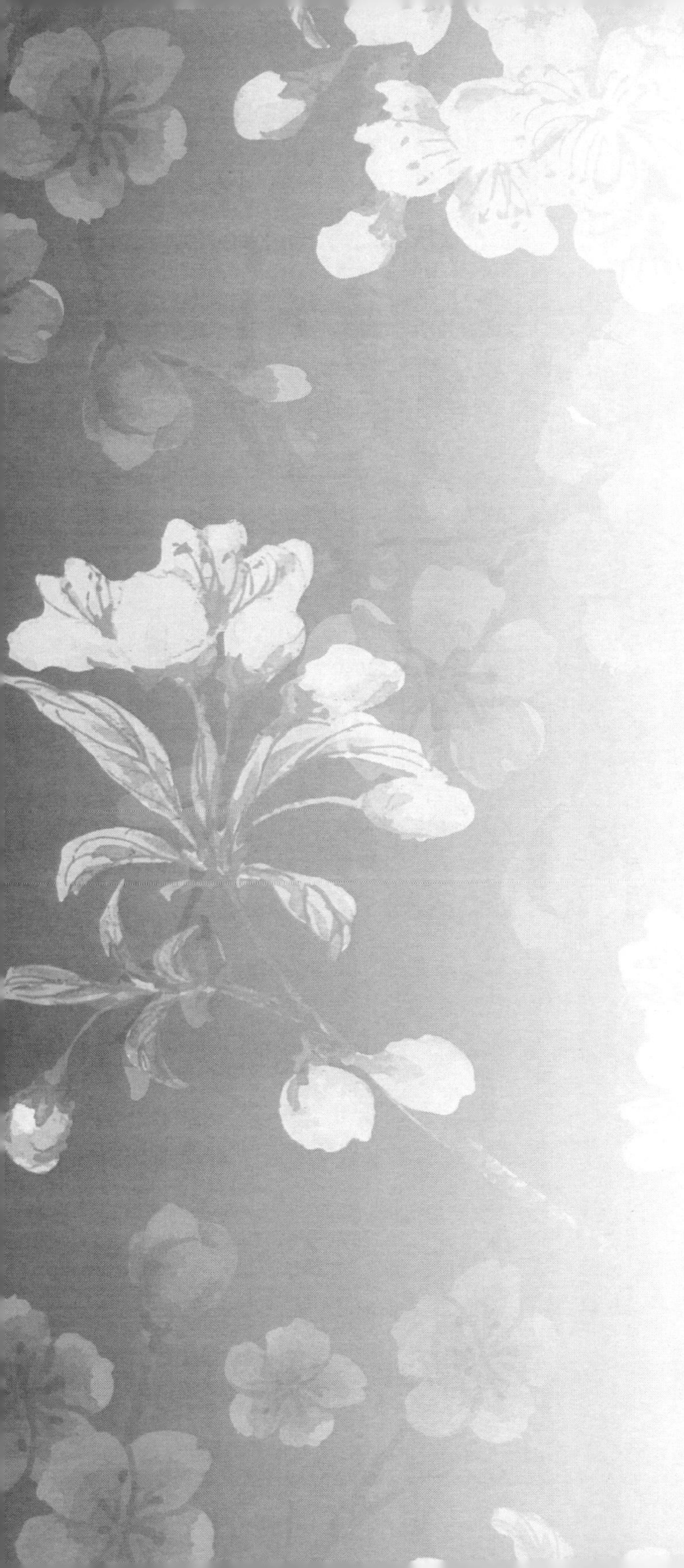

狼子攀龍貪財翻妙舌

蘭閨藏鳳炫富蓄機心

　　卻說沈三玄在路上遇著一個闊朋友，二人同到酒店，便吃喝起來。原來那人叫黃鶴聲，也是個彈三絃子的。因為他跟著的那個姑娘嫁了一個師長做姨太太，他就託了那位姑娘說情，在師長面前，當了一名副官。因他為人有些小聰明，遂不斷的和姨太太買東西，中飽的款子不少，也就發了小財了。當時黃鶴聲多喝了幾杯酒，又不免把自己得意的事，誇耀了幾句。沈三玄聽在心裡，也不願丟面子，因道：「我雖沒有你的事情好，可是也湊付著過得去。我那侄姑娘，你也見過的。現在找著一個有錢的主兒，我們一家子，現在都算吃她的。」於是把大概的情形，說了一遍，因又道：「你要是得空，可以到我們那裡去瞧瞧。」黃鶴聲也就笑道：「朋友都樂意朋友好的，我得去瞧瞧。」兩人說著話，便已酒醉飯飽。黃鶴聲也不待沈三玄謙遜，先就在身上掏出一個皮夾子，拿出一大卷鈔票，由鈔票內抽出一張十元的，給了店夥去付酒飯帳，找了錢來，他隨手就付了一塊錢的小費，然後大搖大擺，走出門去。看到人力車停在路邊，一腳跨上去，坐著車便走了。沈三玄看著，點了點頭，又嘆了口氣，到了家裡，直奔入房，見到沈大娘便問道：「大嫂！你猜到我們家來的那關家姑娘是誰吧？她就是天橋教把式關老頭子的閨女。我在街上見到了那老頭子，就會害怕，你幹嘛把他閨女望家裡引？這老頭子，有人說他是強盜出身，我瞧就像。你瞧著吧，總有一天，他要吃衛生丸的。」沈大娘道：「哪個練把式的老頭子，我不認識，你幹嘛好好兒的罵人？」沈三玄道：「天橋地方大著呢，什麼人沒有，你們哪裡會全認得。你不知道這老頭子真可惡，今天他遇著我，好好兒的教訓我一頓，瞧他那意思還是姓樊的拜託他這樣的，各家有各家的事，幹嘛要他多我們的事？他媽的！他是什麼東西。」沈大娘道：「又在哪裡灌了這些個黃湯，張嘴就罵人。姓關的得罪了你，姓樊的又沒得罪你，幹嘛又把姓樊的拉上。」沈三玄道：「那是啊！姓樊的臨走，給了你幾百塊錢，你們哪裡見過這個。就把他當了一尊佛爺了，哪裡敢得罪他。就憑那幾個小錢，把你娘倆的心，都賣給人家了，真是不值啊。你瞧黃鶴聲大哥，而今多闊！身上整百塊的揣著鈔票，他不過是雅琴的師傅；雅琴做了太太就把他升了副官，鳳喜和我是什麼情份，我待她又怎麼來著；可是，我撈著什麼了？花幾個零錢……」沈大娘道：「你天天用了錢，天天還要回來嘮叨一頓，你侄女可沒做太太，哪兒給你找副官做去。醉得不像個人樣了，躺著炕上找副官做去吧。」沈大娘也懶得理他，說完自上廚房去了。沈三玄卻也醉得厲害，摸進房去，果然倒到炕上躺下。

到了次日，沈三玄想起約黃鶴聲今天來，便在家裡候著，不曾出去。上午十一點多鐘的時候，只聽到門外一陣汽車響，接上就有人打門。沈三玄倒有兩個朋友是給人開汽車的，正想莫非他們來了。自己一路來開門，口裡說著：「你們有事幹的，幹嘛也學著我，到處胡串門子。」手上將門一開，只見黃鶴聲手裡搖著扇子，走下汽車來，一伸手拍了沈三玄的肩道：「你還是這樣子省儉，怎麼聽差也不用一個，自己來開門？」沈三玄心裡想著，我哪輩子發了財沒用，怎麼說出省儉兩個字來了。心裡如此想著，口裡也就隨便答應他，把黃鶴聲請到屋子裡，自己就忙著泡茶拿菸捲。黃鶴聲用手掀了玻璃上的白紗向窗子外一看，口裡說道：「小小的房子，收拾得倒很精緻。」正說完這句話，只見一個十六七歲的女郎剪了頭髮，穿著皮鞋，短短的白花紗旗袍，只好比膝蓋長一點，露出一大截穿了白襪子的腿，脅下卻夾了一個書包，因回轉頭來問道：「老玄！你家裡從哪兒來的一位女學生？」沈三玄道：「黃爺！我昨天不是告訴了你嗎？這就是我那侄女姑娘。」黃鶴聲笑道：「嘿！

就是她。可真時髦，越長越標緻了。憑她這個長相兒，要去唱大鼓書，準紅的起來。這話可又說回來了，趁早兒找了個主，有吃有喝，一家都安了心，也好。」沈三玄對窗子外望了一望，然後低聲說道：「安了心嗎？我們這是騎了驢子翻帳本，走著瞧。你想一個當少爺的人到外面來念書，家裡能給他多少錢花？頭裡兩個月，讓他東拉西扯，找幾個錢。湊付著安了這個家，這也就是現在，過兩個月瞧瞧，我猜就不行了。就是行，也不過是她娘兒倆的好處，我能撈著什麼好處？那小子臨走的時候，給我留下錢沒留下錢？我也不知道。可是我大嫂，每天就只給一百多銅子我花。現在銅子兒是極不值錢，一百多銅子，不過合三四毛錢，你說讓我幹嘛好？從前沒有這個姓樊的，我一天也找百十來個子兒，而今還不是一樣嗎？依著我，姑娘現在有兩件行頭了，趁著這個機會，就找家館子露一露，也許真紅起來；到那時候，隨便怎樣，也撈個三塊兩塊一天，你說是不是？」黃鶴聲笑道：「照你的演算法，你是對了。你們那侄姑娘放著現成的女學生不做，又要去唱曲子伺候人，她肯幹嘛？」沈三玄道：「當女學生，瞎扯罷了。我說姓樊的那小子，自己就胡來。現在當女學生的，幾個能念書念得像爺們一樣，能幹大事？我瞧什麼也不成。念了三天書，先講平等自由。」說到這裡，他聲音又低了一低道：「我這侄女自小兒就調皮，往後再一講平等自由，她能再跟姓樊的，那才怪呢！」黃鶴聲正要接話，只聽到沈大娘在北屋子裡嚷道：「三弟！我們門口停著一輛汽車，是誰來了？」黃鶴聲就向屋子外答道：「沈家大嫂子！是我。我還沒瞧你呢！」說著話已經走出屋來，老遠的連作幾個揖道：「我們住過街坊，我和老玄是多年的朋友了，你還認得我嗎？」沈大娘站在北屋門口，倒愣住了。雖覺得有點面熟，可是記不起來，他究竟是姓張姓李。她正在愣著，沈三玄搶著跑了出來道：「大嫂！黃爺你怎樣會記不起來？他現在可闊了。當了副官了！他們衙門裡有的是汽車；只要是官，就可坐公家的汽車出來。門口的汽車，就是黃爺坐來的，你瞧見沒有，那車子是真大，坐十個人，都不會嫌擠。黃大哥！你的師長大人姓什麼？我又忘了。」黃鶴聲便說是姓尚。沈三玄道：「對了！是有名的尚大人。雅琴姑娘，現在就是尚大人的二房，雖然是二房，可是尚大人真喜歡她，比結髮的那位夫人還要好多少倍。不然，怎樣就能給黃爺升了副官呢！」黃鶴聲因為沈大娘不知道他最近的來歷，正想把大概情形，先說了出來，現在沈三玄搶出來一介紹，自己不曾告訴她的，他都說出來了，這就用不著再說了。沈大娘這時也記起從前果然住過街坊的，便笑道：「老街坊還會見到，這是難得的事啊！請到北屋子裡坐坐。」沈三玄巴不得一聲，就攜著黃鶴聲的手，將他向北屋子裡引。沈大娘說是老街坊，索興讓鳳喜也出來見見。黃鶴聲就近一看鳳喜，心想這孩子修飾得乾淨點，確比小時俊秀得多。老鴉窠裡會鑽出一個鳳凰來，怪不怪！當時坐著閒談了一會，就告辭出門。沈三玄搶著上前來開大門，黃鶴聲見沈大娘在屋子裡沒有出來，就執著沈三玄的手道：「你在自己屋子裡，先和我說的那些話，是真的嗎？」沈三玄猛然間聽到，不懂他用意所在，卻只管望著黃鶴聲的臉。黃鶴聲道：「我說的話，你沒有懂嗎？就是你向著我抱怨的那一番話。」沈三玄忽然醒悟過來，連道：「是了，是了，我明白了，黃爺！你看是有什麼路子，提拔作小弟的，小弟一輩子忘不了。」黃鶴聲牽著他的手，搖撼了幾下，笑道：「碰巧也許有機會，你聽信兒吧。」說畢，黃鶴聲上車而去。

原來他跟的這位尚師長，所帶的軍隊，就駐北京西郊。他的公館設在城裡，有一部分人，也就在公館裡辦事。這黃鶴聲副官，就是在公館裡辦事的一位副官。當時他回了公館，恰好尚師長有事叫他，他就放下帽子和扇子，整了一整衣服，然後才到上房來見尚師長，尚師長道：「我找了你半天，都沒有看見你，你到……？」黃鶴聲不等他把這一句問完，就笑起來道：「師長上次吩咐要找的人，今天倒是找著了。今天就是為這個出去了一趟。」尚師長道：「劉大帥這個人，眼光是非常高的，差不多的人，他可看不上眼。」黃鶴聲道：「這個人準好，模樣兒是不必提了。在先她是唱大鼓書的，現在又在念書，透著更文明。光提那性情兒，現在就不容易找得著。要是沒有幾門長處的人，也不敢給師長說。」尚師長將嘴唇上養的菱角鬍子，左右擰了兩下，笑道：「口說無憑，我總得先看看人。」黃鶴聲道：「這容易。這人兒的三叔，和鶴聲是至好的朋友。只要鶴聲去和他說一說，他是無不從命，但不知師長要在什麼地方看她？」尚師長道：「當然把她叫到我家裡來，難道我還為了這個，找地方去等著她不成？」黃鶴聲答應了兩聲是，心裡可想著，現在人家也是良家婦女，好端端的要人家送來看，可不容易。一面想著，一面偷看尚師長的臉色，見他臉色還平常。便笑道：「若是有太太的命令，說是讓她到公館裡來玩玩，她是一定來的。」原來這師長的正室現在原籍，下人所謂太太，就是指著雅琴而言。尚師長道：「那倒沒關係，只要她肯來，讓太太陪著，在我們這裡多玩一會兒，我倒可以看個仔細。」說著，他那菱角式的鬍子尖笑著向上動了兩動，露出嘴裡兩粒黃燦燦的金牙。黃鶴聲見上峰已是答應了，這事自好著手，便約好了明天下午，把人接了來。當天晚上就派人把沈三玄叫到尚宅，引了他到自己臥室裡談話。前後約談了一個鐘頭，沈三玄笑得由屋子裡滾將出來。黃鶴聲因也要出門，就讓他同坐了自己的汽車，把他送到家門口。沈三玄下了車，見自己家的大門，卻是虛掩的，倒有點不高興。推了門進去，在院子裡便嚷起來道：「大嫂！你不開門，沒有看見，我是坐汽車回來的。今天我算開了眼，嘗了新，坐了汽車了。黃副官算待我們不錯，他這樣闊了，還認識我們，真是難得。」沈大娘道：「別現眼了，歸里包堆，人家請你吃了一回館子，坐了一趟汽車，就恨不得把人家捧上天。這要他是給你百兒八十的，你沒有老子，得把他認作老子看待了。」沈三玄道：「百兒八十，那不算什麼。也許不止幫我百兒八十的忙呢。人家有那番好意，你娘兒倆樂意不樂意，我都不管，可是我總得說出來。就是現在這位尚師長的太太，想著瞧瞧小姊妹們，要接鳳喜到她家去玩玩。明天打過兩點，就派兩名護兵押了汽車來接；就說人家雖是同行出身，可是現成的師長太太了。師長有多大，大概你還不大清楚；若說把前清的官一比，準是頭品頂戴吧。人家派汽車來接鳳喜，這面子可就大了。若是不去，可真有些對不住人。」沈大娘道：「你別瞎扯。從前我們和雅琴就沒有什麼來往，這會子她做了闊太太了，倒會和我們要好起來。我不信！」沈三玄道：「我也是這樣說呀，可是今天黃副官為了這個，特意把我請去說的。假是一點兒也假不了，難得尚太太單單的念叨我們，所以我說這交情大了，不去真對不住人。」沈大娘道：「我想雅琴未必記得起我們，不過是黃鶴聲告訴了她，她就想起我們來了。」沈三玄道：「大嫂！你別這樣提名道姓的，我們背後叫慣了，將來當面也許不留神叫了出來的。人家有錢有勢，攀交情還怕攀不上，把人家要得罪了，那可是不大方便。明天鳳喜還是去不去呢？」沈大娘道：「也不知道你的話靠得住靠不住。若是人家真派了汽車來接，那倒是不去不成；要不，人家真說我們不識抬舉。」沈三玄心下大喜，因道：「您是知情達禮的人，當然會讓她去；可是我們這位侄姑娘，可有點怯官……」他們在外面屋子說話。鳳喜在屋子裡，已聽了一個夠，便道：「別那樣瞧不起人，我到過的地方，你們還沒有到過呢。雅琴雖然做了太太，人還總是那個舊人，我怕什麼。」沈三玄道：「只要你能去就行，我可不跟你賭嘴。」沈三玄心裡又怕把話說僵了，說完了這句，就回到自己屋子裡去了。

到了次日，沈三玄起了個早，可是起來早了，又沒有什麼事可做，他就拿了一把掃帚，在院子裡掃地；沈大娘起來，開門一見，笑道：「喲！我們家要發財了吧。三叔會起來這麼早，給我掃院子。」沈三玄笑了，答道：「我也不知道怎麼著，天亮就醒了，老睡不著，早上閒著沒有事，掃掃院子，比閒等著強。再說我們家人少，我又光吃光喝，鳳喜更是當學生了，裡裡外外，全得您一個人照理，我也應該給你娘兒倆幫點忙了。」說著，用手向鳳喜屋子裡指了一指，輕輕的道：「她起來沒有？尚太太那兒，她答應準去嗎？她要是不去，你可得說著她一點，我們現在好好的作起體面人家，也該要幾門子好親好友走走。你什麼事不知道，覺得我作兄弟這句話，說的對嗎？」沈大娘笑道：「你這人今天一好全好，肯作事，說話也受聽。」沈三玄笑道：「一個人不能糊塗一輩子，總有一天明白過來。好比就像那尚師長太太，從前唱大鼓書的時候，不見得怎樣開闊，可是如今一作了師長太太，連我們這樣的老窮街坊，她也記起來了，說來說去，我們這侄姑娘到底是決定了去沒有？」沈大娘道：「這也沒有什麼決定下決定，汽車來了，讓她去就是了。」沈三玄道：「讓她去不成，總要她自己肯去才成呢。」沈大娘道：「唉！怪貧的，你老說著作什麼？」沈三玄見嫂嫂如此說，就不好意思再說了。過了一會，鳳喜也起床了，她由廚房裡端了一盆水，正要向北屋子裡去，沈三玄道：「侄姑娘！今天起來得早哇。」鳳喜將嘴一撇道：「幹嘛啊！知道你今天起了一天早，一見面就損人。」沈三玄由屋子裡走了出來，笑嘻嘻的道：「我真不是損你。你看，今天這院子掃得乾淨嗎？」鳳喜微微一笑道：「乾淨。」說時，她已端了水走進房去。沈三玄在院子裡槐樹底下徘徊了一陣，等著鳳喜出來。半晌，還在裡面，自己轉過槐樹那邊去，嘩啦一聲，一盆洗臉水，由身後潑了過來，一件藍竹布大褂，溼了大半截。鳳喜站在房門口，手裡拿著空洗臉盆，連連叫著糟糕。沈三玄道：「還好！沒潑著上身，這件大褂，反正是要洗的。」鳳喜見他並不生氣，笑道：「我回回潑水，都是這樣，站在門口，望槐樹底下一潑，哪一回也沒事；可不知道今天你會站在這裡，你快脫下來，讓我給你洗一洗吧。」沈三玄道：「我也不等著穿，忙什麼。我不是聽到你說，要到尚師長家裡去嗎？」鳳喜道：「是你回來要我們去的，怎麼倒說是聽到我說的呢？」沈三玄道：「訊息是我帶來的，可是去不去，那在乎你。我聽到你準去，是嗎？姊妹家裡，也應該來往來往，將來……」鳳喜道：「唉！你淋了一身的水，趕快去換衣服吧，何必站在這裡廢話。」沈三玄讓鳳喜一逼，無可再說了，只得走回房去，將衣服換下。等到衣服換了，再出來時，鳳喜已經進房去了。於是裝著抽菸找取火兒，走到北屋子裡來，隔著門問道：「侄姑娘！我要不要給黃副官通個電話？」鳳喜迎了出來道：「哪個什麼黃副官？有什麼事要通電話？」沈三玄笑道：「你怎麼忘了，不是到尚家去嗎？」鳳喜道：「你怎麼老蘑菇！（舊京土語，謂糾纏不清之事或人也。）我不去了。」說著手一掀門簾子，捲過了頭，身子一轉，便進房去了。沈三玄看她身子突然一掉，頭上剪的短髮，就是一旋，彷彿是僵著脖子進去了。他心裡卜通一跳，要安慰兩句是不敢；不安慰兩句，又怕事情要決裂，站在屋子中間，只管抽菸捲。半晌，才說道：「我沒有敢麻煩呀，我只說了一句，你就生氣了。」鳳喜道：「早上我還沒起來，就聽見你問媽了。你想巴結闊人，讓我給你去作引線，是不是？憑你這樣一說，我要不去了，看你怎麼樣？」沈三玄不敢作聲，溜到自己屋子裡去了。

到了吃午飯的時候，沈三玄一看鳳喜的臉色，已經和平常一樣，這才從從容容的對沈大娘道：「你下午要出去的話，你就出去吧。我在家看一天的家得了。」沈大娘口裡正吃著飯，就只對他搖了一搖頭，沈三玄道：「那尚太太就只說了要大姑娘去，要不然，你也可以跟了去；可是話又說回來了，以後彼此走熟了，來往自然可以隨便。」他說話，手裡捧著筷子碗，下巴直伸到碗中心，向對面坐的鳳喜望著。鳳喜卻不理會，只是吃她的飯。沈三玄將筷子一下一下的扒著飯，卻微微一笑，沈大娘看了一看，也沒有理會他。沈三玄只得笑道：「我這人還是這樣的脾氣，人家有什麼事沒有辦了，我只同人家著急。大姑娘到底去不去？應該決定一下。過一會子，人家的汽車也來了，可是依著我說，哪怕去一會兒，就回來哩，那都不要緊；可是敷衍面子，總得去一趟，原車子回來，要不了多少時候，至多一點鐘罷了！」說到這裡，鳳喜已是先吃完了飯，就放下了碗，先進去了。沈三玄輕輕的道：「大嫂你可別讓她不去。」沈大娘道：「你真貧。」說著，將筷子一按，拍的一聲響，左手將碗放在桌上，又向中間一推，她雖沒有說什麼，好像一肚子不高興，都在這一按一推上，完全表示出來。沈三玄一人自笑起來道：「我是好意，不願我說，我就不說。」他只說了這句話，也就只管低頭吃飯。往常一放下飯碗，他就要出門去的，今天他吃過飯之後，卻只是銜了一根菸捲，不停的在院子裡閒步。到了兩點鐘，門口一陣汽車響，他心裡就是一跳。出去開門一看，正是尚宅派來的汽車。車子上先跳下兩位掛盒子炮的武裝兵士來，沈三玄笑著點了點頭道：「二位不是黃副官派來接沈姑娘的嗎?她就是我侄女,黃副官和我是至好的朋友。」於是把那兩位兵士,請到自己屋子裡待著,悄悄的走到北屋子裡去,對沈大娘道:「怎麼辦?汽車來了。」沈大娘道:「你侄女兒她鬧蹩扭,她不肯去哩。」沈三玄一聽這話慌了,連道:「不成,那可不成。」沈大娘笑道:「她不願去,我也沒法子。不成又怎麼樣呢?」沈三玄皺了雙眉,脖子一軟,腦袋歪著偏到肩上,向著沈大娘道:「你何必和我為難,你叫她去吧。兩個大兵,在我屋子裡待著,他們身上,都帶著傢伙,我真有些怕。」說話時,活現出那可憐的樣子,給沈大娘連連作了幾個揖。沈大娘笑道:「我瞧你今天為了這事,真出了一身汗。」沈三玄還要說時,只見鳳喜換了衣履出來,正是要出門的樣子,因問道:「要不要讓那兩個大兵喝一碗水呢?」鳳喜道:「你先是怕我不去,我要去了,你又要和人家客氣。」沈三玄笑著向外面一跑,口裡連道:「開車開車,這就走了。」他走忙了,後腳忘了跨門檻,撲咚一聲,摔了個蛙翻白出闊。他也顧不了許多,爬了起來,就向自己屋子裡跑,對著那兩個兵,連連作揖道:「勞駕久等,我侄女姑娘出來了。」兩個護兵,一路走出去,見鳳喜長衫革履,料著就是要接的那人了。便齊齊的走上前,和鳳喜行了個舉手軍禮。鳳喜向來見了大兵就有三分害怕,不料今天見了大兵,倒大模大樣的,受他倆的敬禮,心下不由得就是一陣歡喜。兩個大兵在前引路,只一出大門,早有一個兵搶上前一步,給她開了汽車門。鳳喜坐上汽車,汽車兩邊,一邊站著一個兵,於是風馳電掣,開向尚宅來。

鳳喜坐在車上,不由得前後左右,看了個不歇。見路上的行人,對於這車子,都非常注意。心想他們的意思,見我坐了帶著護兵的汽車,那還不會猜我是闊人家裡的眷屬嗎?車子到了尚家,兩個護兵，一個搶進門去報信，一個就來開車門。鳳喜下了車子，便見有兩個穿得齊整一點的老媽子，笑嘻嘻的同叫了一聲沈小姐，接上蹲著身子請了一個安。一個道：「你請吧。我們太太等著哩！」鳳喜也不知道如何答覆是好，只是用鼻子哼著應了一聲，老媽子帶她順著走廊，走過兩道金碧輝煌的院落，到了第三進，只見高臺階上一個渾身羅綺的少婦，扶著一個十二三歲的女孩，楊柳臨風的一般，站在那裡，卻是笑嘻嘻的，先微微的點了一點頭。那不是別人，正是從前唱大鼓書現在作師長太太的雅琴。記得當年，她身體很強健的，能騎著腳踏車，在城南公園跑；如今倒變得這樣嬌嫩相，站著都得扶住人。她這裡打量雅琴，雅琴也在那裡打量她；雅琴總以為鳳喜還是從前那種小家子，今天來至多是罩上一件紅綠褂子而已。現在一看她是個極文明的樣子，雖然不甚華麗，然而和從前，簡直是兩個人了。她不等鳳喜上前，立刻離開扶著的那女孩，迎上前來，握著鳳喜的手道：「大妹子！你好嗎？想不到我們今天在這裡見面啊！你現在很好嗎？」說著這話，她執著鳳喜的手。依然還是向她渾身上下打量，笑道：「我真想不到呀，怪不得黃副官說你好了。」鳳喜只笑著，不知道她命意所在，也就不好怎樣答覆她的話。她牽著鳳喜的手，一路走進屋子裡去。鳳喜進門來，見這間堂屋，就像一所大殿一樣，裡面陳設的那些木器，就像圖畫上所看到的差不多。四處陳設的古玩字畫，也說不上名目；只看正中大理石紫檀木炕邊，一面放著一架鐘，就有一個人高；其次容易令人感覺的，就是腳下踏著的地毯，也不知道有多厚，彷彿人在床上行路一般，只覺軟綿綿的。這時有個老媽子在右邊門下，高捲著門簾，讓了雅琴帶鳳喜進去。穿過一間房子，這才是雅琴的臥室，迎面一張大銅床，垂著珍珠羅的帳子；床上的被縟，就像綢緞莊的玻璃樣子櫃一般，不用得再看其他的陳設，就覺得眼花撩亂了。雅琴道：「大妹子！我不把你當外人，所以讓你到我屋子裡來坐。我們不容易見面，你可別走，在我這裡吃了晚飯去，回頭談談，開話匣子給你聽也好，開無線電收音機給你聽也好。我們這無線電和平常的不同，能聽到外國的戲院子唱戲。你瞧這可透新鮮。」說著又向床後一指道：「你瞧那不是一扇小門嗎？那裡是洗澡的屋子。」說著拉了鳳喜的手，推門讓她向裡看；裡面白玉也似的，上下全是白瓷磚砌成的。鳳喜不好意思細看，只伸頭望了一望，就退回來了。雅琴笑道：「吃完了飯，你在我這裡洗了澡再走。」一直讓雅琴把殷勤招待的意思都說完了，才讓著她在一張紫皮沙發上坐了。對過小茶桌上，正放了一架小小的電扇，一個老媽子張羅過茶水，正要去開電扇，雅琴道：「別忙，拿一瓶香水來。」老媽子取了一瓶香水來，雅琴接過手，開啟塞子，向滿屋子一灑，然後再讓老媽子開電扇，風葉一動，於是滿室皆香。鳳喜在未來之先，心裡也就想著，雅琴雖是個師長的姨太太，自己這一會兒，也算不錯，就是和她談談，也不見得相差若干；現在這一比較之下，這才覺得自己所見的不廣。雅琴說起話來，我們師長長，我們師長短，這也就不好說什麼，只是聽一句是一句而已。她們在這裡說話，那位尚師長早已偷著在隔壁屋子裡，一架綠紗屏風後，看了一個飽。覺得自己的如夫人，和鳳喜一比，就是泥土見了金。人家並不用得要脂粉珠玉那些東西陪襯，自然有一種天生的媚態；可惜這話已和劉將軍說過，不然這個美人，是不能不據為己有的了。

原來這劉將軍，是劉大帥的胞兄弟，現在以後備軍司令的資格，兼任了駐京辦公處長，就是劉大帥的靈魂。當鳳喜來的時候，這劉將軍也就到尚師長家裡來小坐，因為無聊得很，要想找兩個人，就在尚家打個小牌消遣消遣。閒談了一會，尚師長笑道：「我聽說大帥要在北京找一個如夫人，我就託人去訪。今天倒找來了一位，是我們姨太太的姊妹，不知道究竟如何，讓我先偷著去看看。」劉將軍笑道：「我們老二的事，我是知道。這人究竟他看得上眼，看不上眼，讓我先考一考分數，那才不錯。若是我說行，至少有個大八成兒他樂意；要不然，你胡往那裡送，鬧不出一個好處來，先倒碰釘子，那又何必。」尚師長一聽他這話有理，就約了自己入內，把鳳喜叫出來，大家見面。劉將軍聽說，很是贊成，就讓尚師長先進上房去，他在客廳裡等。不料等了大半天，還不見尚師長出來。他在尚家是很熟識的，也等得有些不耐煩，就向上房走去，口裡喊著尚師長的號道：「體仁！體仁！怎麼一進去，就不出來了？」尚師長連忙離開了碧紗屏風，走到門口來迎著他，因笑道：「錯是真不錯，似乎年歲太小一點。」劉將軍道：「越小越好哇！你怎麼倒有嫌她過小的意思呢？請出來見見吧。」尚師長連連搖著手道：「別嚷！別嚷！究竟能不能夠請出來見一見，我還不敢硬作這個主，得問問我們內閣總理呢。」於是把劉將軍讓到內客廳，然後吩咐聽差，去請姨太太出來。雅琴一進門，尚師長先笑道：「人我瞧見了。你說從前她也唱過大鼓書，我是不相信。你瞧瞧她那斯斯文文的樣子，真像一個……」雅琴哪裡等他說完，連忙微瞪著眼道：「你以為這是好話呢！誰不願意一生下地，就是大小姐？投胎投錯了可也沒法子。唱大鼓書的人，也是人生父母養的。在臺上唱大鼓書，一下了臺，一樣的是穿衣吃飯；難道說唱大鼓書，臉子上還會長著一行字是下作人，到哪兒也掛上這塊牌子嗎？你說她斯斯文文的，不像唱大鼓的，我不知道其餘唱過大鼓的，有怎樣一個壞相。」尚師長坐在沙發上，兩腳一抬，手一拍，身子向後一仰，哈哈大笑道：「這可了不得。一句話，把我們夫人的怒氣引上來了。我說她沒有唱大鼓書的樣子，並不是說你有那個樣子呀；在你面前，說你姊妹們好，你也是有體面的事，幹嘛這樣生氣？」說畢，又哈哈大笑。雅琴道：「別樂了！有什麼事快對我說吧。人家屋子裡還有客呢！」尚師長笑道：「就是為了她，才請你來呢。你去請她出來，我們大家談一談行不行？」雅琴便低聲音道：「別胡鬧吧！人家有了主兒了，雖然是沒嫁過去，她現在就過的是男家的日子，總算是一位沒過門的少奶奶，要把她當著……」尚師長道：「是你的姊妹們，也算是我的小姨子。讓她瞧瞧這不成器的老姊夫，我把她當著親戚，還不成嗎？」他說了這話，放大著聲音，打了一個哈哈，就逕自走進房去。劉將軍急於要看人，也緊緊跟著。但是當他二人進房時，屋子裡何曾有人。劉將軍先急了，連嚷：「客呢？客呢？」要知鳳喜是否逃出了他們這個錦繡牢籠，下回分解。

竹戰只攻心全局善敗　錢魔能作祟徹夜無眠

卻說尚體仁師長和劉將軍撲進屋來，卻不見了鳳喜，劉將軍大叫起來道：「體仁！你真是豈有此理，有美人兒就有美人兒，沒有美人兒，幹嘛冤我？」尚師長笑著，也不作聲，卻只管向浴室門裡努嘴。雅琴已是跑進來，笑道：「我妹子年輕，有點害臊，你們可別胡搗亂。」說著，走進浴室，只見鳳喜背著身子，朝著鏡子站住，雅琴上前一把將她拉住，笑著：「為什麼要藏起來？都是朋友親戚，要見，就大家見見，他們還能把你吃下去不成。」說著將鳳喜拚命的拉了出來。鳳喜低了頭，身子靠了壁，走一步，挨一步，捱到銅床邊，無論如何，不肯向前走了。當雅琴在浴室裡說話之時，劉尚二人的眼光，早是兩道電光似的，射進浴室門去。及至鳳喜走了出來，劉將軍早是渾身的汗毛管向上一翻，酥麻了一陣；不料平空走出這樣美麗的一個女子來，滿臉的笑容朝著雅琴道：「這是尚太太不對。有上客在這裡，也不好好的先給我們一個信，讓我們糊裡糊塗嚷著進來，真對不住。」說著，走上前一步，就向鳳喜鞠了半個躬笑道：「這位小姐貴姓？我們來得魯莽一點，你不要見怪。」鳳喜見人家這樣客客氣氣，就不好意思不再理會；只得擺脫了雅琴的手，站定了，和劉將軍鞠躬回禮。雅琴便站在三人中間，一一介紹了，然後大家一路出了房門，到內客廳裡來坐。

鳳喜挨著雅琴一處坐下，低了頭，看著那地毯織的大花紋，上牙微微的咬了一點下嘴唇，在眼裡雖然討厭劉將軍那樣年老，更討厭他斜著一雙麻黃眼睛只管看人。可是常聽到人說，將軍這官，位分不小，就是在大鼓詞上也常常唱到將軍這個名詞的。現在的將軍，雖然和古來的不見得一樣，然而一定是一個大官。所以坐在一邊，也不免偷看他兩眼，心裡想著：大官的名字，聽了固然是好聽，可是一看起來，也不過是一個極平凡的人，這又是叫聞名不如見面了。當她這樣想時，雅琴在一邊就東一句西一句，只管牽引著鳳喜說話。大家共坐了半點鐘，也就比初見面的時候熟識的多了。劉將軍道：「我們在此枯坐，有什麼意思？現成的四隻腳，我們來場小牌，好不好？」尚師長和雅琴都同聲答應了，鳳喜只當沒有知道，並不理會。雅琴道：「大妹子！我們來打四圈玩兒，好不好？」鳳喜掉轉身，向雅琴搖了一搖頭，輕輕的道：「我不會！」雅琴還不曾答話，劉將軍就笑著道：「不能夠，現在的大姐們，沒有不會打牌的。來來來，打四圈。若是沈小姐不來的話，那就嫌我們是粗人，攀交不上。」鳳喜只得笑道：「你說這話，我可不敢當。」劉將軍道：「既不是嫌我們粗魯，為什麼不來呢？」鳳喜道：「不是不來，因為我不會這個。」劉將軍道：「你不會也不要緊，我叫兩個人在你後面看著，作你的參謀就是了，輸贏都不要緊，你有個姐姐在這裡保著你的鏢呢。再說我們也不過是圖個消遣，誰又在乎幾個錢。來吧！來吧！」在他說時，尚師長已是吩咐僕役們安排場面，就是在這內客廳中間擺起桌椅，桌上鋪了桌毯，以至於放下麻雀牌，分配著籌碼。鳳喜坐在一邊，冷眼看看，總是不作聲；等場面一齊安排好了，雅琴笑著一伸手挽住鳳喜一隻手臂道：「來吧來吧！人家都等著你，你一個人好意思不來嗎？」鳳喜心想，若是不來，覺得有點不給人家面子，只得低了頭，兩手扶了桌子沿，站著不動，卻也不說什麼。雅琴笑道：「來吧！我們兩個人開來往銀行。我這裡先給你墊上一筆本錢，輸了算我的。」說時，她就在身上掏出一搭鈔票，向鳳喜衣袋裡一塞，笑道：「那就算你的了。」鳳喜覺得那一搭票子，厚得軟綿綿的，大概不會少。只是礙了面子，不好掏出來看一看。然而有了這些錢，就是輸，也可以抵擋一陣，不至於不能下場的了。因之才抬頭一笑道：「我的母親說了讓我坐一會子就回去的，我可不能耽誤久了。」雅琴道：「喲！這麼大姑娘，還離不開媽媽。在我這裡，還不是像在你家裡一樣嗎？多玩一會子，要什麼緊！我們老不見面，見了幹嘛就走。你不許再說那話，再說那話，我就和你惱了。」劉尚二人，一看她並沒有推辭的意思，似乎是允許打牌的了，早是坐下來，將手伸到桌上，亂洗著牌。劉將軍笑道：「沈小姐！來來來，我們等著呢。」雅琴用手將她一按，按著她在椅子上坐下，自己也就坐到鳳喜的下手來。鳳喜因大家都坐定了，自己不能呆坐在這裡，兩隻手不知不覺的伸上桌去，也將牌和弄起來。她的上手，正是劉將軍。她一上場，便是極力的照應，所打的牌，都是中心張子，鳳喜吃牌的機會，卻是隨時都有；一上場兩圈中就和了四牌，從此以後，手氣是隻見其旺。上手的劉將軍恰成了個反比例，一牌也沒有和。有一牌，鳳喜手上，起了八張筒子，只有五張散牌，心想：贏了錢不少，犧牲一點也不要緊。因是放開膽子來，只把萬子索子打去，抓了筒子，一律留著。自己起手就拆了一對五萬打去，接上又打了一對八索，心想在上手的人，或者會留心。可是劉將軍也不打萬子，也不打索子，張張打的都是筒子，鳳喜吃七八九筒下來，碰了一對九筒，手上是一筒作頭，三四五六筒，外帶一張孤白板；等著吃二五四七筒定和，劉將軍本就專打筒子的，他打了一張七筒；鳳喜喜不自勝，叫一聲吃，正待打出白板去，同時雅琴叫了一聲碰，卻拿了兩張七筒碰去了。鳳喜吃不著不要緊，這樣一來，自己一手是筒子，不啻已告訴人，這樣清清順順的清一色，卻和不到，真是可惜得很。劉將軍偷眼一看她，見她臉上，微微泛出一層紅暈，不由得微微一笑，到了他起牌的時候，起了一張一萬，他毫不考慮的，把手上四五六三張筒子，拆了一張四筒打出去。鳳喜又怕人碰了，等了一等，輕悄悄的，放出五六筒吃了。雅琴向劉將軍道：「瞧見沒有？人家是三副筒子下了地，誰要打筒子，誰就該吃包子了。」劉將軍微笑道：「她是假的，決計和不了筒子。」雅琴道：「和筒子不和筒子，那都不管他，你知道她要吃四七筒，怎麼偏偏還打一張四筒她吃？」劉將軍呵了一聲，用手在頭上一摸道：「這是我失了神。」說話之間，又該劉將軍打牌了，他笑道：「我不信，真有清一色嗎？我可捨不得我這一手好牌拆散來，我包了。」說著抽出張五筒來，向面前一扳，然後兩個指頭按著，由桌面上，向鳳喜面前一推，笑道：「要不要？」鳳喜見他打那張四筒，就有點成心。如今更打出五筒來，明是放自己和的，心裡一動，臉上兩個小酒窩兒，就動了一動，微笑道：「可真和了。」於是將牌向外一攤，劉將軍嚷起來道：「沒有話說，吃包子，吃包子。」於是將自己的牌，向牌堆裡一推，接上就掏鈔票，點了一點數目，和零碎籌碼，一齊送到鳳喜面前來。鳳喜笑道：「忙什麼呀！」劉將軍道：「越是吃包子，越是要給錢給的痛快；要不然，人家會疑心我是撒賴的。」如此一說，大家都笑了。鳳喜也就在這一笑中間，把錢收了去。尚師長在桌子下面，用腳踢了一踢雅琴的腿，又踢了一踢劉將軍的腿，於是三個人相視而笑。四圈牌都打完了，鳳喜已經贏三四百元，自己也不知道牌有多大，也不知道一根籌碼，應該值多少錢，反正是人家拿來就收，給錢出去，問了再給。雖然覺得有點坐在悶葫蘆裡，但是一問起來，又怕現出了小家子氣象，只好估量著罷了。她心裡不由連喊了幾聲慚愧，今天幸而是劉將軍牌打得松，放了自己和了一副大牌，設若今天不是這樣，只管輸下去，自己哪裡來的這些錢付牌帳。今天這樣輕輕悄悄的上場，總算冒著很大的危險，回頭看看他們輸錢的，卻是依然笑嘻嘻的打牌。原來富貴人家，對於銀錢是這樣不在乎，平常人家把十塊八塊錢，看得磨盤那樣重大，今天一比，又算長了見識了。在這四圈牌打完之後，鳳喜本想不來了，然而自己贏了這多錢，這話卻不好說出口；可是他們坐著動也不動，並不徵求鳳喜的同意，接著向下打。又打完四圈，鳳喜卻再贏了百多元，心裡卻怕他們不捨。然而劉將軍站起來，打一個呵欠，伸了一個懶腰，這是疲倦的表示了。大家一起身，早就有老媽子打了香噴噴的手巾把遞了過來。手巾放下，又另有個女僕，恭恭敬敬的送了一杯茶到手上。鳳喜喝了一口，待要將茶杯放下，那女僕早笑著接了過去。剛咳嗽了一聲，待要吐痰，又有一個聽差，搶著彎了腰，將痰盂送到腳下。心想富貴人家，實在太享福，就是在這裡作客，偶然由他照應一二，真也就感到太舒服了。因對雅琴道：「你們太客氣了，要是這樣，以後我就不好來。」雅琴道：「不敢客氣呀！今天留你吃飯，就是家裡的廚師，湊付著做的，可沒有到館子裡去叫菜，你可別見怪。」鳳喜笑道：「你說不客氣不客氣，到底還是客氣起來了。」她說著，心裡也就暗想：大概是他們家隨便吃的菜飯。

這時，雅琴又一讓，把她讓到內客廳裡，一間小雅室裡，只見一張小圓桌上，擺滿了碗碟，兩個穿了白衣服的聽差，在屋子一邊，斜斜的站定，等著恭敬侍候。尚師長說鳳喜是初次來的客，一定要她坐了上位，劉將軍並不謙遜，就在鳳喜下手坐著，尚師長向劉將軍笑了一笑，就在下面坐了。剛一坐定，穿白衣服的聽差，便端上大碗紅燒魚翅，放在桌子中間。鳳喜心裡又自罵了一聲慚愧，原來他們家的便飯，都是如此好的。那劉將軍端著杯子，喝了一口酒，滿桌的葷菜，他都不吃，就只把手上的牙筷，去撥動那一碟生拌紅皮蘿蔔與黃瓜。雅琴笑道：「劉將軍今天要把我們的菜，一樣嘗一下才好，我們今天換了廚師了。」劉將軍道：「這廚師真是難僱，南方的，北方的，我真也換得不少了，到於今也沒有一個合適的。」尚師長笑道：「你找廚師，真是一個名，家裡既然沒有太太，自己又不大住家裡，幹嘛要找廚師？」劉將軍道：「我不能一餐也不在家吃呀。若是不用廚師，有不出門的時候，怎麼辦呢？唉！自從我們太太去世以後，無論什麼都不順手。至少說吧，我花費的，和著沒有人管家的那擋子損失，恐怕有七八萬了。」尚師長道：「據我想恐怕還不止呢。自從你沒有了太太，北京，天津，上海，你到哪兒不逛；這個花的錢的數目，你算得出來嗎？」劉將軍聽說，哈哈的笑了。鳳喜坐在上面，聽著他們說話，都是繁華一方面的事情，可沒有法子搭進話去，只是默然的聽著。吃了一餐飯，劉將軍也就背了一餐飯的歷史。飯後，雅琴將鳳喜引到浴室裡去，她自出去了。鳳喜掩上門連忙將身上揣的鈔票拿出，點了一點，贏的已有四百多元；雅琴借墊的那一筆賭本，卻是二百五十元。那疊鈔票是另行捲著的，卻未曾和贏的錢混到一處；因此將那捲鈔票，依然另行放著。洗完了一個澡出來，就把那鈔票遞還雅琴道：「多謝你借本錢給我，我該還了。」雅琴伸著巴掌，將鳳喜拿了鈔票的手，向外一推，一搖頭道：「小事，這還用得掛在口上啦。」鳳喜以為她至多是謙遜兩句，也就收回去了，不料這樣一來，她反認為是小氣，不由得自己倒先紅了臉，因笑道：「無論多少，沒有個人借錢不還的。」雅琴道：「你就留著吧，等下次我們打小牌的時候再算得了。」鳳喜一見二百多元，心想很能置點東西，她既不肯要，落得收下。便笑道：「那樣也好。」於是又揣到袋裡去。看一看手錶，因笑道：「姐姐不是說用汽車送我回去嗎？勞你駕，我要走了，快九點鐘了。」雅琴道：「忙什麼呢！有汽車送你，就是晚一點也不要緊啊。」鳳喜道：「我是怕我媽惦記，不然多坐一會兒，也不算什麼。再說，我來熟了，以後常見面，又何在乎今天一天哩。」雅琴道：「這樣說，我就不強留。」於是吩咐聽差，叫開車送客。這時，劉將軍也跑了進來，笑道：「怎麼樣，沈小姐就要走麼？我還想請尚太太陪沈小姐聽戲呢。」鳳喜輕輕的說了一聲不敢當，雅琴代答道：「我妹子還有事，今天不能不回去。劉將軍要請，改一個日子，我一定奉陪的。」劉將軍道：「好好！就是就是，讓我的車子，送沈小姐回去吧。」雅琴笑道：「我知道劉將軍要不作一點人情，心裡是過不去的。那麼，大妹子！你就坐劉將軍的汽車去吧。」鳳喜只道了一聲隨便吧，也不能說一定要坐哪個的車子，一定不坐哪個的車子。於是尚氏夫婦和劉將軍，一同將鳳喜送到大門外來，一直在電燈光下，看她上了車，然後才進去。

鳳喜到家只一拍門，沈大娘和沈三玄都迎將出來。沈三玄見她是笑嘻嘻的樣子，也不由得跟著笑將起來。鳳喜一直走回房裡，便道：「媽！你快來快來。」沈大娘一進房，只見鳳喜衣裳還不曾換，將身子背了窗戶，在身上不斷的掏著，掏了許多鈔票放在床上；看那票子上的字，都是十元五元的，不由得失聲道：「哎呀！你是在哪裡……？」說到一個裡字，自己連忙抬起自己的右手將嘴掩上，然後伸著頭望了鈔票，又望了一望鳳喜的臉，低低的微笑道：「果然的，你在哪裡弄來這些錢？」鳳喜把今天經過的事，低著聲音詳詳細細的說了，因笑道：「我一天賺這麼些個錢，這一輩子也就只這一次。可是我看他們輸錢的，倒真不在乎。那個劉將軍，還說請我去聽戲呢。」說到這句話，聲音可就大了。沈大娘道：「這可別亂答應；一個大姑娘家跟著一個爺們去聽戲，讓姓樊的知道了，可是不便。」一句未了，只聽到沈三玄在窗子外搭訕道：「大嫂你怎麼啦！這位劉將軍，就是劉大帥的兄弟，這權柄就大著啦。」沈大娘和鳳喜同時嚇了一跳。沈大娘望屋子外頭一跑，向門口一攔，鳳喜就把床上的鈔票向被褥底下亂塞。沈三玄走到外面屋子裡，對沈大娘道：「大嫂！剛才我在院子裡聽到說，劉將軍要請大姑娘聽戲，這是難得的事。人家給的這個面子可就大了，為什麼不能去？他既然是和尚太太算朋友，我們高攀一點，也算是朋友。」沈大娘連忙攔住道：「這又礙著你什麼事，要你霹靂拍啦說上一陣子。」沈三玄有一句話待說，吸了一口氣，就笑著忍回去了。他嘴裡雖不說，走回房去，心裡自是暗喜。沈大娘裝著要睡，早早的關了北屋子門，這才到鳳喜屋子裡來將鈔票細細的點了五次，共是七百二十元。沈大娘一屁股坐在床上，拉著鳳喜的手，微笑著低聲道：「孩子！我們今年這運氣可不算壞啊！湊上樊大爺留下的錢，這就是上千數了。要照著放印子錢那樣的盤法，過個週年半載，我們就可以過個半輩子了。」鳳喜聽了，也是不住的微笑。到了睡覺的時候，在枕頭上還不住的盤算那一注子鈔票，應該怎樣花去；若是放在家裡，錢太多了，怕出什麼亂子；要存到銀行裡去，向來又沒有經歷過，不知道是怎麼一個手續。要是照母親的話，放印子錢，好是好，自己家裡，也借過印子錢用的，借人家三十塊錢，作為銅子一百吊，每三天還本利十吊，兩個月還清，整整是個對倍，母親還一回錢，背地裡就咒人家一次，總說他吃一個死一個；自己散起印子錢來，人家又不是一樣的咒罵嗎？想了大半晚上，也不曾想一個辦法。有了這多鈔票，一點好處沒有得到，倒弄得大半晚沒有睡好。次日清晨，一覺醒來，連忙就拿了鑰匙去開小箱子，一見鈔票還是整卷的塞在箱子犄角上，這才放了心。沈大娘一腳踏進房來，張著大嘴，輕輕的問道：「你幹什麼？」鳳喜笑道：「我作了一個惡夢。」說了將手向沈三玄的屋子一指道：「夢到那個人，把錢搶去了。我和他奪來著，奪了一身的汗。你摸摸我的脊梁。」沈大娘笑道：「我也是鬧了一晚上的夢。別提了，鬧得酒鬼知道了，可真是個麻煩。」她母女二人，這樣的提防沈三玄，但是沈三玄一早起來，就出門去了。到晚半天他才回家。一見到鳳喜，就拱了拱手道：「恭喜你發了一個小財呀。我勸你去，這事沒有錯吧！」鳳喜道：「我發了什麼財？有錢打天上掉下來嗎？」沈三玄笑道：「雖然不能打天上掉下來，反正也來得很便宜。昨晚在尚家打牌，你贏了好幾百塊錢，那不算發個小財嗎？反正我又不想分你一文半文，瞞著我作什麼？我剛才到尚公館去，遇到那黃副官，他全對我說了，還會假嗎？他說了呢，尚太太今天晚上在第一舞台包了個大廂，要請你去聽戲，讓我回來先說一聲，大概等一會就要派汽車來接你了。」鳳喜因道：「我贏是贏了一點款子，可是借了雅琴姐兩三百塊，還沒有還她呢。」沈三玄連連將手搖著道：「這個我管不著，我是問你聽戲不聽戲？」鳳喜猶豫著，一時卻沒有答應出來。因見沈大娘在自己屋子裡，便退到屋子裡問她道：「媽！你說我去還是不去呢？要是去的話，一定還有尚師長劉將軍在內，老和爺們在一處，可有些不便；況且是晚晌，得夜深才能回來。要是不去，雅琴待我真不錯；況且今天又是為我包的廂，我硬要掃了人家面子，可是怪不好意思的。」她說著這話，眉毛皺了多深。沈大娘道：「這也不要什麼緊，愁得兩道眉毛拴疙瘩作什麼？你就坐了他們的車子到戲館子去走一趟，看一兩出戲，早早的回家來就是了。」沈三玄在外面屋子裡聽到這話，一拍手跳了起來道：「這不結了，有尚太太陪在一塊兒，原車子來，原車子去，要什麼緊。掇飾掇飾換了衣服等著吧。汽車一來，這就好走。」鳳喜雖覺得他這話有點偏於奉承，但是真去坐著包廂聽戲，可不能不修飾一番。因此撲了一撲粉，又換了一件自己認為最得意的英綠紡綢旗衫。因為家樹在北京的時候，說她已經夠豔麗的了。衣服寧可清淡些，而況一個作女學生的人，也不宜穿得太華麗了，所以在鳳喜許多新裝項下，這一件衣服，卻是上品。鳳喜換了衣服，恰好尚師長派來接客的汽車，也就剛剛開到。押汽車的護兵已經熟了，敲了門進來，就在院子裡叫道：「沈太太！我們太太派車子來接小姐了。」沈大娘從來不曾經人叫過太太，在屋子裡聽到這聲太太，立刻笑了起來道：「好好！請你們等一等吧。」兩個護兵答應了一聲是，沈大娘於是笑著對鳳喜道：「人家真太客氣了，你就走吧。」鳳喜笑著出了門，沈大娘本想送出去的，繼而一想，那護兵都叫了我是太太，自己可不要太看不起自己了。哪有一個太太，黑夜到大門口來關門的。因此只在屋子裡叫一聲早些回來吧。鳳喜正自高興，一直上汽車去，也沒有理會她那句話。

這汽車一直開到第一舞台門口，另有兩個護兵站了等候，一見鳳喜從汽車上下來，就上前叫著小姐，在前引路。二門邊戲館子裡的守門與驗票人，共有七八個，見到鳳喜前後有四個掛盒子炮的。都退後一步，閃在兩旁，一齊鞠著躬。還有兩個人說：「小姐，你來啦？」鳳喜怕他們會看出不是真小姐來，就挺著胸脯子，並不理會他們，然後走了進去。到了包廂裡，果然是尚師長夫婦，和劉將軍在那裡。這是一個大包廂，前面一排椅子，可以坐四個人。鳳喜一進來，他們都站起來讓坐。一眼看見劉將軍坐在北頭，正中空了一把椅子，是緊挨著他的，分明這就是虛席以待的了。本當不坐，下手一把椅子卻是雅琴坐的，她早是將身子一側，把空椅子移了一移，笑道：「我們一塊兒坐著談談吧。」鳳喜雖看到身後有四張椅子，正站著一個侍女，兩個女僕，自己絕不能與她們為伍，只得含著笑坐下來。剛一落座，劉將軍便斟了一杯茶，雙手遞到她面前欄幹扶板上，還笑著叫了一聲沈小姐喝茶。接上，又把碟子裡的瓜子花生糖陳皮梅水果之類，不住的抓著向面前遞送。鳳喜只能說著不要客氣，可沒有法子禁止他。這個時候，臺上正演的是一出《三擊掌》，一個蒼髯老生呆坐著聽，一個穿了宮服的旦角，慢慢兒的唱，一點引不起觀客的興趣。因之滿戲園子裡，只聽到一種哄隆哄隆鬧蚊子的聲浪。先是多數人說話，後來聽不見唱戲，索興大家都說話。劉將軍也就向著鳳喜談話，問她在哪家學校，學校裡有些什麼功課？由學校裡，又少不了問到家裡。劉將軍聽她說只有一個叔叔，開在家裡，便問從前他幹什麼的呢？鳳喜想要說明，怕人家看不起，紅著臉，只說了一句是作生意；劉將軍也就笑了。鳳喜越覺得不好意思，就回轉頭來和雅琴說話。只見她項脖上掛了一串珠圈，在那雪青綢衫上，直垂到胸脯前，卻陪襯得很明顯，因此笑問道：「這珠子買多少錢啦？」她問時，心裡也想著，曾見人在洋貨鋪裡買的，不過是幾毛錢罷了。她的雖好，大概也不過一兩塊錢。心裡正自盤算著，可不敢問出來。不料雅琴答覆著道：「這個真倒是真的，珠子不很大，是一千二百塊錢買的。」鳳喜不覺心裡一跳，復又問一聲道：「多少錢啊？」雅琴道：「一千二百塊錢買的。貴了嗎？有人說只值八九百塊錢呢。」鳳喜將手託了珠圈，偏著頭做出鑒賞的樣子，笑道：「也值呢！前些時我看過一副不如這個的，還賣這樣的價錢呢。」只在這時，鳳喜索性看了看雅琴穿的衣服，只覺那料子又細又亮，可是不知道這個該叫什麼名字。再看那料子上，全用了白色絲線，繡著各種白鶴，各有各式的樣子，兩只袖口和衣襟的底擺，卻又繡了浪紋與水藻，都是綠白的絲線配成的，這一比自己一件鸚綠的半新紡綢旗衫，清雅都是一樣，然而自己一方，未免顯著單調與寒酸起來。估量著這種衣料，又不知道要值一百八十，自己不要瞎問給人笑話。於是就把詞鋒移到看戲上去，問唱的戲是什麼意思？戲詞是怎樣？雅琴望著劉將軍，將嘴一努，笑道：「哪！你問他，他是個老戲迷，大概十出戲，他就能懂九出。」鳳喜自從昨日劉將軍放一牌清一色他和了，就覺得和這人說話有點不便。但是人家總是一味的客氣，怎能置之不理？他滔滔不絕的說著，鳳喜也只好帶一點笑容，半晌答應一句很簡單的話。大家正將戲看得有趣，那尚師長忽然將眉毛連皺了幾皺，因道：「這戲館子裡空氣真壞，我頭暈得天旋地轉了。」雅琴聽說，連忙掉轉身來，執著尚師長的手，輕輕的道：「今天的戲也不大好，要不，我們先回去吧。」尚師長道：「可有點對不……」劉將軍一疊連聲的說不要緊，不要緊，回頭沈小姐要回家，我可以用車送她回去的。鳳喜聽說，心裡很不願意；但是自己既不能挽留有病的人不回家，就是自己要說回去，也有點和人存心鬧彆扭似的，只是站了起來，躊躇著說不出所以然來。在她這躊躇期間，雅琴已是走出了包廂，連叫了兩聲對不住，說改天再請，於是她和尚師長就走了。這裡鳳喜只和劉將軍兩人看戲，椅後的女僕，早是跟著雅琴一同回去。這時鳳喜雖然兩隻眼注射在臺上，然而臺上的戲，演的是些什麼情節？卻是一點也分不出來。本來坐著的包廂，臨頭就有一架風扇，吹得非常涼快的；偏是身上由心裡直熱出來，熱透脊樑，彷彿有汗跟著向外冒。肚子裡有一句要告辭回家的話，幾次要和劉將軍說，總覺突然怕人家見怪。本來劉將軍就處處體貼，和人家同坐一個包廂，多看一會兒戲，也很不算什麼，難道這一點面子都不能給人？因此坐在這裡，儘管是心不安，那一句話始終不能說出來，還是坐著。劉將軍給她斟了一杯茶，她笑著欠了一欠身子，劉將軍趁著這機會望了她的臉道：「沈小姐！今天的戲不大很好，這個禮拜六，這裡有好戲，我請沈小姐再來聽一回，肯賞光嗎？」鳳喜聽說，頓了一頓，微笑道：「多謝！怕是沒有工夫。」劉將軍笑道：「現在是放暑假的時候，不會沒有工夫。乾脆，不肯賞光就是了；既不肯賞光，那也不敢勉強。剛才沈小姐看著尚太太一串珠鏈，好像很喜歡似的，我家裡倒收著有一串，也許比尚太太的還好，我想送給沈小姐，不知道沈小姐肯不肯賞收？」鳳喜兩個小酒窩兒一動，笑道：「那怎樣敢當！那怎樣敢當！」劉將軍道：「只要肯收，我一定送來。府上在大喜衚衕門牌多少號？」鳳喜道：「門牌五號。可是將軍送東西去，萬不敢當的。」說著又笑了。從這時起，兩人索性談起話來，把戲臺上的戲都忘了。說著話，不知不覺戲完了。劉將軍笑道：「沈小姐讓我送你回去吧。夜深了，僱車是不容易的。」鳳喜只說不客氣，卻也沒有拒絕。劉將軍和她一路出了戲院門，劉將軍的汽車是有護兵押著的，就停放在戲院門口。要上車之際，劉將軍不覺攙了鳳喜一把，跟著一同坐上車去。上車以後，劉將軍卻吩咐站在車邊的護兵，不必跟車，自走了回去。隨手又把車篷頂上嵌著的那盞乾電池電燈給擰滅了。

汽車走得很快，十分鐘的時間，鳳喜已經到了家門口。劉將軍擰著了電燈，小汽車伕便跳下車來開了車門。鳳喜下了車，劉將軍連道：「再見再見！」鳳喜也沒有作聲，自去打門，門鈴只一響，沈大娘一疊連聲答應著出來開了門，一面問道：「就是前面那汽車送你回來的嗎？我是叫你去了早點回，還是等戲完了再回來嗎？一點多鐘了，這真把我等個夠。」鳳喜低了頭，悄然無語的走回房去。沈大娘見她如此，也就連忙跟進房來。見她臉上紅紅的，額前垂髮，卻蓬鬆了一點。輕輕問道：「孩子！怎麼了？」鳳喜強笑道：「不怎麼樣呀！幹嘛問這句話？」沈大娘道：「也許受了熱吧！瞧你樣子挺不自在的。」鳳喜道：「可不是。」沈大娘覺著尚太太請聽戲，也不至於有什麼岔事，也就不問了。這裡鳳喜慢慢的換著衣履，卻在衣袋裡又掏出一卷鈔票來，點了一點，乃是十元一張的三十張。心想這錢要不要告訴母親呢？當他在汽車上，捉著我的手，把鈔票塞我手裡的時候，他倒說了這三百塊錢，拿去還尚太太的賭本吧，我不該收他的就好了，因之讓他小看了我。就說，沈小姐！你以為我不知道你的歷史嗎？你和從前的尚太太幹一樣的事情哩，他能說出這話來，所以他就毫無忌憚了。想到這裡，呆呆的坐在小鐵床上，左手捏著那一卷鈔票，右手卻伸了食指中指兩個指頭，去撫摩自己的嘴唇。想到這裡，起身掩了房門又坐下，心想他說明天還要送一串珠圈給我，若是照雅琴的話，要值一千多塊錢，一個新見面的人，送我這重的禮，那算什麼意思呢？據他再三的說，他的太太是去世了的，那麼，他對於我……想到這裡，不由得沉沉地想，一手扶了臉，正偏過頭，只見壁上掛著的家樹半身像，微笑的向著自己。也不知什麼緣故，忽然打了一個寒噤；接上就出了一身冷汗，不敢看了。於是連忙將枕頭挪開，把那一卷鈔票，塞在被褥底下。就只這一掀，卻看見那裡有家樹寄來的幾封信，將信封拿在手上，一封一封的將信紙抽出來看了一看。信上所說的，如「自別後，看見十六七歲的女郎就會想到你；」「我們的事情，慢慢的對母親說，大概可望成功。我向來不騙母親，為了你撒謊不少，我說你是個窮學生呢，母親倒很贊成這種人，以後回北京，我們就可以公開的一路走了。」「母親完全好了，我恨不得飛回北京來，因為我們的前途，將來是越走越光明的。我要趕回來過過這光明的愛情日子。」「我們的愛情，絕不是建築在金錢上，我也絕不敢把這幾個臭錢來侮辱你，但是我願幫助你能夠自立，不至於像以前去受金錢的壓迫。」這些話，在別人看了，或者覺得很平常；鳳喜看了，便覺得句句話都打入自己的心坎裡。看完信之後，不覺得又抬頭看了一看家樹的像，覺得他在鎮靜之中，還含著一種安慰人的微笑。他說絕不敢拿金錢來侮辱我，但是願幫助我自立，不受金錢的壓迫，這是事實。要不然，他何必費那些事送我進職業學校呢？在先農壇唱大鼓書的時候，他走來就給一塊錢，那天他決沒有想到和我認識的，不過是幫我罷了。不是我們找他，今天當然還是在鐘樓底下賣唱。現在用他的錢，培植自己成了一個小姐，馬上就要背著他做對不住他的事，那麼，良心上說得過去嗎？這劉將軍那一大把年紀，又是一個粗魯的樣子，哪有姓樊的那樣溫存？姓劉的雖然能花錢，我不用他的錢，也沒有關係；姓樊的錢，雖然花得不像他那樣慷慨，然而當日要沒有他的錢，就成了叫化子了。想著又看看家樹的像，心裡更覺不安。有了，我今天以後，不和雅琴來往也就是了。於是脫了衣服，滅了電燈，且自睡覺。一貼著枕頭，便想到枕頭下的那一筆款子，更又想到劉將軍許的那一串珠子；想到雅琴穿的那身衣服；想到尚師長家裡那種繁華。設若自己做了一個將軍的太太，那種舒服，恐怕還在雅琴之上。劉將軍有些行動，雖然過粗一點，那正是為了愛我，哪個男子又不是如此的呢？我若是和他開口，要個一萬八千，決計不成問題，他是照辦的。我今年十七歲，跟他十年也不算老，十年之閃，我能夠弄他多少錢，我一輩子都是財神了。想到這裡，洋樓，汽車，珠寶，如花似錦的陳設，成群結隊的用人；都一幕一幕在眼面前過去。這些東西，並不是幻影，只要對劉將軍說一聲，我願嫁你，一齊都來了。生在世上，這些適意的事情，多少人希望不到，為什麼自己隨便可以取得，倒不要呢？雖然是用了姓樊的這些錢，然而以自己待姓樊的而論，未嘗對他不住。退一步說的話，就算白用了他幾個錢，我發了財，本息一併歸算，也就對得住他了。這樣掉背一想，覺得情理兩合，於是汽車，洋房，珠寶，又一樣一樣的在眼前現了出來。鳳喜只覺富貴逼人來，也不知道如何措置才好？彷佛自己已是貴夫人，就正忙著料理這些珠寶財產，卻忘了在床上睡覺。正是這樣神魂顛倒的時候，忽有一種聲音，破空而來，將她的迷夢驚醒，好像家樹就在面前微笑似的。要知道這是一種什麼聲音，下回交代。

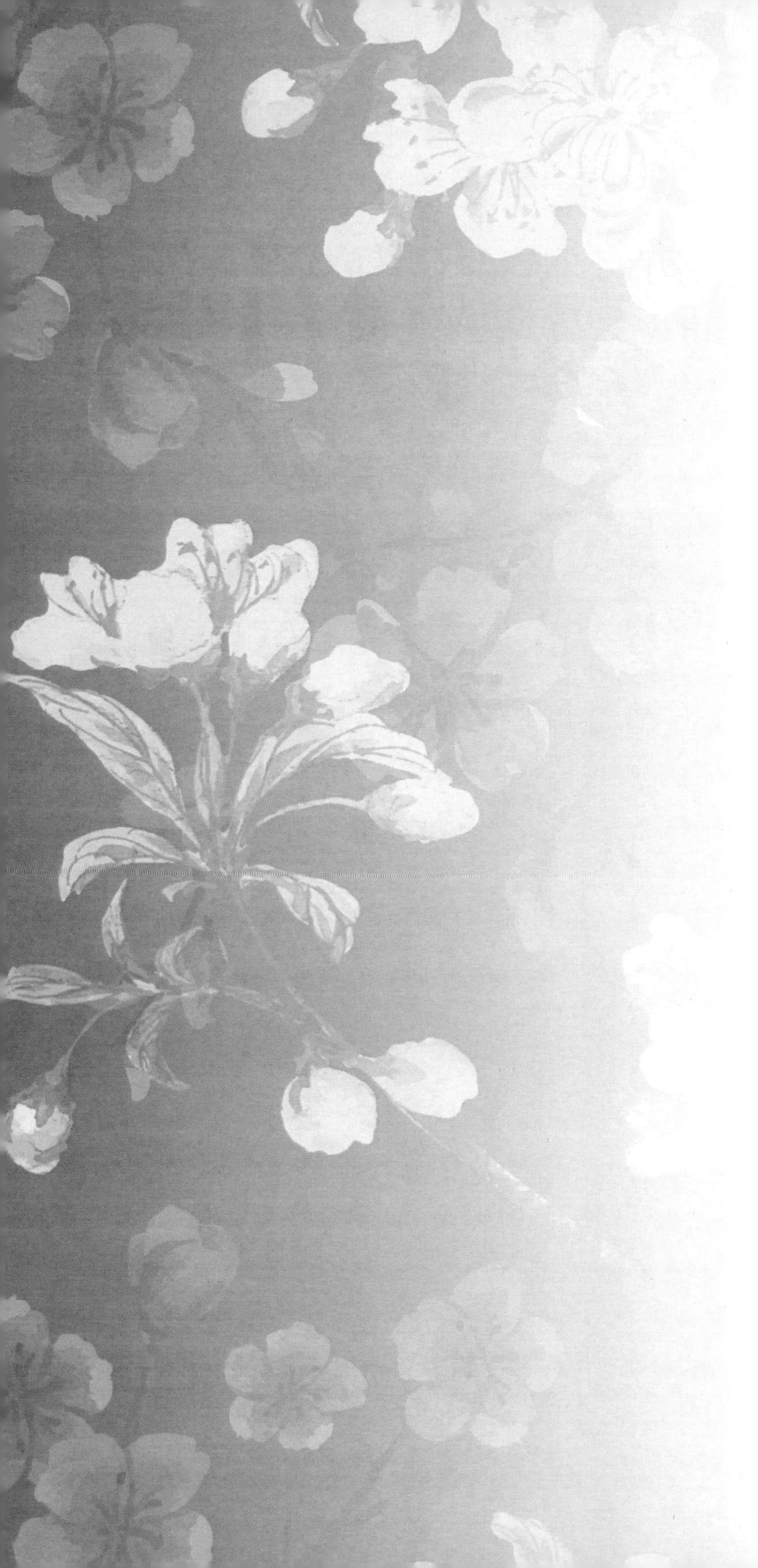

比翼羨鶯儔還珠卻惠　捨身探虎穴鳴鼓懷威

卻說鳳喜睡在床上，想了一宿的心事，忽然噹噹噹一陣聲音，由半空傳了過來，倒猛然一驚。原來離此不遠，有一幢佛寺，每到天亮的時候，都要打上一遍早鐘。鳳喜聽到這種鐘聲，這才覺得顛倒了一夜。心想：我起初認識樊大爺的時候，心裡並沒有這樣亂過；今天我這是為著什麼？這劉將軍不過是多給我幾個錢，對於情義兩個字，哪裡有樊大爺那樣體貼？樊大爺當日認得我的時候，我是什麼樣子，現時又是什麼樣子？那個時候沒有飯吃，就一家都去巴結人家，而今還吃著人家的飯，看著別人比他闊，就不要他，良心太講不過去了。這時窗紙上慢慢的現出了白色，屋子裡慢慢的光亮，睜眼一看，便見牆上所掛著家樹的像，正向人微笑。鳳喜突然自說了一句道：「這是我不對。」沈大娘正也醒了，便在那邊屋子問道：「孩子！你嚷什麼？說夢話嗎？」鳳喜因母親在問，索性不作聲，當是說了夢話，這才息了一切的思慮。她睡到正午十二點鐘後，方才醒過來。也不知道是何緣故，似乎今日的精神，不如往日那樣自然。沈大娘見她無論坐在哪裡，都是低了頭，將兩隻手去搓手絹，手絹不在手邊，就去捲著衣裳角，因問道：「你這是怎麼了？別是咋晚回來，著了涼吧！本來也就回來得太晚一點啦。」鳳喜對於此話也不承認，也不否認，總是默然的坐著。一人坐在屋子裡，正想到床頭被縟下，將家樹寄來的信，又要看上一遍。一掀被縟，就把劉將軍給的那捲鈔票看到了，便想起這錢放在被縟下，究是不穩當，就拿著點了一點數目，開啟自己裝零碎什物的小皮箱，將鈔票收進去。正關上箱子時，只聽得沈三玄由外面一路嚷到北屋子裡來，說是劉將軍派人送東西來了。鳳喜聽了這話，倒是一怔，手扶了小箱子蓋，只是呆呆的站著。過了一會子，沈大娘自己捧了一個藍色細絨的圓盒子進來，揭開蓋子雙手託著，送到鳳喜面前，笑道：「孩子！你瞧，人家又送這些東西來了。」鳳喜看了，只是微微一笑，沈大娘道：「我聽說珍珠瑪瑙，都是很值錢的東西。這大概值好幾十塊錢吧。」鳳喜道：「趕快別嚷，讓人聽見了，說我們沒有見過世面。雅琴姐一掛，還不如這個呢，都值一千二百多。這個當然不止呢。」沈大娘聽了這話，將盒子放在小茶桌上，人向後一退，坐在床上，半晌說不出話來，只望了鳳喜的臉。鳳喜微笑道：「你以為我冤你嗎？我說的是真話。」沈大娘輕輕一拍手道：「想不到，一個生人，送我們這重的禮，這可怎麼好。」這時，沈三玄道：「大嫂！人家送禮的，在那裡等著哩。他說，讓我們給他一張回片；他又說，可別賞錢，賞了錢，回去劉將軍要革掉他的差事。」鳳喜聽說，和沈大娘都笑了。於是拿了一張沈鳳喜的小名片，讓來人帶了回去。

這個時候，劉將軍又在尚師長家裡，送禮的人拿了名片，一直就到尚家回信。劉將軍正和尚師長在一間私室裡，躺著抽大煙；銅床下面橫了一張方凳子，尚師長的小丫頭小金翠兒，燒著煙兩邊遞送。劉將軍橫躺在三個疊著的鴨絨方枕上，眼睛鼻子歪到一邊，兩隻手捧著煙槍塞在嘴裡，正對著床中間煙盤裡一點豆大的燈光，努力的吞吸。屋頂上下垂的電扇，遠遠有風吹來，微微的拂動綢褲腳。他並不理會，加上那燈頭上煙泡子嘰哩呼嚕之聲，知道他吸得正出神了。就在這個時候，送禮的聽差一直到屋子裡來回話。劉將軍一見他，翻了眼睛，可說不出話來，卻抬起一隻手來，向那聽差連招了幾招，一口氣將這筒煙吸完，一頭坐了起來，抿緊了嘴不張口。小金翠兒連忙在旁邊桌上斟了一杯茶，雙手遞到劉將軍手上，他接過去，昂起頭來，骨嘟一聲喝了，然後噴出煙來，在面前繞成了一團，這才問道：「東西收下了嗎？」聽差道：「收下了。」說著，將那張小名片呈了過去。

劉將軍將手一揮，讓聽差退出去，然後笑著將名片向嘴上一貼，叫了一聲小人兒。尚師長笑著，叫了他的名字道：「德柱兄！瞧你這樣子，大概你是自己要留下來的了。我好容易給大帥找著一個相當的人兒，你又要了去。」劉將軍笑道：「我們大爺有的是美人，你給他找緩一步，要什麼緊。」尚師長也坐了起來，拍了一拍劉將軍的肩膀道：「人家是有主兒的，不是落子館裡的姑娘，出錢就買得來的。」劉將軍道：「有主兒要什麼緊？慢說沒出門，還是人家大閨女，就算出了門子，讓我們爺們愛上了，會弄不到手嗎？你猜怎麼著。」說到這裡，眼望著小金翠兒，就向尚師長耳朵裡說了幾句。尚師長道：「這是昨晚晌的事嗎？我可不敢信。」劉將軍道：「你不信嗎？我馬上試驗給你看看。」於是將床頭邊的電鈴按了一按，吩咐聽差將自己的汽車開到沈小姐家去，就說劉將軍在尚師長家裡，接沈小姐到這裡來打小牌玩兒。聽差傳話出去，兩個押車的護兵就駕了汽車，飛馳到沈家來。這時鳳喜又坐在屋子裡發愁，她一手撐了桌子託著頭，只管看著玻璃窗外的槐樹發呆。一枝橫枝上，正有兩個小麻雀兒站著，一個小麻雀兒站著沒動，一個小麻雀兒在那麻雀左右，展著小翅膀，搖動著小尾巴，跳來跳去，口裡還不住喳喳的叫著。沈大娘坐在一張矮凳上，拿了一柄蒲扇，有一下沒一下的扇著，輕輕的道：「這事透著奇怪！幹嘛他送你這些東西哩？照說我們不怕錢咬了手，可知道他安著什麼心眼兒哩？我也不知道怎麼回事。今天只是心裡跳著，也不知道是愛上了這些錢，也不知道是怕事。」

說時，用手摸了一摸胸口，鳳喜道：「我越想越怕了。樊大爺待我們那些個好處，我們能夠一掉過臉來就忘了嗎？」正說到這裡，只聽見院子裡有人叫道：「密斯沈在家嗎？」鳳喜向玻璃窗外看時，只見她的同學雙璧仁，站在槐樹蔭下。她穿著一件水紅綢敞領對襟短衣，翻領外套著一條寶藍色長領帶，光著一大截手臂，和一片白胸脯在外面，下面繫著寶藍裙子，只有一尺長，由上至下，露著整條套著白絲襪的圓腿，手上卻挽著一頂細緶草帽。鳳喜笑道：「喝！打扮的真俏皮，上哪兒打拳去？」一面說著，一面迎出院子來。雙璧仁笑道：「我知道你有一枝好洞簫，今天借給我們用一用，行不行？」鳳喜道：「可以。談一會兒再去吧，我悶的慌呢！」雙璧仁笑道：「別悶了，你們密斯脫樊快來了，我今天可不能坐，大門外還有一個人在那裡等著呢。」鳳喜笑道：「是你那人兒嗎？」雙璧仁笑著咬了下唇，點了點頭，鳳喜道：「不要緊，也可以請到裡面來坐坐呀。」雙璧仁道：「我們上北海划船去，不在你這裡打攪了。」鳳喜點了點頭，就不留她了，取了洞簫交給她，攜著她的手，送出大門，果然一個西裝少年，正在門口徘徊。見了鳳喜，笑著點了一個頭，就和雙璧仁並肩而去。雙璧仁本來只有十七八歲，這西裝少年，也不過二十邊，正是一對兒。她心裡不由得想著，郎才女貌，好一個黃金時代啊。論起樊大爺來，不見得不如這少年；只是雙女士是位小姐，我是個賣藝的，這卻差遠了。然而由此可知樊大爺更是待我不錯。望著他二人的後影，卻呆呆的站住。

一陣汽車車輪聲，驚動了鳳喜的知覺。那一輛汽車，恰好停在自己門口，鳳喜連忙縮到屋子裡去，一會便聽到沈大娘嚷進來，說是劉將軍派汽車來接，到尚師長家裡去打小牌玩兒。鳳喜皺眉道：「今天要我聽戲，明天要我打牌，我們這一份兒身分，夠得上嗎？我可不去。」沈大娘道：「呀！你這是什麼話呢？人家劉將軍和我們這樣客氣，我們好意思駁回人家嗎？」鳳喜掀著玻璃窗上的紗幕，向外看了一看，見沈三玄不在院子裡，便回轉頭來，正色向沈大娘道：「媽！我現在要問你一句話，設若你現在也是一個姑娘，要是找女婿的話，你是願意像雙小姐一樣，找個品貌相當的人，成雙成對呢，還是隻在乎錢，像雅琴姐，去嫁一個黑不溜秋的老頭呢？」沈大娘聽她這話，先是愣住了，後就說道：「你的話，我也明白了。可是什麼師長，什麼將軍，全是你自己去認得的，我又沒提過半個字。」鳳喜道：「那就是了，什麼廢話也不用說。勞你駕，你給我走一趟，把這個珠圈和他給我的款子，送還給他，我們不是陪老爺們開心的。他有錢，到別地方去抖吧。」說著，忙開了箱子，把珠圈和那三百元鈔票，一齊拿了出來，遞給沈大娘。沈大娘見鳳喜的態度，這樣堅決，便道：「你不去就不去，他還能把你搶了去嗎？幹嘛把這些東西送還他呢！」鳳喜冷笑道：「你不想想他送這些東西給我們幹嘛的嗎？你收了他的東西，要想不去，可是不成呢。我剛才不是說了嗎，你是不是光貪著錢呢？你既然不是光貪著錢，那我就請你送回去。」沈大娘將東西捧在手裡，不免要仔細籌劃一番，尤其是那三百元鈔票，事先並不知道有的，原來昨晚劉將軍送她回家，還給了這些錢，怪不得鬧著一宿都不安了。因點頭道：「我哪有不樂意發財的，不過這個錢，倒是不好收。你既然是不肯收，自然你的算盤打定了的。那麼，我也犯不著多你的什麼事，就給你送回去；可是這事別讓酒鬼知道，我看這件事，他是在裡頭安了心眼兒。」鳳喜冷笑道：「這算你明白了。」沈大娘又猶疑了一陣子，看看珠子，又看看鈔票，嘆了一口氣，就走出去對來接的人道：「我們姑娘不大舒服，我親自去見你們將軍道謝吧。」接的人，本不知道這裡面的事情，現在見有這屋裡的主人出來，不愁交不了差，便和沈大娘一路去了。鳳喜很怕沈三玄知道，又要來糾纏，因此躲在屋裡也不敢出去。不多一會兒，只聽他在院子裡叫道：「大嫂！我出去了。你來帶上門，今天我們大姑娘，又不定要帶多少鈔票回來了，明天該給我幾個錢去買煙土了吧。」說畢，唱著「孤離了龍書案」的二簧，走出門去了。鳳喜關了門，一人在院子裡徘徊著，卻聽到鄰居那邊有婦人的聲音道：「唉！我是從前錯了，圖他是個現任官，就受點委屈跟著他了，可是他倚恃著他有幾個臭錢，簡直把人當牛馬看待，我要不逃出來，性命都沒有了。」又一婦人答道：「是啊！年輕輕兒的，幹嘛不貪個花花世界，只瞧錢啊。你沒聽見說嗎？當家是個年輕郎，餐餐窩頭心也涼。大姐！你是對了。」鳳喜不料好風在隔壁吹來，卻帶來這種安慰的話，自然的心曠神怡起來。約有一個半小時，沈大娘回來了。這次，可沒有那帶盒子炮的護兵押汽車送來；沈大娘是僱了人力車子回來的。不等到屋裡，鳳喜便問他們怎樣說？沈大娘道：「我可怯官，不敢見什麼將軍。我就一直見到雅琴，說是不敢受人家這樣的重禮，況且你妹子，是有了主兒的人，也不像從前了。雅琴是個聰明人，我一說，她還有什麼不明白，她也就不往下說了。我在那兒的時候，劉將軍請她到前面客廳裡說話去的，回來之後，臉上先是有點為難似的，後來也就很平常了。我倒和她談了一些從前的事，才回來，大概以後他們不找你來了。」鳳喜聽了這話，如釋重負，倒高興起來。到了晚上，以為沈三玄知道了，一定要囉嗦一陣的，不料他只當不知道，一個字也不提。

到了第三日，有兩個警察來查戶口。沈三玄倒搶著上前說了一陣，報告是唱大鼓書的，除了自己，還有一個侄女鳳喜，也是幹這個的。鳳喜原來報戶口是學界，叔叔又報了是大鼓娘，很不歡喜，但是他已經說出去了，挽回也來不及，只得罷了。又過了一天，沈三玄整天也沒出去。到了下午三點鐘的時候，一個巡警領了三個帶盒子炮的人，衝了進來，口裡先嚷道：「沈鳳喜在家嗎？」鳳喜心想誰這樣大名小姓的，一進門就叫人。掀了玻璃窗上的白紗一看，心裡倒是一怔。這為什麼？這個時候，沈三玄迎了上前，就答道：「諸位有什麼事找她？」其中一個護兵道：「你們的生意到了。我們將軍家裡今天有堂會，讓鳳喜去一趟。」沈大娘由屋子裡迎了出去道：「老總！你錯了。鳳喜是我閨女，她從前是唱大鼓，可是現在她念書，當學生了。怎麼好出去應堂會？」一個護兵道：「你怎麼這樣不識抬舉？我們將軍看得起你，才叫你去唱堂會，你倒推諉起來。」第二個護兵就道：「有工夫和他們說這些個嗎？揍！」只說了一個揍字，只聽砰的一聲，就碎了門上一塊玻璃。沈三玄卻作好作歹，央告了一陣，把四個人勸到他屋子裡去坐了。沈大娘臉上嚇變了色，呆坐在屋子裡，作聲不得。鳳喜伏在床上，將手絹擦著眼淚。沈三玄卻同一個警察一路走了進來，那警察便道：「這位大娘，你們姑娘現在是學生，我也知道，我天天在職位上，就看見她夾了書包走過去的；可是你們戶口冊上，報的是唱大鼓書。人家打著官話來叫你們姑娘去，這可是推不了的。再說……」沈大娘生氣道：「再說什麼？你們都是存心。」沈三玄便對巡警笑道：「你這位先生，請到外面坐一會兒，等我慢慢的來和我大嫂說吧。」說著，又拱了拱手，巡警便出去了。沈三玄對沈大娘道：「大嫂！你怎麼啦？我們犯得上和他們一般見識嗎？說翻了，他真許開槍，好漢不吃眼前虧。他們既然是駕著這老虎勢子來了，肯就空手回去嗎？我想既然是堂會，自然不像上落子館，讓大姑娘對付著去一趟，早早的回來，就結了。誰教我們從前是幹這個的。若說將來透著麻煩，我們趁早找房子搬家，以後隱姓埋名，他也沒法子找我們了。你若是不放心，我就和大姑娘一路去。再說堂會裡，也不是我們姑娘一個人；人家去得，我們也去得，要什麼緊！」沈大娘正想駁三玄的話，在竹簾子縫裡，卻見那三個護兵，由三玄屋子裡搶了出來。其中有一個，手扶著裝盒子炮的皮袋，向著屋子裡瞪著眼睛，喝道：「誰有這麼些工夫和你們廢話，去不去？乾脆就是一句。你若是不去，我們有我們的打算。」說著話時，手將去解那皮袋的扣子，意思好像是要抽出那盒子炮來。沈大娘喲了一聲，身子向旁邊一閃，臉色變成白紙一般。沈三玄連連搖手道：「不要緊，不要緊。」說著，又走到院子裡去，陪著笑作揖道：「三位老總！再等一等吧。她已經在換衣服了，頂多還有十分鐘，請抽一根菸吧。」說著，拿出一盒菸捲，躬著身子，一人遞了一支，然後笑著又拱了一拱手。那三個護兵，經不住他這一份兒央告，又到他屋子裡去了。沈三玄將腦袋垂得偏在肩膀上，顯出那萬分為難的樣子，走進屋來，皺著眉對沈大娘道：「你瞧我這份為難。」又低了一低聲音道：「我的大嫂！那槍子兒，可是無情的。若是真開起槍來，那可透著麻煩。」沈大娘這兩天讓劉將軍尚師長一抬，已經是不怕兵，現在讓盒子炮一嚇，又怕起來，連一句話也說不出。沈三玄道：「姑娘！你瞧你媽這份兒為難，你換件衣服，讓我送你去吧。」鳳喜哭了一頓子，又在窗戶下躲著看了一陣，見那幾個護兵，在院子裡走來走去，那大馬靴只管走著咯支咯支的響，也呆了。聽了三玄說陪著一路去，膽子略微壯了一些，正要到外面屋子裡去，和母親說兩句，兩只腳卻如釘在地上一般，提不起來。停了一停，扶著壁子走出來，只見她母親兩隻手臂互相抱著，渾身如篩糠一般的抖，鳳喜將兩手慢慢的撫摸著頭髮，望了沈大娘道：「既是非去不可，我就去一趟；反正也不能把我吃下去。」沈三玄拍掌一笑道：「這不結了。大姑娘！我陪你去，保你沒事回來。你趕快換衣服去。」鳳喜道：「我們賣的是嘴，又不是開估衣鋪，穿什麼衣服去。」只在這時，已經有一個兵闖進屋來，問道：「鬧了半天，怎麼衣服還沒有換呢？我們上頭有命令，差使辦不好，回去交不了數，那可別怪我們弟兄們，不講面子了。」沈三玄連道：「這就走，這就走。」說著話，將鳳喜先推進屋子裡去，隨後兩手拖起沈大娘離開椅子，也將她推進屋去。當他們進了屋子，其餘兩個兵，也進了外面屋子了。娘兒倆話也不敢說，鳳喜將冷手巾擦了一擦臉上的淚痕，換了件長衣，走到外面屋子裡，低聲說道：「走哇。」三個兵互相看看，微笑了一笑，走出了院子。沈三玄裝出一個保護人的樣子，緊緊跟隨鳳喜，一同上了汽車，一直開到劉將軍家來。

鳳喜心裡想著，所謂堂會，恐怕是靠不住的事。我是個不唱大鼓書的人了，為什麼一定要我去。及至到了劉將軍家門首，一見汽車停了不少，是個請客的樣子，堂會也就不假了。下了車，三玄已不見，就由兩個護兵引導，引到一所大客廳前面來。客廳前簾子高掛，有許多人在裡面，有躺在藤榻上的，有坐著說話的，有斜坐軟椅上，兩腳高高支起，抽著菸捲的。看那神情，都是大模大樣。劉將軍尚師長也在那裡，今天見面，那一副面孔，可就不像以前了；望著睬也不一睬。這大廳外是個院子，院子裡搭著涼棚，六七個唱大鼓書的姑娘，都在那裡，向著正面容廳坐著。鳳喜也認得兩三個，只得上前招呼，坐在一處。因為這院子裡四圍，都站著拿槍的兵，大姑娘們，都斯斯文文的，連咳嗽起來，都掏出手絹來捂住了嘴。坐了一會，由客廳裡走出一個武裝馬弁帶了護兵，就在涼棚中間，向上列著鼓案，先讓幾個大鼓娘各唱了一支曲子，隨後，客廳裡電燈亮了。中間正擺著筵席，讓客入座。這時，劉將軍將手向外一招道：「該輪著那姓沈的小妞兒唱了。叫她就在我們身邊唱。」說著，用手向酒席邊地上一指，表示是要她在那裡唱的意思。馬弁答應著，在外面將沈三玄叫了進來。他提著三絃子走到客廳裡去，突然站定了腳，恭恭敬敬向筵席上三鞠躬。鳳喜到了這種地步，也無可違抗，便低了頭，走進客廳。沈三玄已是和別人借好了鼓板，這時由一個護兵捧了進來。所放的地方，離著筵席，也不過二三尺路。劉將軍見她進來，倒笑著先說道：「沈小姐！勞駕，我們可就不客氣了。」說時，他用手上的筷子，照著席面，在空中畫了一個大圈，然後將筷子向鳳喜一指，笑道：「諸位！你可別小瞧了人，這是一位女學生啦。我有心抬舉她，和她交個朋友，她可使出小姐的身分，不肯理我。可是我有張天師的照妖鏡，照出了她的原形，今天叫兩個護兵，就把她提了來了。今天我得讓我的同行，和她的同行，比上一比，瞧瞧我們可夠得上交個朋友。」沈三玄聽說，連忙放下三絃，走近前一步，向劉將軍請了一個安，滿面的笑道：「將軍！請你息怒，我這侄女兒，她是小孩子，不懂事。她得罪了將軍，讓她給將軍賠上個不是，總讓將軍平下這口氣。」劉將軍眼睛一瞪道：「你是什麼東西？這地方有你說話的份兒？」說著，端起一杯酒，照著沈三玄臉上潑了過去。沈三玄碰了這樣一個大釘子，站起來，便偏到一邊去。尚師長已是伸手搖了兩搖，笑道：「德柱！你這是何必，犯得著跟他們一般見識。他既然是說，讓鳳喜給你賠不是，我們就問問他，這個不是，要怎樣的賠法？」說著話時，偷眼看看鳳喜，只見鳳喜手扶著鼓架，背過臉去，只管抬起手來擦著眼睛。沈三玄像木頭一般，筆直的站著，便笑道：「你這一生氣不打緊，可是你看看，把人家逼得那樣子。」說時，將手向沈三玄一揮，笑道：「得！你先和她唱上一段吧。唱得劉將軍一開心，不但不罰你，還有賞呢。」沈三玄借了這個機會，請了一個安，就坐下去，彈起三絃子來。鳳喜一看這種形勢，知道反抗不得，只好將手絹擦了一擦眼睛，回轉身來，打著鼓板，唱了一支《黛玉悲秋》。劉將軍見她那楚楚可憐的模樣兒，又唱得這樣淒涼婉轉，一腔怒氣，也就慢慢消除。鳳喜唱完，合座都鼓起掌來。劉將軍也笑著，吩咐馬弁道：「倒一杯茶給這姑娘喝。」尚師長便向鳳喜笑道：「怎麼樣？我說劉將軍自然會好不是？你這孩子！真不懂得哄人。」他一說，合座大笑起來。鳳喜心想你這話分明是侮辱我，我憑什麼要哄姓劉的。心裡正在發狠，手上讓人碰了一碰。看時，一個彪形大漢，穿了武裝，捧了一杯茶送到面前來。鳳喜倒吃了一驚，便勉強微笑著道了勞駕，接過茶杯去。劉將軍道：「鳳喜！你唱得是不錯，可是剛才唱的那段曲子，現著太悲哀，來一個招樂兒的吧。」尚師長道：「那麼，唱個《大妞兒逛廟》吧。」劉將軍笑道：「不！還是來個《拴娃娃》吧。」

這一說，大家都看著鳳喜微笑。

原來舊京的風俗，凡是婦人，求兒子不得的，或者閨女大了，沒有找著婆婆家，都到東嶽廟裡去拴娃娃。拴娃娃的辦法，就是身上暗藏一根細繩子，將送子娘娘面前泥塑小孩，偷偷的拴上。這拴娃娃的大鼓詞，就是形容婦人上廟拴娃娃的一段事情。出之於妙齡女郎之口，當然是一件很有趣的事了。而且唱這種曲子，不但是需要口齒伶俐，而且臉上總要帶一點調皮的樣子，才能合拍；

若是板著一副面孔唱，就沒有意思了。鳳喜不料他們竟會點著這種曲子。正要說不會時，沈三玄就對她笑道：「姑娘！你對付唱一個吧。」劉將軍道：「那不行，對付唱不行！一定得好好的唱。若是唱得不好，再唱一遍；再唱不好，還唱三遍，非唱好不能完事。」

鳳喜一肚子苦水，臉上倒要笑嘻嘻的逗著老爺們笑，恨不得有地縫都鑽了下去。轉身一想，唱好既是可以放走，倒不如哄著他們一點，早早脫身為妙。心思一變，馬上就笑嘻嘻的唱將起來。滿席的人，不像以前那樣愛聽不聽的了；聽一段，叫一陣好；聽一段，叫一陣好；鳳喜把這一段唱完，大家都稱讚不已。就有人說：「我們都是拿槍桿兒的，要談個賞罰嚴明。她先是得罪了劉將軍，所以罰她唱，現在唱得很好，就應該賞她一點好處。」劉將軍用兩個指頭撑著上嘴唇短鬍子的尖端，就微微一笑，因道：「對付這位姑娘，可是不容易。說個賞字，我送過她上千塊錢的東西，她都給我退回來了，我還有什麼東西可賞呢。」尚師長笑道：「別盡談錢啦。你得說著人話，沈姑娘只談個有情有義，哪在乎錢。」劉將軍笑道：「是嗎！那就讓你也來坐一個，我們還交朋友吧。」說著，先向鳳喜招了一招手，接著將頭向後一偏，向馬弁瞪了一眼，喝道：「端把椅子來，加個座兒。」看那些馬弁，渾身武裝，雄糾糾的樣子，只是劉將軍這一喝，他們乖得像馴羊一般，蚊子的哼聲也沒有。於是就緊靠著劉將軍身旁，放下一張方凳子。鳳喜一想，那些武夫都是那樣怕他，自己一個嬌弱女孩子，怎樣敢和他抵抗。只好大著膽子說道：「我就在一邊奉陪吧，這可不敢當。」劉將軍道：「既然是我們叫你坐，你就只管坐下。你若不坐下，就是瞧不起我了。」尚師長站起走過來，拖了她一隻手到劉將軍身邊，將她一按，按著鳳喜在凳子上坐下。

這時已添了杯筷，就有人給她斟上一滿杯酒。劉將軍舉著杯子向她笑道：「喝呀。」鳳喜也只好將杯子聞了一聞，然後笑道：「對不住！我不會喝酒。」劉將軍聽她如此說，便表示不願意的樣子。停了半晌。才板著臉道：「還是不給面子嗎？」鳳喜回頭一看，沈三玄已經走了，這裡只剩她一人，立刻轉了念頭，笑道：「喝是不會喝，可是這頭一杯酒，我一定要喝下去的！」說著，端起杯子，一仰脖子，全喝下去了，喝完了，還對大眾照了一照杯，杯子放下，馬上在旁邊桌上拿過酒壺，挨著席次，斟了一遍酒。每斟一位酒，都問一問貴姓，說兩句客氣話。這些人都笑嘻嘻的，端起杯子來，一飲而盡，到了最後，便是劉將軍面前了。鳳喜笑著對他道：「劉將軍！請你先乾了杯子裡的。」劉將軍更不推辭，將酒喝完了，便伸了杯子，來接鳳喜的酒。鳳喜斟著酒，眼睛向他一溜，低低的笑著道：「將軍！你還生我小孩子的氣嗎？」劉將軍端著杯子也骨嘟一聲喝完了，撐不住哈哈大笑道：「我值得和你生氣嗎？來，我們大家樂一樂吧。」於是向客廳外一招手，對馬弁道：「把她們全叫進來。」馬弁會意，就把階下一班大鼓娘，一齊叫了進來。劉將軍向著全席的客道：「諸位別瞧著我一個人樂，大家快活一陣子。」說時，那些來賓，如蜂子出籠一般，各人拉著一個大鼓娘，先狂笑一陣，這一桌酒席，也就趁此散了。有碰著合意的，便拉到一處坐了，碰不著合意的，又向別一對裡面去插科打諢。劉將軍攜著鳳喜的手，同到一邊一張沙發上坐下，笑道：「你瞧人家是怎樣找樂兒？那一天晚晌，我們分手，還是好好兒，為什麼到了第二日，就把我的禮物，都退回哩？」鳳喜被他拉住了手，心裡想賺脫，又不敢賺脫，只得微笑道：「無緣無故的，我怎樣敢受將軍這樣重的禮哩？」她口裡說著話，腳就在地下徐抹，那意思是說：我恨你，我恨你！劉將軍笑道：「在你雖然說是無緣無故，可是我送你的禮，是有緣有故呀。你很聰明，你難道還不明白？」他口裡說著話，一隻手撫摸著鳳喜的手臂，就慢慢向上伸。鳳喜突然向上一站，手向回一縮，笑道：「我母親很惦記我的，我和你告假，我……」劉將軍也站了起來，將手擺了兩擺道：「別忙呀，我還有許多話要和你說呢。」鳳喜笑道：「有話說也不忙呀，讓我下次再來說就是了。」劉將軍兩眼望著她，好久不作聲。聳著雙肩，冷笑了一聲，便吩咐馬弁，將沈三玄叫了來。他遠遠的垂手站著，劉將軍道：「我告訴你，今天我叫你們來，本想出我一口惡氣，可是我這人心腸又軟不過，你侄女只和我賠不是，我也不好計較了。你回去說，我還沒有娶太太，現在的姨太太，也就和正太太差不多，只要你們懂事，我也不一定續弦的。我姓劉的，一生不虧人，叫你嫂子來，我馬上給她幾千塊錢過活。你明白一點，別不識抬舉。」劉將軍越說越厲害，說到最後，瞪了眼，喝道：「你去吧。她不回去，我把她留下了。」鳳喜聽了這一通話，心裡一急，一陣頭暈目眩，便倒在沙發上，昏了過去。要知她生死如何？下回交代。

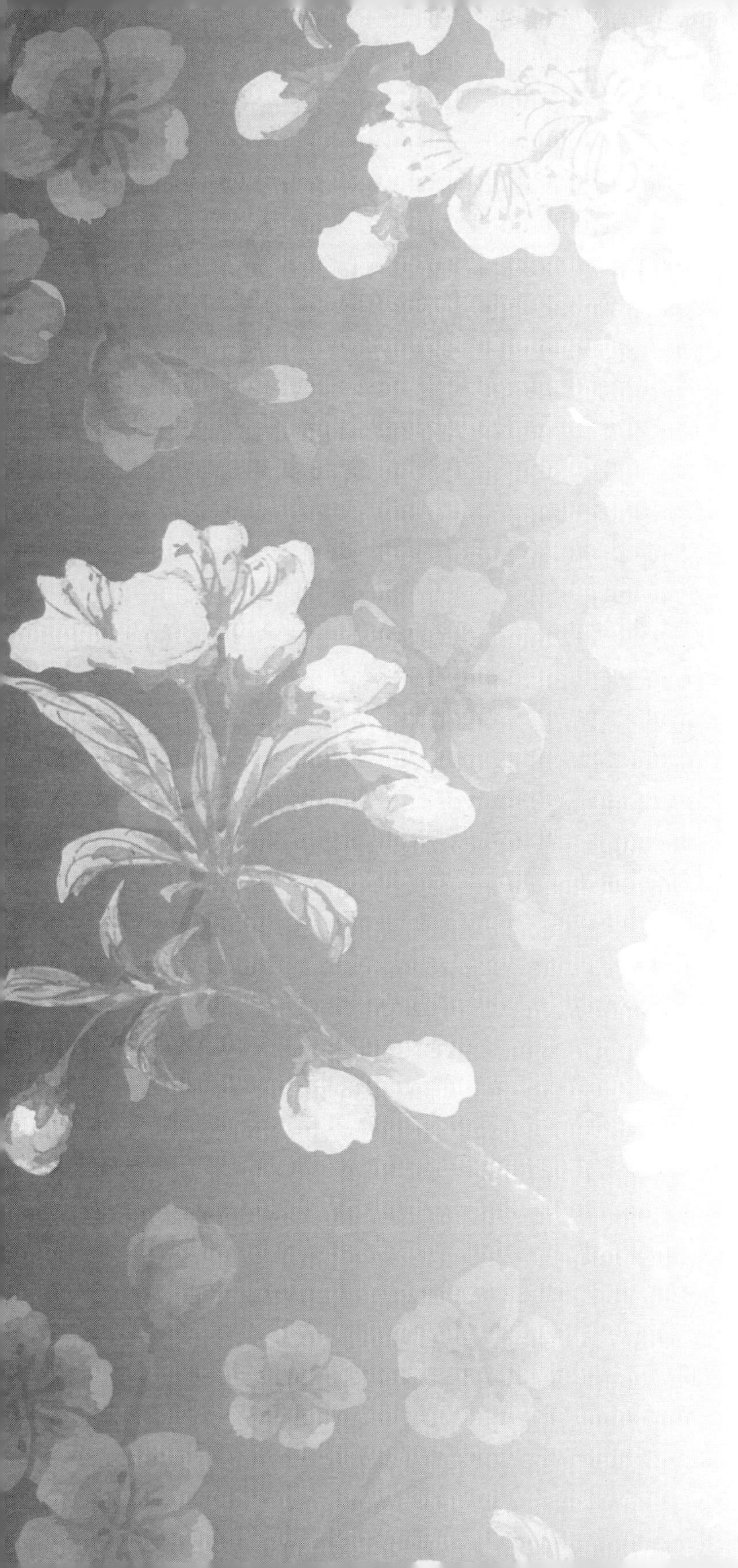

沽酒迎賓甘為知己死

越牆窺影空替美人憐

卻說劉將軍向沈三玄說出一番強迫的話，鳳喜知道沒有逃出囚籠的希望，心裡一急，頭一發暈，人就向沙發椅子上倒了下去。沈三玄眼睜睜望著，可不敢上前攙扶，劉將軍用手撫摸著她的額角，說道：「不要緊的，我有的是熟大夫，打電話叫他來瞧瞧就是了。」這大廳裡一些來賓，也立刻圍攏起來，沈三玄不敢和闊人們混跡在一處，依然退到外面衛兵室裡來聽訊息。不到十分鐘，來了一個西醫，一直就奔上房。有好一會兒，大夫出來了，他說：「打了一針，又灌下去許多葡萄酒，人已經回轉來了。只要休養一晚，明天就可以像好人一樣的。」沈三玄聽了這訊息，心裡才落下一塊石頭，只要她無性命之憂，在這裡休養幾天，倒是更好。不過心裡躊躇著，她發暈了，要不要告訴嫂嫂呢？正在這時，劉將軍派了一個馬弁出來說：人已不要緊了，回去叫她母親來，將軍有話要對她說。沈三玄料是自己上前不得，就回家去，把話告訴了沈大娘。沈大娘一聽這話，心裡亂跳，將大小鎖找了一大把出來，把箱子以至房門都鎖上了，出了大門，僱了一乘人力車，就向劉將軍家來。

這時業已夜深，劉將軍家裡的賓客也都散了。由一個馬弁，將沈大娘引進上房，後又由一個老媽子，將沈大娘引上樓去。這樓前是一字通廊，一個雙十字架的玻璃窗內，垂著紫色的帷幔。隔著窗子，看那燦爛的燈光，帶著鮮豔之色，便覺這裡不是等閒的地方了。由正門穿過堂屋，旁邊有一掛雙垂的綠幔。老媽子又引將進去，只見裡面金碧輝煌，陳設得非常華麗；上面一張銅床，去了上半截的欄杆。天花板上，掛著一副垂鐘式的羅帳，罩住了這張床，在遠處看著，那電光映著，羅帳如有如無，就見鳳喜側著身子躺在裡面。床前兩個穿白衣的女子，坐著看守她。沈大娘曾見過，這是醫院裡來的人了。沈大娘要向前去掀帳子，那女看護對她搖搖手道：「她睡著了，你不要驚動她；驚醒了她是很危險的。」沈大娘看女看護的態度，是那樣鄭重，只好不上前，便問老媽子道：「這是你們將軍的屋子嗎？」老媽子道：「不是！原是我們太太的屋子，後來太太迴天津，就在天津故世了，這屋子還留著。老太太你瞧瞧，這屋子多麼好。你姑娘若跟了我家將軍，那真是造化。」沈大娘默然。因問：「劉將軍哪裡去了？」老媽子道：「有要緊的公事，開會去了。大概今天晚晌，不能回家。他是常開會開到天亮的。」沈大娘聽了這話，倒又寬慰了一點子。可是坐在這屋子裡，先是女看護不許驚動鳳喜，後來鳳喜醒過來了，女看護又不讓多說話。相守到了下半夜，兩個女看護出去睡了，老媽子端了兩張睡椅，和沈大娘一個人坐了一張，輕輕的對沈大娘道：「我們將軍吩咐了，只叫你來陪著你姑娘，可是不讓多說話。你要有什麼心事，等我們將軍回來了，和我們將軍當面說吧。」沈大娘到了這裡，也不知道怎麼回事，心裡自然畏懼起來。老媽子不讓多說話，也就不多說話。夏日夜短，天快亮了，鳳喜睡足了，已是十分清醒，便下床將沈大娘搖撼著。她醒過來，鳳喜將手把老媽子一指，又搖了一搖，然後輕輕的道：「我只好還裝著病，要出去是不行的了。回頭你去問問關家大叔，看他還有救我的什麼法子沒有？」說時，那老媽子在睡椅上翻著身，鳳喜就溜上床去了。沈大娘心裡有事，哪裡睡得著。約有六七點鐘的光景，只聽到窗外一陣腳步聲，就有人叫道：「將軍來了。」那老媽子一個翻身坐起來，連連搖著沈大娘道：「快起快起。」沈大娘起身時，劉將軍已進門了。彷彿見綠幔外，有兩個穿黃色短衣服的人，在那裡站著，自己打算要質問劉將軍的幾句話，完全嚇回去了。還是劉將軍拿了手上的長柄摺扇指點著她道：「你是鳳喜的媽嗎？」沈大娘說了一個是字，手扶著身邊的椅靠，向後退了一步。劉將軍將扇子向屋子四周揮了一揮，笑道：「你看，這地方比你們家裡怎樣？讓你姑娘在這裡住著，不比在家裡強嗎？」沈大娘抬頭看了看他，雖然還是笑嘻嘻的樣子，但是他那眼神裡，卻帶有一種殺氣，哪裡敢駁他，只說得一個「是」字。劉將軍道：「大概你熬了一宿，也受累了。你可以先回去歇息歇息，晚半天到我這裡來，我有話和你說。」沈大娘聽他的話，偷一眼看了看鳳喜，見她睡著不動，眼珠可向屋子外看著。沈大娘會意，就答應著劉將軍的話，走出來了。

她記著鳳喜的話，並不回家，一直就到關壽峰家來。這時壽峰正在院子裡做早起的功夫，忽然見沈大娘走進來，便問道：「你這位大嫂，有什麼急事找人嗎？瞧你這臉色。」沈大娘站著定了一定神，笑道：「我打聽打聽，這裡有位關大叔嗎？」關壽峰道：「你大嫂貴姓？」沈大娘說了，壽峰一掀自己堂屋門簾子，向她連招幾下手道：「來來，請到裡面來說話。」沈大娘一看他那情形，大概就是關壽峰了。跟著進屋來，就問道：「你是關大叔嗎？」秀姑聽說，便由裡面屋子裡走出來，笑道：「沈大嬸！您是稀客……。」壽峰道：「別客氣了，等她說話吧。我看她憋著一肚子事要說呢。大嫂！你說吧，若是要我姓關的幫忙的地方，我要說一個不字，算不夠朋友。」沈大娘說道：「你請坐。」自己也就在桌子邊一張方凳上坐下。壽峰道：「大嫂！要你親自來找我，大概不是什麼小事。你說你說。」說時，睜了兩個大圓眼睛，望著沈大娘。沈大娘也忍耐不住了，於是把劉將軍關著鳳喜的事說了一遍，至於以前在尚家往來的事，卻含糊其詞只說了一兩句。壽峰聽了，一句話也不說，咚的一聲，便將桌子一拍。秀姑給沈大娘倒了一碗茶，正放到桌子上，桌子一震，將杯子噹啷一聲震倒，濺了沈大娘一袖口水。秀姑忙著找了手絹來和她擦抹，只賠不是。壽峰倒不理會，跳著腳道：「這是什麼世界？北京城裡，大總統住著的地方，都是這樣不講理，若是在別地方，老百姓別過日子了。大街上有的是好看的姑娘，看見了……」秀姑搶著上前，將他的手使勁拉住，說道：「爸爸！你這是怎麼了？連嚷帶跳一陣子，這事就算完了嗎？幸虧沈大嬸早就聽我說了，你是這樣點爆竹的脾氣，要不然，你先在自己家裡，這樣鬧一陣子，那算什麼？」壽峰讓他姑娘一勸，突然向後一坐，把一把舊太師椅子，嘩拉一聲，坐一個大窟窿，人就跟著椅子腿，一齊倒在地下。沈大娘不料這老頭子會生這麼大氣，倒愣住了，望著他作聲不得。壽峰站了起來，便不言語，坐到靠門一個石凳上去，兩手託了下巴，撅著鬍子，兀自生氣。一看那把椅子，拆成了七八十塊木片，倒又噗嗤一聲，接上哈哈大笑起來。因站著對沈大娘拱拱手道：「大嫂！你別見笑，我就是點火藥似的這一股子火性，憑怎麼樣忍耐著，也是改不了。可是事情一過身，也就忘了。你瞧我這會子出了這椅子的氣，回頭我們姑娘一心痛，就該叨嘮三天三宿了。」說時，不等沈大娘答詞，昂頭想了一想，一拍手道：「得！就是這樣辦。這叫先下手為強，後下手遭殃。大嫂！你贊成不贊成？」秀姑道：「回頭又要說我多事了。你一個人鬧了半天，也沒有說出一個字來，你問人家贊成不贊成，人家知道贊成什麼呢？」壽峰笑道：「是了，我倒忘了和大嫂說。你的姑娘，若是照你說的話，就住在那樓上，無論如何，我可以把她救出來；可是這樣一來，不定闖上多大的亂子。你今晚上二更天，收拾細軟東西，就帶到我這裡來。我這裡一拐彎，就是城牆，我預備兩根長繩子吊出城去。我有一個徒弟，住在城外大王莊，讓他帶你去住幾時，等樊先生來了，或是帶你們回南，或是暫住在城外，那時再說，你瞧怎樣？」沈大娘道：「好是好，但是我姑娘在那裡面，你有什麼法子救她出來呢？」壽峰道：「這是我的事，你就別管了。我要屈你在我這裡吃一餐便飯，不知道你可有工夫？也不是光吃飯，我得引幾個朋友和你見見。」沈大娘道：「若是留我有話說，我就擾你一頓，可是你別費事。」壽峰道：「不費事不行，可也不是請你。」於是伸手在他褲帶子中間掛著的舊褡褳裡，摸索了一陣，摸出一元銀幣，又是些零碎銅子票，一齊交到秀姑手上道：「你把那葫蘆提了去，打上二斤白幹，多的都買菜。買回來了，就請沈大嬸兒幫著你做，我去把你幾位師兄找來。」說畢，他找了一件藍布大褂披上，就出門去了。

秀姑將屋子收拾了一下，不便留沈大娘一人在家裡，也邀著她一路出門去買酒菜。回來時，秀姑買了五十個饅頭，又叫切麵鋪烙十斤家常餅，到了十二點鐘，送到家裡去。沈大娘道：「姑娘！你家請多少客，預備這些個吃的？」秀姑笑道：「我預備三個客吃的。若是來四個客，也許就鬧饑荒了。」沈大娘只奇怪在心裡，陪著她到家，將菜洗作時，便聽到門口一陣雜亂的腳步聲。首先一個人，一頂破舊草帽，戴著向後仰，一件短褂，齊胸的鈕釦全敞著，露出一片黑而且胖的胸脯子來；後面還有一個長臉麻子，一個禿子，都笑著叫師妹，抱了拳頭作揖。最後是關壽峰，卻倒提了一隻羊腿子進來。遠遠的向上一舉道：「你周師兄不肯白吃我們一餐，還貼一隻羊腿，我們燒著吃吧。」於是將羊腿放在屋簷下桌上，引各人進屋。沈大娘也進來想見，壽峰給他介紹，那先進來的叫快刀周，是羊屠夫；麻子叫江老海，是吹糖人兒的；禿子便叫王二禿子，是趕大車的。壽峰道：「大嫂！你的事我都對他們說了，他們都是我的好徒弟，只要答應幫忙，掉下腦袋來，不能說上一個不字。

我這徒弟，他就住在大王莊，家裡還種地，憑我的面子，在他家裡吃上週年半載的窩窩頭，絕不會推辭的。」說時，就指著王二禿子，他也笑道：「你聽著，我師傅這年高有德的人，絕不能冤你，我自己有媳婦，有老孃，還有個大妹子，我又整個月不回家，要說大姑娘寄居在我們那兒，是再能夠放心沒有的了。」江老海道：「王二哥！當著人家大嬸兒在這裡，幹嘛說出這樣的話來？」王二禿子道：「別那麼說呀，這年頭兒，知人知面不知心，十七八歲大姑娘，打算避難到人家家裡去，能不打聽打聽嗎？我乾脆說出來，也省得人家不放心。話是不好聽，可是不比人家心里納悶強嗎？」這一說，大家都笑了。一會兒，秀姑將菜作好了。擺上桌來：乃是兩海碗紅燒大塊牛肉，一大盤子肉絲炒雜拌，一大瓦盆子老雞煨豆腐。秀姑笑道：「周師兄！你送來的羊腿，現在可來不及作，下午煨好了，給你們下麵條吃。」快刀周道：「怎麼著，晚上還有一餐嗎？這樣子，連師妹都發下重賞了。王二哥！江大哥！我們得費力啊。」王二禿子將腦袋一伸，用手拍著後腦脖子道：「這大的北京城，除了我們師傅，誰是知道我們的？為了師傅，丟下這顆禿腦袋，我都樂意。」大家又笑了。說話時，秀姑拿出四隻粗碗，提著葫蘆，倒了四大碗酒，笑道：「這是給你們師弟四位倒下的，我和大嬸兒都不喝。」王二禿子道：「好香牛肉。」說著，拿了一個饅頭蘸著牛肉汁，只兩口，先吃了一個，一抬腿，跨過板凳。先坐下了。因望著沈大娘道：「大嬸你上坐，別笑話。我們兄弟都是老粗，不懂得禮節。」於是大家坐下，只空了上位。沈大娘看他們都很痛快的，也就不推辭，坐下了。壽峰端著碗，先喝了兩口酒，然後說道：「不是我今天辦不了大事，要拉你們受累，我讀過兩句書，知道古人有這樣一句話：士為知己者死。像我們這樣的人，老爺少爺，哪裡會看在眼裡。可是這位樊先生就不同，和我交了朋友，還救了我一條老命，他和我交朋友的時候，不但是他親戚不樂意，連他親戚家裡的聽差，都看著不順眼。我看遍富貴人家的子弟，沒有像他這樣胸襟開闊的。二禿子！你不說，沒有人識你們嗎？我敢說那樊先生若和你們見了面，他就能識你們。這樣的朋友，我們總得交一交。這位大嬸兒的姑娘，就是樊先生沒過門的少奶奶；我們能眼見人家吃虧嗎？」秀姑道：「你老人家要三位師兄幫忙，就說要人幫忙的話，這樣牛頭不對馬嘴，鬧上一陣，還是沒有談到本題。」快刀周道：「師傅！我們全懂，不用師傅再說了；師傅就是不說，叫我們做一點小事，我們還有什麼為難的嗎？」說時，大家吃喝起來。他們將酒喝完，都是左手拿著饅頭，右手拿著筷子，不住的吃。五十個饅頭，沈大娘和秀姑，只吃到四五個時，便就光了。接上切麵鋪將烙餅拿來，那師弟四人，各取了一張四兩重的餅，攤在桌上，將筷子大把的夾著肉絲雜拌，放在餅上，然後將餅捲成拳頭大的捲兒，拿著便吃。不一會，餅也吃光。秀姑用大碗盛上幾碗紅豆細米粥，放在一邊涼著。這時端上桌來，便聽到唏哩呼嚕之聲，粥又喝光。沈大娘坐著，看得呆了，壽峰笑道：「大嬸！你看到我們吃飯，有點害怕嗎？大概放開量來，我們吃個三五斤麵，還不受累呢。要不，幾百斤氣力，從哪裡來。」王二禿子站起來笑道：「師傅！你不說這幾句話，我真不敢……」以下他也不曾說完，已端了那瓦盆老雞煨豆腐，對了盆口就喝。一口氣將剩的湯水喝完，噯的一聲，將瓦盆放下，笑著對秀姑道：「師妹！你別生氣，我作客就是一樣不好，不讓肚子受委屈。」秀姑笑道：「你只管吃，誰也沒攔你。你若是嫌不夠，還有半個雞架子，你拿起來吃了吧。」王二禿子笑道：「吃就吃，在師傅家裡，也不算饞。」於是在盆子裡，拿起那半隻雞骨頭架子，連湯帶汁，滴了一桌，他可不問，站著彎了腰，將骨頭一頓咀嚼。沈大娘笑道：「這位王二哥，人真是有趣。我是一肚子有事的人，都讓他招樂了。」這句話，倒提醒了關壽峰。便道：「大嫂！你是有事的人，你請便吧。我留你在這裡，就是讓你和我徒弟見一見面，好讓你知道他們並不是壞人。請你暗裡給你大姑娘通個信，今天晚上，無論看到什麼，都不要驚慌。一驚慌，事情可就糟了。」沈大娘聽著，心裡可就想，他們搗什麼鬼？可不要弄出大事來。但是人家是一番好意，這話可不能說出來，當時就道謝而去。

壽峰就對江老海道：「該先用著你了。你先去探探路，回頭我讓老周跟了去，給你商量商量。」江老海會意，先告辭回去，將糖人兒擔子挑著，一直就奔到劉將軍公館。先到大門口看看，那裡是大街邊一所橫衚衕裡，門口閃出一塊石板鋪的敞地，圍了八字照牆；當照牆正中，一列有幾棵槐樹，有一挑賣水果的，一挑賣燒餅的，歇在樹蔭下。有幾個似乎差役的人，圍著擔子說笑。大門口兩個背大刀的衛兵，分左右站著。他一動，那刀把垂下來整尺長的紅綠布，擺個不住，便覺帶了一種殺氣。江老海也將擔子在樹蔭歇了，取出小糖鑼敲了兩下。看看大門外的牆，都是一色水磨磚砌的，雖然高不過一丈五六尺，可是牆上都掛了電網。這牆是齊簷的，牆上便是屋頂了。由這牆向右，轉著向北。正是一條直衚衕。江大海便挑了擔子走進那衚衕去，一看這牆，拖得很遠；直到一個隔壁衚衕，方才轉過去，分明這劉家的屋子，是直占在兩衚衕之間了。挑著擔子，轉到屋後，左方卻靠著人家，衚衕曲著向上去了。這裡算閃出一小截衚衕拐彎處，於是歇了擔子，四處估量一番，見那牆上的電網，也是牽連不斷，而且電線上還縛了許多小鐵刺，牆上插了尖銳的玻璃片。看牆裡時，露出一片濃密的枝葉，彷彿是個小花園。在轉彎處的中間，卻有三間小小的閣樓，比牆又高出丈多；牆中挖了三個百葉窗洞，視窗子緊閉，視窗與牆一般平，只有三方隔磚的麻石，突出來約三四寸，那電網只在窗戶頭上橫空牽了過去。江老海看著發呆，只管搔著頭髮。就在這時，有人吠了一聲道：「吹糖人兒的，你怎麼不敲鑼？」江老海回頭看時，乃是快刀周由前面走過來。江老海四週一看無人，便低聲道：「我看這裡門戶很緊，是不容易進去的。只有這樓上三個窗戶，可以設法。」快刀周道：「不但是這個，我看了看，這兩頭衚衕口上，都有警察的職位。晚上來往，真很不方便呢。」江老海道：「你先回去告訴師傅，我還在這前後轉兩個圈兒，把出路多看好幾條。」快刀周去了，江老海帶做著生意，將這裡前前後後的街巷都轉遍了，直等太陽要落西山，然後挑了擔子直回關家來。壽峰因同住還有院鄰，卻並不聲張。晚餐時，只說約了三個徒弟吃羊腿煮麵，把事情計議妥了，院鄰都是作小買賣的，而且和關氏父女感情很好，也不會疑到他們要作什麼驚人的事。吃過晚飯，壽峰說是到前門去聽夜戲，師徒就陸續出門。王二禿子借了兩輛人力車，放在衚衕口，大家出來了。王二禿子和江老海各拉了一輛車，走到有說書桌子的小茶館外，將一人守著車，三人去聽書。書場完了已是十二點鐘以後，壽峰和快刀周各坐了一輛車，故意繞著街巷，慢慢的走。約莫捱到兩點多鐘，車子拉到劉宅後牆，將車歇了。

這衚衕轉角處，正有一盞路燈，高懸在一丈多高以外，由衚衕兩頭黑暗中看這裡，正是清楚。壽峰在身上掏出一個大銅子，對著電燈泡拋了去，只聽卜的一聲，眼前便是一黑。壽峰抬頭將閣樓的牆看了一看，笑道：「這也沒有什麼難，就是照著我們所議的法子試試。」於是王二禿子面牆站定，蹲了下去，快刀周就站在他的肩上，他慢慢站起來，兩手反背，伸了巴掌，江老海踏在他的手上，走上他的肩，接著踏了快刀周的手，又上他的肩，便疊成了三層人。最後壽峰踏在江老海的肩上，手向上一伸，身子輕輕一聳，就抓住了視窗上的麻石，起一個鷂鷂翻架式，一手抓住了百葉窗格的橫縫，人就蹲在視窗。牆下三個人，見他站定，上面兩個，便跳下了地，壽峰將窗上的百葉，用手捏住；只一揉，便有一塊成了碎粉；接連碎了幾塊，就拆斷一大片百葉，左手抓住窗縫，右手伸進去，開了鐵鉤，與上下插閂，就開了一扇窗戶，身子一閃，兩扇齊開，立腳的地就大了。百葉窗裡是玻璃窗，也關上的；於是將身上預備好了的一根裁玻璃針拿出，先將玻璃劃了一個小洞，用手捏住，然後整塊的裁了下來；接著去了兩塊玻璃，人就可以探進身子了。壽峰倒爬了進去，四週一看，乃是一所空樓，於是開啟窗戶，將衣服下系在腰上的一根麻繩解了下來，向牆下一拋，下面快刀周手拿了繩子，緣了上來，二人依舊把朝外的百葉窗關好，下樓尋路。這裡果然是一所花園，不過到處是很深的野草，似乎這裡很久沒有人管理的了。在野草裡面尋到一條路，由路過去，穿過一座假山，便是一所矮牆，由假山石上輕輕一聳，便站在那矮牆上。壽峰一站定腳，連忙蹲了下來，原來牆對過是一列披屋，電光通亮，隔了窗子，刀勺聲，碗碟聲，響個不了；同時有一陣油腥味，順著風吹來，觀測以上種種，分明這是廚房了。快刀周這時也蹲在身邊，將壽峰衣服一扯，輕輕的道：「這時候廚房裡還作東西吃，我們怎樣下手？」壽峰道：「你不必作聲，跟著行事就是了。」蹲了一會，卻聽見有推門聲，接上有人問道：「李爺！該開稀飯了吧？」又有一個人道：「稀飯不準吃呢。你預備一點麵條子吧。那沈家小姐還要和將軍開談判呢。」又有一個道：「什麼小姐？不過是個唱大鼓書的小姑娘罷了。」壽峰聽了這話，倒是一怔。怎麼還要吃麵開談判，難道這事還有挽回的餘地嗎？於是跨過了屋脊，順著一列廂房屋脊的後身，向前面走去，只見一幢西式樓房迎面而起，樓後乃是齊簷的高牆，上下十個視窗，有幾處放出亮光來。遠看去，那玻璃窗上的光，有映帶著綠色的，有映帶著紅色的，也有是白色的。只在那窗戶上，可以分出這玻璃窗哪裡是一間房。哪兩處是共一間房，那有亮光的地方，當然是有人的所在了，遠遠望去，那紅色光是由樓上射出來的，在樓外光射出來的空間，有一叢黑巍巍的影子，將那光掩映著，帶著光的地方，可以看出那是橫空的樹葉；樹葉裡面有一根很粗的橫幹，卻是由隔壁院子裡伸過來的。回頭看隔壁時，正有一棵高出雲表的老槐樹。壽峰大喜，這正是一個絕好的梯子，於是手撫著瓦溝，人作蛇行，到了屋簷下，向前一看，這院子裡黑漆漆的，正沒有點著電燈，於是向下一溜，兩手先落地，拉了一個大鼎，一點聲音沒有，兩腳向下一落，人就站了起來。快刀周卻依舊在屋簷上蹲著，因為這裡正好藉著那橫枝兒樹葉，擋住了窗戶裡射出來的光。壽峰緣上那大槐樹，到了樹中間，看出那橫乾的末端，於是倒掛著身子，兩手兩腳橫緣了出去。緣到尖端，看此處距那玻璃窗，還有兩三尺，玻璃之內，垂著兩幅極薄的紅紗。在外面看去，只能看到屋子裡一些隱約中的陳設品：彷彿有一面大鏡子，懸在壁中間，那裡將電燈光反射出來，這和沈大娘所說關住鳳喜的屋子，頗有些相像。只是這屋子裡是否還有其他的人陪著？卻看不出來。於是一面靜聽屋裡的響動，一面看這屋子的電燈線是由哪裡去的。只在這靜默的時間，沉寂陰涼的空氣裡，卻夾著一陣很濃厚的鴉片煙氣味，用鼻子去嗅那煙味傳來的地方，卻在樓下。沈大娘曾說過：劉將軍會抽鴉片煙的。在上房裡這樣夜深能抽出這樣的煙氣味來，這當然不是別人所幹的事。便向下看了一下地勢，約莫相距兩丈高。於是盤到樹梢，讓橫幹向下沉著，然後一放手，輕輕的落在地上；順著牆向右轉，是一道附牆的圍廊。只剛到這裡，便聽得身後有腳步聲，這可不能大意，連忙向走廊頂上一跳，平躺在上面。果然有兩個人說著話過來。人由走廊下經過，帶著一陣油醬氣味，這大概是送晚餐過去了。等人過去，壽峰一昂頭，卻見樓牆上有一個透氣眼透出光來，站在這走廊頂上，正好張望。這眼是古錢式的格子，裡頭小玻璃掩扇卻擱在一邊，在外只看到正面半截床，果然是一個人橫躺在那裡抽菸，剛才送過去的晚餐，卻不見放在這屋子裡。一會，進來一個三十上下的女僕，床上那人，一個翻身向上一爬，右手上拿了煙槍，直插在大腿上，左手撅了鬍子尖笑問道：「她吃了沒有？」女僕道：「她在吃呢，將軍不去吃嗎？」那人笑道：「讓她吃得飽飽的吧。我去了，她又得礙著面子，不好意思吃；她吃完了，你再來給我一個信，我就去。」女僕答應去了。壽峰聽了納悶得很，一轉身，快刀周正在廊下張望，連忙向下一跳，扯他到了僻靜處問道：「你怎麼也跑了來？」快刀周道：「我剛才爬在那紅紗窗外看的，正是關在那屋子裡，可是那姑娘自自在在的在那兒吃麵，這不怪嗎？」壽峰埋怨道：「你怎麼如此大意，你伏在窗子上看，讓屋子裡人看見，可不是玩的。」快刀周道：「師傅你怎麼啦？窗紗這種東西，就是為了暗處可以看明處，晚上屋子裡有電燈，我們在窗子外，正好向裡面看。」壽峰哦了一聲道：「我倒一時愣住了。我想這邊屋子有通氣眼的，那邊一定也有通氣眼的，我們到那邊去看看。聽那姓劉的說話，還不定什麼時候睡覺，我們可別胡亂動手。」於是二人伏著走過兩重屋脊，再到長槐樹的那邊院子，沿著靠樓的牆走來。這邊牆和樓之間，並無矮牆，只有一條小夾道。這邊牆上沒有透氣眼，卻有一扇小窗。壽峰估量了一番，那窗子離屋簷，約莫有一人低，他點了頭，復爬上大槐樹，由槐樹渡到屋頂上，然後走到左邊側面，兩腳勾了屋簷，一個金鉤倒掛式，人倒垂下來。恰是不高不低，剛剛頭伸過窗子，兩手反轉來，一手扶著一面，推開百葉窗扇，看得屋子裡清清楚楚：對著窗戶，便是一張紅皮的沙發軟椅子，一個很清秀的女子，兩手抱著右膝蓋，斜坐在上面，那正是鳳喜無疑了。看她的臉色，並不怎樣恐懼，頭正對了這窗子，眼珠也不轉一轉，似乎在想什麼。先前在樓下看到的那個女僕，拿了一個手巾把，送到她手上，笑道：「你還擦一把，要不要撲一點粉呢？」鳳喜接過手巾，在嘴唇上只抹了一抹，懶懶的將手巾向女僕手上一拋，女僕含笑接過去。一會兒，卻拿了一個粉膏盒，一個粉缸，一面小鏡子，一齊送到鳳喜面前。鳳喜果然接過粉缸，取出粉撲，朝著鏡子撲了兩撲，女僕笑道：「這是外國來的香粉膏，不用一點嗎？」鳳喜將粉撲向粉缸裡一擲，搖了一搖頭，女僕隨手將鏡子粉撲，放在窗下桌上。看那桌上時，大大小小，擺了十幾個錦盒，盒子也有揭開的，也有關上的。看那盒子裡時，亮晶晶地，也有珍珠，也有鑽石，這些盒子旁，另外還有兩本很厚的帳簿，一小堆中外鑰匙。

壽峰在外看見，心裡有一點明白了。接著，只聽一陣步履聲，坐在沙發上的鳳喜，突然將身子掉了轉去，原來是劉將軍進來了。他笑向鳳喜道：「沈小姐！我叫他們告訴你的話，你都聽見了嗎？」鳳喜依然背著身子不理會他，劉將軍將手指著桌上的東西道：「只要你樂意，這大概值二十萬，都是你的了。你跟著我，雖不能說要什麼有什麼，可是準能保你這一輩子都享福。我昨天的事，作得是有點對你不起，只要你答應我，我準給你把面子挽回來。」鳳喜突然向上一站，板著臉問道：「我的臉都丟盡了，還有什麼法子挽回來？你把人家姑娘關在家裡，還不是愛怎樣辦就怎樣辦嗎？」劉將軍笑著向她連作兩個揖，笑道：「得！都是我的不是。只要你樂意，我們這一場喜事，大大的鋪張一下。」鳳喜依然坐下，背過臉去。劉將軍道：「我以前呢，的確是想把你當一位姨太太，關在家裡就得了。這兩天，我看你為人，很有骨格，也很懂事，足可以當我的太太，我就正式把你續弦吧。我既然正式討你，就要講個門當戶對，我有個朋友沈旅長，也是本京人，就讓他認你作遠房的妹妹，然後嫁過來，你看這面子夠不夠。」鳳喜也不答應，也不拒絕，依然背身坐著。劉將軍一回頭，對女僕一努嘴，女僕笑著走了。劉將軍掩了房門，將桌上的兩本帳簿捧在手裡，向鳳喜面前走過來。鳳喜向上一站，喝問道：「你幹嘛？」劉將軍笑道：「我說了，你是有志氣的人，我敢胡來嗎？這兩本帳簿，還有帳簿上擺著的銀行摺子和圖章，是我送你小小的一份人情，請你親手收下。」鳳喜向後退了一退，用手推著道：「我沒有這大的福氣。」劉將軍向下一跪，將帳簿高舉起來道：「你若今天不接過去，我就跪一宿不起來。」鳳喜靠了沙發的圍靠，倒愣住了。停了一停，因道：「有話你只管起來說，你一個將軍，這成什麼樣子？」劉將軍道：「你不接過去，我是不起來的。」鳳喜道：「唉！真是膩死我了。我就接過來。」說著，不覺嫣然一笑。正是：無情最是黃金物，變盡天下兒女心！壽峰在外面看見，一鬆腳向牆下一落，直落到夾道地下。快刀周在矮牆上看到，以為師傅失腳了，吃了一驚。要知壽峰有無危險？下回交代。

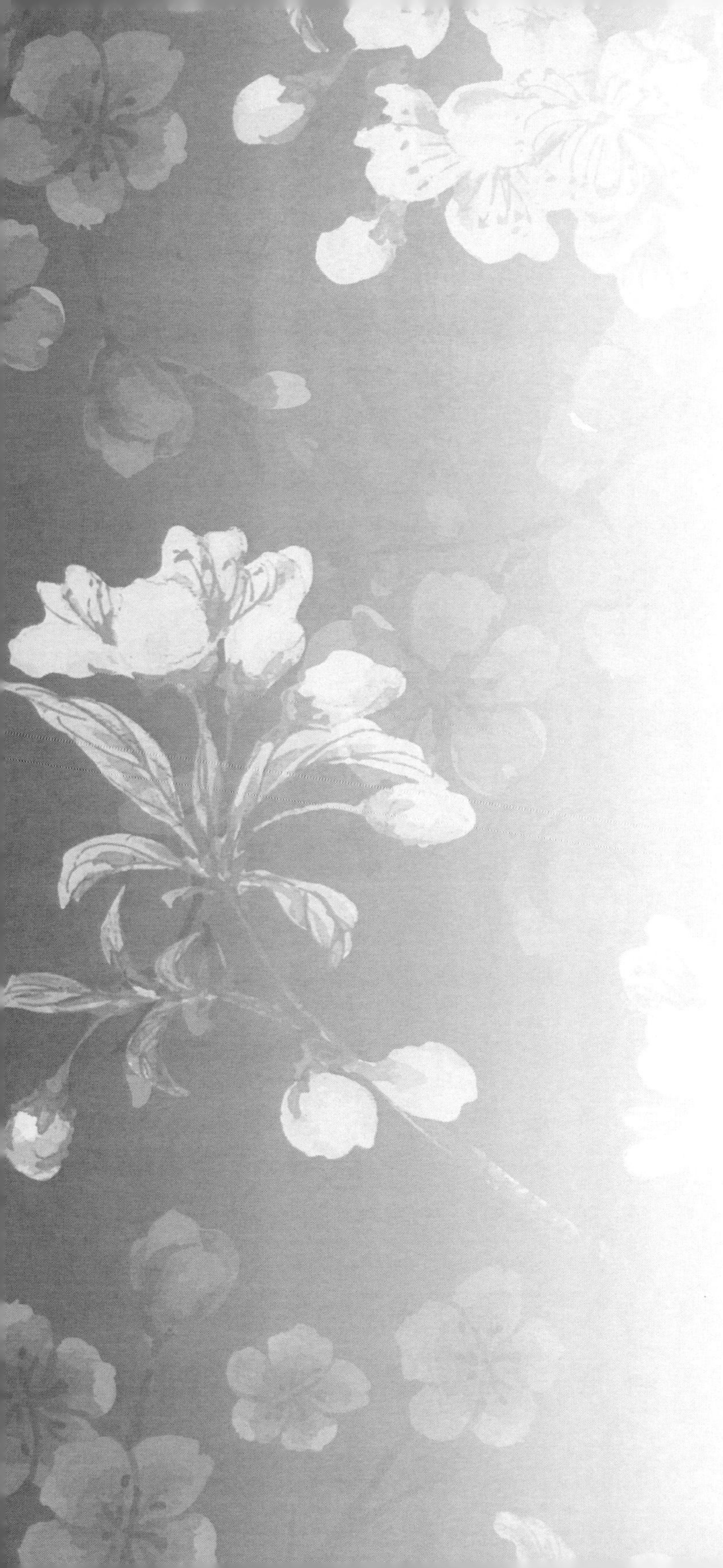

早課欲疏重來懷舊雨　晚遊堪樂小聚比秋星

卻說快刀周正在矮牆上，給關壽峰巡風，見他突然由屋脊上向下一落，以為他失了腳，跌下來了，連忙跑上前去，只見壽峰好好的迎上前來，在黑暗中將手向外一擺，作著要去的樣子。於是二人跳過幾重牆，直向後園子裡來。快刀周道：「師傅！怎麼回事？」關壽峰昂著頭，向天上嘆了一口氣。快刀周道：「怎麼樣？這事很棘手嗎？」壽峰道：「棘手是不棘手，我們若有三十萬洋錢，就好辦了！出去說吧。」二人依然走到閣樓上，開啟窗子，放下繩子，快刀周先握了繩子向下一溜，壽峰卻解了繩子，跳將下去。江老海王二禿子，迎上前來，都忙著問順手嗎？壽峰嘆著氣，將看到的事，略略說了一遍，因道：「我若是不看在樊先生的面上，我就一刀殺了她，我還去救她嗎？」王二禿子道：「古語道得好，寧度畜牲不度人，就是這個說法。我們在閣樓上放一把火，燒他媽的一場，也出這口惡氣。」壽峰笑道：「不要說孩子話，我們去給那大孀兒一個信，叫她預備作外老太太發洋財吧。」快刀周道：「不，若要是照這樣子看，大概她母親是來過一趟的。既來了，一定說好了條件，她未必還到師傅家裡去了。」壽峰道：「好在我們回去，走她門口過，也不繞道，我們順便去瞧瞧。」說著二人坐車，二人拉車，雖然夜深，崗警卻也不去注意。一路走到大喜衚衕，停在沈家門首。這裡牆很低，壽峰憑空一躍就跳進去，到了院子裡，先藏在槐樹裡，見屋子裡都是黑漆漆的，似乎都睡著了，便溜下樹來，貼近窗戶用耳朵一聽，卻聽得裡面呼聲大作，這是上房，當然是沈大娘在這裡睡的了。再向西廂房外聽了一聽，也有呼聲。沈家一共只有三個人，一個在劉家，兩個在家裡，當然沒有人到自己家裡去。正在這竊聽的時候，忽聽到沈大娘在上房裡說起話來。壽峰聽到，倒嚇了一跳。連忙向樹上一跳，這院子不大，又是深夜，說話的聲音，聽得清清楚楚。她道：

「將軍待我們這樣好，我們要不答應，良心上也說不過去呀。」聽那聲音，正是沈大娘的聲音。原來在說夢話呢！壽峰聽了，又嘆了一口氣，就跳出牆來，對大家道：「走走走！再要待一會，我要殺人了。」快刀周等一聽，知道是沈家人變了心，若再要糾纏，真許會生出事故來。大家便一陣風似的，齊回關家來。到了門口，壽峰道：「累了你們一宿，你們回去吧，說不定將來還有事，我再找你們。」王二禿子道：「我明天上午來聽信兒，瞧瞧他們究竟是怎麼回事。我今天晚上，一定是睡不著；要不，我陪師傅談這麼一宿，也好出胸頭這口惡氣。」壽峰笑著拍了他的肩膀道：「你倒和我一樣，回去吧，別讓師妹不樂意了。」王二禿子一拍脖子道：「忙了一天一宿，沒闖禍。腦袋！跟禿子回去吧。」大家聽著，都樂了，於是一笑而散。

秀姑心裡有事，也是不曾睡著。聽得門外有人說話，知道是壽峰回家來了，就開了門。秀姑道：「沈家大嬸兒可沒來，你們怎樣辦的？」壽峰一言不發，直奔屋裡。秀姑看那樣子，知道就是失敗了。因道：「一個將軍家裡，四周都是警衛的人，本來也就不易下手！」壽峰道：「什麼不易下手，只要他們願意出來，十個姑娘也救出來了。」秀姑道：「怎麼樣？難道她娘兒倆還變了心嗎？」壽峰道：「怎麼不是。」於是把今晚上的事，說了一遍，嘆口氣道：「從今以後，我才知道人心換人心這句話是假的，不過是金子換人心罷了。」秀姑道：「有這樣的事嗎？那沈家姑娘，挺聰明的一個樣子，倒看不出是這樣下場。她們倒罷了。可是樊先生回來，有多麼難過？把他的心都會灰透了。」壽峰冷笑道：「灰透了也是活該！這年頭兒幹嘛作好人哩。」秀姑笑道：「你老人家氣得這樣，這又算什麼。快天亮了，睡覺吧。」壽峰道：「我也是活該！誰教我多管閒事哩。」秀姑也好笑起來，就不理他了。壽峰找出他的旱煙袋，安上一小碗子關東葉子，端了一把籐椅，攔門坐著，望了院子外的天色抽菸。壽峰的老脾氣，不是氣極了，不會抽菸的。現在將煙抽得如此有味，那正是想事情想得極厲害了。秀姑因為夜深了，怕驚動了院鄰，也不曾作聲。卻也說是奇怪，這事並不與自己什麼相干，偏是睡到床上，就會替他們當事人設想。從此以後，鳳喜還有臉和樊家樹見面嗎？家樹回來了，還會對她那樣迷戀嗎？就情理而論，他們是無法重圓的了；無法重圓，各人又應該怎麼樣？自己只管一層一層推了下去，一直到天色大亮，這也用不著睡覺了，便起床洗掃屋子。在往日作完了事，便應該聽到隔壁廟裡的木魚念經聲，自己也就捧了一本經書來作早課，今天卻是事也不曾作完，隔壁的木魚聲，已經起來了。也不知道是老和尚今天早課提了前，也不知道是自己作事沒有精神，把時間耽誤了。現在爐子不曾攏著火，水也不曾燒，父親醒過來，洗的喝的會都沒有，今天的早課，只好算了吧。於是定了定神，將茶水燒好，然後才把壽峰叫醒。壽峰站起來，伸了個懶腰，笑道：「我老了，怎麼小小的受這麼一點子累，就會睡得這樣甜。」秀姑道：「我想了一晚晌，我以為這件事不能含糊過去。我們得寫一封快信給樊先生去吧。」壽峰笑道：「你還說我喜歡管閒事呢。我都沒有想一宿，你怎麼會想一宿呢？想了一宿，就是這麼一句話嗎？你這孩子太沒有出息了。」秀姑臉一紅，便笑道：「我幹嘛想一宿，我也犯不上呀。」壽峰道：「是你自己說的，又不是我說的，我知道犯得上犯不上呢。」秀姑本覺得要寫一封信告訴家樹才對的，而且也要到沈家去看看沈大娘，這時究竟取的什麼態度。可是經了父親這一度談話，就不大好意思過問了。又過了兩天，江老海卻跑來對關壽峰道：「師傅！這事透著奇怪，沈家搬走了。我今天走那衚衕裡過身，見那大門閉上，外面貼了召租帖子了。我作生意的時候，和買糖人兒的小孩子一問，據說頭一天一早就搬了。」壽峰道：「這是理之當然，也沒有什麼可怪的。她們不搬走，還等著姓樊的來找她嗎？」江老海道：「她們這樣忘恩負義，師傅得寫一封信告訴那樊先生。」壽峰道：「我早寫了一封信去了。」秀姑在屋子裡聽到，就連忙出來問道：「你寫了信嗎？我怎麼沒有看見你寫哩。」壽峰道：「我這一肚子文字，要寫出這一場事來，不是自己給自己找罪受嗎？而且也怕寫的不好，人家看不清楚，我是請隔壁老和尚寫了。他寫是寫的，他笑著對我說，好管閒事的人，往往就會把閒事管得成了自己的正事，結果，比原來當事人也許更麻煩。他話是說得有理，但是我怎麼能夠不問哩？老和尚把那信寫得很婉轉，而且還勸了人家一頓；可是這樣失意的事，年輕輕的人遇到，哪裡幾句話就可以解勸得了的？也許他也不用回信，過兩天就來了。」江老海道：「他來了，我很願和他見見。」壽峰道：「那很容易，他回了京，還短得了到我這裡來嗎？」秀姑道：「這裡寄信到杭州，要幾天到哩？」壽峰笑道：「我沒在郵政局裡幹過事，這個可不知道。」秀姑撅了嘴道：「你這老人家，也不知道怎麼回事。說起話來，老是給我釘子碰。」壽峰笑道：「我是實話呀。可是照火車走起來說，有四個日子，到了杭州了。」秀姑聽說，走回房去，默計了一會兒日期。大概信去四天，動身四天，再耽誤兩天，有十天總可以到京了。現在信去幾天，一個星期內外，必然是來的。那個時候，看他是什麼態度？難道他還能像以前那種樣子對人嗎？秀姑心裡有了這樣一個問題，就不住的盤算，尤其是每日晚晌，幾乎闔眼就會想到這件事上來。起先幾天，每日還是照常的念經；到了七八天頭上，心裡只管亂起來，竟按捺不下心事去念經。心想不要得罪了佛爺，索性拋開一邊，不要作幌子吧。關壽峰看到，便笑道：「你也膩了吧！年輕人學佛念經，哪有那麼便宜的事呀。」秀姑道：「我哪是膩了？我是這兩天心裡有點不舒服，把經擱下了，從明天起，我還是照常念起來的。」秀姑說了，便緊記在心上。

到了次日，把屋子打掃完畢，將小檀香爐取來放在桌上，用小匙子挑了一小匙檀香末放在爐子裡，點著了，剛剛要進自己屋子去，要去拿一本佛經出來，偶一回頭，只見簾子外一個穿白色長衫的人影子一閃，接上那人咳嗽了一聲。秀姑忙在窗紙的破窟窿內向外一看，雖不曾看到那人的面孔，只就那身材言，已可證明是樊家樹無疑了。一失神便不由嚷起來道：「果然是樊先生來了！」壽峰在屋子裡聽到，迎了出去，便握著家樹的手，一路走進來。秀姑站在內房門口，忘了自己是要進屋去拿什麼東西的了。便道：「樊先生來了！今天到的嗎？」說著話時，看樊家樹雖然風格依舊，可是臉上微微泛出一層焦黃之色，兩道眉峰都將峰尖緊束著。當秀姑問話時候，他雖然向著人一笑，可是那兩道眉毛，依然緊緊的皺將起來，答應著道：「今天早上到的，大姑娘好？」秀姑一時也想不起用什麼話來安慰人家，只得報之以笑。壽峰讓家樹坐下，先道：「老弟！你不要灰心，人生在世，就如作夢一般，早也是醒，遲也是醒，天下無百年不散的筵席，你不要放在心上吧。」秀姑笑道：「你先別勸人家，你得把這事經過，詳詳細細告訴人家呀。」壽峰將鬍子一摸，笑道：「是啊！信上不能寫得那麼明白，我得先告訴你。」於是昂著頭想了一想，笑道：「我打哪兒說起呢？」家樹笑道：「隨便吧。反正我有的是工夫，和大叔談談也好。」秀姑心想道：他今天不忙了，以前他何以是那樣忙呢？嘴裡不曾說出來，可就向著他微笑了。家樹也不知道她這微笑，由何而來？也就跟著報之以微笑了。壽峰想過之後，急著就先把那晚上到劉將軍家裡的事先說了。家樹聽到，臉上青一陣，白一陣，最後，就勉強笑道：「本來金錢是好的東西。誰人不愛，也不必去怪她了。」壽峰點了點頭道：「老弟！你這樣存心不錯，一個窮人家出身的女孩子，哪裡見得慣這個呢。莫怪她動心了。」秀姑坐在一邊，她的臉倒突然紅了，搖了搖頭道：「你這話，不見得吧，是窮人家姑娘，就見不得金錢嗎？」壽峰哈哈笑道：「是哇！我們只管說寬心話，忘了這裡有個窮人家姑娘等著呢。」家樹笑道：「無論哪一界的人，本來不可一概而論的，但不知道這個姓劉的，怎樣平空的會把鳳喜關了去的。」壽峰道：「這個我們原也不清楚，我們是聽沈大嫂說的。」於是將查戶口唱堂會的一段事說了，家樹本來有忿恨不平的樣子的，聽到這裡，臉色忽然和平起來，連點了幾下頭道：「這也就難怪了。原是天上掉下來的一場飛禍，一個將軍要算計一個小姑娘，那有什麼法子去抵抗他呢？」壽峰道：「老弟！你這話可得考量考量，雖然說一個小姑娘，不能和一個將軍抵抗，要說真不愛他的錢，他未必忍心下那種毒手，會要沈家姑娘的性命；就算性命保不了，憑著你待她那樣好，為你死了也是應該。我可不知道掉文，可是師傅就相傳下來兩句話：『是疾風知勁草，板蕩識忠臣』。要到這年頭兒，才能夠看出人心來。」家樹嘆了一口氣道：「大叔說的，怕不是正理，可是一個未曾讀過書……」家樹說到這裡，將關氏父女看著，頓了一頓，就接著道：「而且又沒經過賢父兄賢師友指導過她，她哪裡會明白這些大道理？我們也只好責人慾寬了。」秀姑忍不住插口道：「樊先生真是忠厚一流，到了這種地方，還回護著沈家妹子呢。」家樹道：「不是我回護她，她已經做錯了，就是怪她也無法挽救的了。一個人的良心，總只能昧著片刻的。時間久了，慢慢的就會回想過來的，這個日子，怕她心裡不會比我更難受嗎？」秀姑笑著點了點頭道：「你說的是。」家樹一看秀姑臉上，有大不以為然的樣子。便笑道：「她本來是不對，要說是無可奈何，怎麼她家都趕著搬開了哩？」壽峰道：「你怎麼知道她家搬走了。你先去了一趟嗎？」家樹道：「是的。我不能不先去問問她母親這一段緣由因何而起。」壽峰道：「樹從根下爛，禍事真從天上掉下來的，究竟是少！」說到這裡，就想把鳳喜和尚師長夫婦來往的事，告訴他。秀姑一看她父親的神氣，知是要如此，就眼望著她父親，微微的擺了兩擺頭。壽峰也看出家樹還有回護鳳喜的意思，這話說出來，他特別傷心，也就不說了。家樹道：「大叔說她們樹從根下爛，莫不是我去以後，她們有些胡來嗎？」壽峰道：「那倒沒有，不過是她們從前幹了賣唱的事，人家容易瞧她不起罷了。」家樹聽了壽峰的話，雖然將信將疑，然而轉念一想，自己臨走之時，和她們留下那麼些個錢，在最短期內，不應該感到生活困難的。那麼，鳳喜又不是天性下賤的人，何至於有什麼軌外行動呢？如此一想，也不追究壽峰的話了。

當日關氏父女，極力的安慰了他一頓，又留著他吃過午飯。午飯以後，秀姑道：「爸爸！我看樊先生心裡怪悶的，我們陪著他到什剎海去乘涼吧。」家樹道：「這地方我倒是沒去過，我很想去看看。」秀姑道：「雖然不是公園，野景兒倒是不錯，離我們這裡不遠。」家樹見她說時，眉峰帶著一團喜容。說到遊玩，今天雖然沒有這個興致，卻也不便過拂她的盛意。壽峰一邊看出他躊躇的樣子，便道：「大概樊先生一下車就出門，行李也沒收拾呢。後日就是舊曆七月七，什剎海的玩意兒會多一點。」家樹便接著道：「好！就是後天吧，後天我準來邀大叔大姑娘一塊兒去。」秀姑先覺得他從中攔阻，未免掃興，後來想到他提出七月七，這老人家倒也有些意思，不可辜負他的盛意，就是後天去也好。於是答道：「好吧！那天我們等著樊先生，你可別失信。」接著一笑，家樹道：「大姑娘！我幾時失過信？」秀姑無可說了。於是大家一笑而別，家樹回得陶家，伯和已經是叫僕役們給他將行李收拾妥當。家樹回到房裡，覺得是無甚可做，知道伯和夫婦在家，就慢慢的踱到上房裡來。陶太太笑道：「你什麼事這樣忙？一回京之後，就跑了個一溜煙。何小姐見到面了嗎？」家樹淡淡的道：「事情忙得很，哪有工夫去見朋友。」陶太太道：「這就是你不對了。你走的時候，人家巴巴的送到車站，你回來了，可不通知人家一聲，你什麼大人物，何小姐非巴結你不可？」家樹道：「表嫂總是替何小姐批評我，而且還是理由很充足，教我有什麼可說的。那麼，勞你駕，就給我打個電話通知何小姐一聲吧。」家樹說出來了，又有一點後悔。表嫂可不是聽差，怎麼叫她打電話呢？不料自己是這樣懊悔著，陶太太坐在橫窗的一張長桌邊，已經拿了桌上的分機，向何家通電話了。陶太太一面說著話，一面將手向家樹連招了幾招，笑道：「來！來！她要和你說話。」家樹上前接著話機，那邊何麗娜問道：「我很歡迎啦。老太太全好了嗎？」家樹道：「全好了，多謝你惦記著。」何麗娜笑道：「還好，回南一趟，沒有把北京話忘了，今天上午到的嗎？怎麼不早給我一個信；不然我一定到車站上去接你。」家樹連說不敢當。何麗娜又道：「今天有工夫嗎？我給你接風。」家樹道：「不敢當！」何麗娜道：「大概是沒工夫，現在不出門嗎？我來看你。」家樹道：「不敢當。」伯和坐在一邊，看著家樹打電話，只是微笑，便插嘴道：「怎樣許多不敢當？除了你不敢當，誰又敢當呢？」何麗娜道：「你為什麼笑起來？」家樹道：「我表兄說笑話呢！」何麗娜道：「他說什麼呢？」陶太太走上前奪過話機來道：「密斯何！我們這電話借給人打，是照長途電話的規矩，要收費的。而且好朋友說話加倍，我看你為節省經濟起見，乾脆還是當面來談談吧。」於是就放下了電話筒，家樹道：「我回京來，應該先去看看人家才是，怎樣倒讓人家來？」伯和笑道：「家樹！你取這種態度，我非常表同情。從前我和你表嫂經過你這個時代，我是處處卑躬屈節，你表嫂卻是敢當的。我也問過人，男女雙方的愛情，為什麼男子要處在受降服的情形裡呢？有些人說：這事已經成了一種趨勢，男子總是要受女子挾制的；不然，為什麼男子要得著一個女子，就叫求戀呢？有求於人，當然要卑躬屈節了。這話雖然是事實，但是在理上卻講不通，為什麼女子就不求戀呢？現在我看到你們的情形，恰是和我當年的情形相反，算是給我們出了一口惡氣。」陶太太道：「原來你存了這個心眼兒，怪不得你這一晌子對著我都是那樣落落難合的樣子了。」伯和笑道：「哪裡有這樣的事。有了這樣的事，我就沒有什麼不平之氣。唯其是自己沒有出息，這才希望人家不像我，聊以解嘲了。」陶太太正待要搭上一句話，家樹就道：「表兄這話，說得實在可憐。要是這樣，我不敢結婚了。」他說了這話，就是陶太太也忍不住笑了。過了一會，何麗娜早是笑嘻嘻的由外面走了進來，先給家樹一點頭，笑問道：「伯母好？」家樹答應好。又問今天什麼時候到的？答是今天早上到的。陶太太笑道：「你們真要算不怕膩。我猜這些話，你們在電話裡都問過了。這是第二次吧？」何麗娜道：「見了面，總得客氣一點。要不然，說什麼呢？」家樹因道：「說起客氣來，我倒想起來了。何小姐送的那些東西，實在多謝得很。我這回北上，動身匆忙得很，沒有帶什麼來。」何麗娜道：「哪有老人家帶東西給晚輩的，那可不敢當了。」但是家樹說有時，已走了出去，不一會子，捧了一包東西進來，一齊放在桌上笑道：「小包是土產。杭州帶來的藕粉和茶葉，那兩大卷，是我在上海買的一點時新衣料。」何麗娜連道：「不敢當，不敢當！」伯和聽了，和陶太太相視而笑。何麗娜道：「二位笑什麼，又是客氣壞了嗎？」陶太太道：「倒不是客氣壞了，正是說客氣得有趣呢。先前打電話，家樹說了許多不敢當，現在你兩人見面之後，你又說了許多不敢當。都說不敢當，實在都是敢當。」伯和斜靠在沙發上，將右腿架了起來，搖曳了幾下，口裡銜著雪茄，向陶太太微笑道：「敢當什麼？不敢當什麼？當官呢，當律師呢，當教員呢？」陶太太先是沒有領會他的意思，後來他連舉兩個例，就明白了。笑道：「你又說當什麼呢？無非當朋友罷了。」何麗娜只當沒有聽見，看到那屋角上放著的話匣子，便笑問道：「你們買了什麼新電影沒有？若是買了，拿出來，開一遍讓我聽聽看，我也要去買。」陶太太笑著點頭道：「好吧，新買了兩張愛情曲的電影，可以開給你聽聽。」何麗娜搖搖頭道：「不，我膩煩這個。有什麼皮簧電影，倒可以試試。」伯和依然搖曳著他的右腿，笑道：「密斯何！你膩煩愛情兩個字嗎？別啊！你們這個年歲，正當其時呢！要是你們都膩煩愛情，像我們中年的人，應該入山學道了。可是不然，我們愛情的日子，過得是非常甜蜜呢。」陶太太回頭瞟了他一眼道：「不要胡扯。」何麗娜將兩掌一合，向空一拜，笑道：「阿彌陀佛！陶先生也有個管頭。」於是大家都笑了。

家樹在一邊坐著，他總是不言語。他一看到何小姐，不覺就聯想到相像的鳳喜。何小姐的相貌，只是比鳳喜稍為清瘦一點；另外有一種過分的時髦，反而失去了自然之美，只是成了一個冒充的外國小姐而已。可是這是初結交時候的事，後來見到她有時很時髦，有時很樸素，就像今天，她只穿了一件天青色的直羅旗衫，從前披到肩上的長髮，這是家樹認為最不愜意的一件事。以為既無所謂美，而又累贅不堪。這話於家樹動身的前兩天，在陶太太面前討論過，卻不曾告訴過何麗娜。但是今天她將長髮剪了，已經改了操向兩鬢的雙鉤式來，這樣一來，她的姿勢不同了，臉上也覺得豐秀些，就更像鳳喜了。自己正是在這裡鑒賞，忽然又看到她舉起手來念佛，又想到了關秀姑，她乃另是一種女兒家的態度，只是合則留不合則去的樣子。何麗娜和鳳喜都不同，卻是一味的纏綿，鳳喜是小兒女的態度居多，有些天真爛漫處；何麗娜又不然，交際場中出入慣了，世故很深，男子的心事怎樣，她不言不語之間，就看了一個透。這種女子，好便是天地間唯一無二的知己，不好呢，男子就會讓她玩弄於股掌之上。家樹只是如此沉沉的想著，屋子裡的人議論些什麼，他都不曾去理會。伯和道：「我要上衙門去了。你們今天下午，打算到什麼地方去消遣？回頭我好來邀你們一塊兒去吃飯。今天下午，還是這樣的熱，到北海乘涼去，好不好？」何麗娜道：「就是那樣吧，我來作個小東，請三位吃晚飯。」陶太太笑道：「也請我嗎？這可不敢當啊。」何麗娜笑道：「我不知陶太太怎麼回事，總是喜歡拿我開玩笑。哪怕是一件極不相干的事，是一句極不相干的話，可是由陶太太看去，都非常可笑。」伯和道：「人生天地間，若是遇到你們這種境遇的人，都不足作為談笑的數據，那麼，天地間的笑料，也就會有時而窮了。」說畢，他笑嘻嘻的走了。陶太太聽到了有出去玩的約會，立刻就會坐立不安起來的，因道：「密斯何坐車來的嗎？我們三人同坐你的車子去吧。」說時，望著家樹道：「先生走哇！」家樹心裡有事，今天下車之後，忙到現在，哪有興致去玩。只是她們一團高興，都說要去，自己要攔阻她們的遊興，未免太煞風景，便懶懶的站將起來，伸了一個懶腰，只是向她們二人一笑。陶太太道：「幹嘛呀？不帶我同坐汽車也不要緊，你們先同坐著汽車去，我隨後到。」家樹道：「這是哪裡來的話。我並沒有作聲，你怎麼知道我不要你同坐汽車呢？」陶太太笑道：「我還看不透你的性情嗎？我是老手呢！」家樹道：「得！得！我們同走吧。」於是不再待陶太太說話，就起身了。

三人同坐車到了北海。一進門，陶太太就遇著幾個女朋友過去說話去了，回著頭對何麗娜道：「南岸這時正當著西晒，你們先到北岸五龍亭去等我吧。」於是何麗娜和家樹順著東岸向北行。轉過了瓊島，東岸那一帶高入半空的槐樹，抹著湖水西邊的殘陽，綠葉子西邊罩著金黃色，東邊避著日光，更陰沉起來。一棵樹連著一棵樹，一棵樹上的蟬聲，也就連著一棵樹上的蟬聲；樹下一條寬可數丈的大道，東邊是鋪滿了野草的小山，西邊是綠荷萬頃的北海，越覺得這古槐，不帶一點市塵氣；樹既然高大，路又遠且直，人在樹蔭下走著，彷彿渺小了許多。何麗娜笑道：「密斯脫樊！你又在想什麼心事了？我看你今天雖然出來玩，是很勉強的。」家樹笑道：「你多心了，我正欣賞這裡的風景呢！」何麗娜道：「這話我有些不相信。一個剛從西湖來的人，會醉心北海的風景嗎？」家樹道：「不！西湖有西湖的好處，北海有北海的好處；像這樣一道襟湖帶山的槐樹林子，西湖就不會有。」說著將手向前一指道：「你看北岸那紅色的圍牆，配合著琉璃瓦，在綠樹之間，映著這海裡落下去的日光，多麼好看，簡直是絕妙的著色圖畫。不但是西湖，全世界也只有北京有這樣的好景緻。我這回到杭州去，我覺得在西湖蓋別墅的人，實在是笨，放著這樣東方之美的屋宇不蓋，要蓋許多洋樓；尤其是那些洋旅館，俗不可耐。倘若也照宮殿式蓋起紅牆綠瓦的樓閣來，一定比洋樓好。」何麗娜笑道：「這個我很知道，你很醉心北京之美的，尤其是人的一方面。」家樹只好一笑，說著話，已到了北岸五龍亭前。因為最後一個亭子人少些，就在那裡靠近水邊一張茶座上坐下。自太陽落水坐起，一直等到星斗滿天，還不見伯和夫婦前來。家樹等不過，直走出亭子，迎上大道來，這才見他夫妻倆並排走著，慢慢由水岸邊踱將來。陶太太先開口道：「你們話說完了嗎？伯和早在南岸找著了我，我要讓你們多說幾句話，所以在那邊漪瀾堂先坐了一會，然後坐船過來的。」家樹想分辯兩句，又無話可講，也默然了。到了亭子裡坐下，陶太太道：「伯和！我猜的怎麼樣？不是第五個亭子嗎？唯有這裡是僻靜好談心的了。」何麗娜覺得他們所猜的很遠，也笑了。她作東，陪著大家吃過了晚飯，愈是夜色深疏了。天上的星斗，倒在沒有荷葉的水中，露出一片天來，卻蕩漾不定；水上有幾盞紅燈移動，便是渡海的小畫舫了。遠望漪瀾堂的長廊，樓上下幾列電燈，更映到水裡去，那些雕欄石砌，也隱隱可見。伯和笑道：「我每在北岸，看見漪瀾堂的夜色，便動了歸思。」家樹道：「那為什麼？」伯和道：「我記得在長江上游作客的時候，每次上江輪，都是夜裡。你看這不活像一隻江輪，泊在江心嗎？」何麗娜笑道：「陶先生！真虧你形容得出，真像啊。」伯和道：「我還有個感想，我每在北海乘涼，覺得這裡天上的星光，別有一種趣味。」家樹道：「本來這裡很空闊，四圍是樹，中間是水，襯託得好。」伯和笑道：「非也。我覺得在這裡看天上的銀河，特別明亮。設若那河就只有北海這樣寬，我要是牛郎織女，我都不敢從鵲背上渡過去；何況天河絕不止這樣寬呢。」家樹笑道：「胡扯胡扯！」陶太太也是怔怔的聽，以為他們在這裡對天河有什麼感想，現在卻明白了。笑道：「這真是聽評書掉淚，替古人擔憂哩！現在天上也是物質文明的時代，有輪船，有火車，還有飛機，怕不容易過河嗎？我猜今年是牛郎先過河，因為他是坐火車來的。」伯和道：「可不是，初五一早，牛郎就過河了。這個時候，也許他們見面了。」陶太太抬著頭望了一望道：「我看見了。他們兩個人，這時坐在水邊亭子下喝汽水呢。」家樹和何麗娜，都拿了玻璃杯子，正喝著汽水。何麗娜忍笑不住，頭一偏，將汽水噴了。陶太太兩只長統絲襪都噴溼了，便將一隻手臂橫在茶桌上，自己伏在臂膊上笑個不了。陶太太道：「這也沒有什麼可樂的事，為什麼笑成這個樣子？」何麗娜道：「你這樣拿我開玩笑，笑還不許我笑嗎？」說著，抬起頭來，只管用手絹去拂拭面孔。家樹對於伯和夫婦開玩笑，雖是司空見慣，但是笑話說得這樣著痕跡的，今天還是第一回，而且何麗娜也在當面。一個小姐，讓人這樣開玩笑，未免難堪；但是看看何麗娜，卻笑成那樣子，一點不覺難堪，於是這又感到新式的女子，態度又另是一種的了。伯和道：「我這話，也不完全是開玩笑。聽說這北海公園的主辦人，要在七月七日，開雙七大會，在這水中間，用電燈架起鵲橋來，水裡大放河燈，那天晚上，一定可以熱鬧一下子。你二位來不來呢？」家樹道：「太熱鬧的地方，我是不大愛到的。再說吧！」何麗娜一句話沒有說出，經他一說，就忍回去了。陶太太道：「你愛遊清雅的地方，下一個禮拜日，我們一塊兒到北戴河洗海水澡去，好嗎？到那裡還用不著住旅館，我們認得陳總長，有一所別墅在那裡，便當得多了。」何麗娜道：「有這樣的好地方，我也去一個。」家樹道：「我不能玩了。我要看一點功課，預備考試了。若要考不上一個學校，我這次趕回北京來，就無意義了。」伯和道：「你放心，有你這樣的程度，學校準可以考取的。若是你趕回北京來，不過是如此，那才無意義呢。」伯和這樣說著，雖然沒有將他的心事完全猜對，然而他不免添了無限的感觸，望著天上的銀河，一言不發。他這種情形，何麗娜卻能猜個八九，坐在他對面椅子上，望了家樹，只嗑著白瓜子，也是不作聲。半晌，忽然嘆了一口氣，她這一口氣嘆著，大家倒詫異起來。陶太太首先就問她這為什麼？要知她怎樣的答覆，下回交代。

啼笑因緣——解語憐花，相思成斷夢

作　　者：張恨水
發 行 人：黃振庭
出 版 者：複刻文化事業有限公司
發 行 者：複刻文化事業有限公司
E-mail：sonbookservice@gmail.com
粉 絲 頁：https://www.facebook.com/sonbookss/
網　　址：https://sonbook.net/
地　　址：台北市中正區重慶南路一段六十一號八樓 815 室
Rm. 815, 8F., No.61, Sec. 1, Chongqing S. Rd., Zhongzheng Dist., Taipei City 100, Taiwan
電　　話：(02)2370-3310
傳　　真：(02)2388-1990
印　　刷：京峯數位服務有限公司
律師顧問：廣華律師事務所 張珮琦律師
定　　價：299 元
發行日期：2023 年 12 月第一版
◎本書以 POD 印製

國家圖書館出版品預行編目資料

啼笑因緣——解語憐花，相思成斷夢 / 張恨水 著 . -- 第一版 . -- 臺北市：複刻文化事業有限公司，2023.12
面；　公分
POD 版
ISBN 978-626-7403-63-1(平裝)
857.7　　112020024

電子書購買

臉書

爽讀 APP